U1075149

# 谁生谁死

徐刚 /著

江苏人民出版社

**图书在版编目（CIP）数据**

谁生谁死 / 徐刚著 . -- 南京：江苏人民出版社，2011.12

ISBN 978-7-214-07828-5

Ⅰ. ①谁… Ⅱ. ①徐… Ⅲ. ①网络经济－市场竞争－中国－通俗读物 Ⅳ. ①F426.67－49

中国版本图书馆CIP数据核字（2011）第267419号

| | |
|---|---|
| **书　　名** | **谁生谁死** |
| **著　　者** | 徐　刚 |
| **责任编辑** | 王　田　何　屹 |
| **装帧设计** | 红猫工作室 |
| **出版发行** | 凤凰出版传媒集团<br>凤凰出版传媒股份有限公司<br>江苏人民出版社 |
| **集团地址** | 南京市湖南路1号A楼，邮编：210009 |
| **集团网址** | http://www.ppm.cn |
| **出版社地址** | 南京市湖南路1号A楼，邮编：210009 |
| **出版社网址** | http://www.book-wind.com<br>http://jsrmcbs.tmall.com |
| **经　　销** | 凤凰出版传媒股份有限公司 |
| **照　　排** | 上海本周图书有限公司 |
| **印　　刷** | 启东市人民印刷厂 |
| **开　　本** | 718毫米×1000毫米　1/16 |
| **印　　张** | 19 |
| **字　　数** | 216千字 |
| **版　　次** | 2012年3月第1版　2012年3月第1次印刷 |
| **标准书号** | ISBN 978-7-214-07828-5 |
| **定　　价** | 32.80元 |

（江苏人民出版社图书凡印装错误可向承印厂调换）

# 目录

CONTENT

在电子商务刚刚开始兴起的时候，就有很多人预言它终将改变人们的生活。遗憾的是，早期的互联网不论硬件还是软件都难以支撑起这个庞大的构想。不过经历了失败的电子商务却并未失去活力，相反，随着行业的回暖，中国的互联网市场开始重新沐浴到未来的曙光。



门户就像它的名字，是所有的用户进入互联网世界的第一道大门。做门户网站并不轻松，谁都希望在这个市场跑马圈地，于是，一场风生水起的竞争在所难免。

# 序言
PREFACE

## 生死一念谈笑间，谁知今夕是何年
——那些叱咤风云的互联网精英们

颜石泉

不知不觉，中国的互联网已经走过了十年的光阴。

几乎每个网民都可以随口而出一串熟悉的名字，来印证这十年间，互联网世界的风风雨雨。

虽然这些名字，有些已经谢幕，有些仍在台前，但作为旁观者的我们，却得以从中一窥那些生死一念的波澜，和那些笑看风云的潇洒。

然而，不论有多少人在风起云涌的互联网世界里实现了梦想或是埋葬了希望，那些对市场与利益的争夺却从未停止，而且愈演愈烈。

2011年的11月，一场新的电商大战突如其来地在本已波涛暗涌的图书网购市场中爆发。随着苏宁易购的高调进入，图书网购原本三足鼎立的局面再次被打破。苏宁耗资2亿元打造的平台仅次于当当，为了尽快抢滩，它的图书频道打出“0元售书72小时”的优惠，号称让利上千万。这一举动立即引来了当当、京东的大力反击：当当随即力推“满100返200”的双倍返券活动，京东则主打时限内“折上折”。一时间，几大图书销售网站大打价格战，几乎拼得你死我活，其惨烈程度可见一斑。

事实上，对许多人来说，这样的价格战并不陌生。而每隔一段时间便挑起一场生死大战，也几乎成了中国互联网世界里固定上演的戏码。远有3Q大战，近有团购互拼，再到书商们打个昏天黑地，仿佛无处不体现着互联网江湖的残酷。

有战争，便有胜败，有人生存，便有人被淘汰。然而，不论结果如何，那些在网络江湖中走过的人，他们的经历都已成传奇。

现在如是，未来依然如是。

## 1

2011年，当利比亚战事胶着的时候，一些标注着“榕通社快讯”字样的消息开始在新浪和腾讯微博上频频被人转发。

这个所谓的“榕通社”，最初一条消息只有几十个转发外加几条评论，短短几个月之后，便飙涨到动辄成百上千的转发和几百条评论。有网民戏称，这是他们“获取信息最快的途径之一”，甚至“联合国新闻部”都闻风跑来与之沟通，卡塔尔的半岛电视台等海外媒体也对其表示了相当的尊敬——尽管“榕通社”发布的许多关于利比亚战事的消息正是来源于半岛电视台。

由于“榕通社”的讯息新鲜快速，报道角度独特，常常在措辞中使用许多国内并不常见的中性词汇，因此，这个不走寻常路的“通讯社”似乎充满了神秘色彩。

但事实上，褪去互联网的伪装，现实世界里的“榕通社”一点也不神秘。它不是一个正规机构，没有任何专业背景，甚至工作人员也只有一个——6688网上商城总裁，王峻涛。

对于中国网民来说，王峻涛这三个字远没有他的ID来得有名气——“老榕”，说到这个名字，记忆的闸门似乎瞬间打开，任由时光的波涛倾泻，一下子把你带到11年前：是的，“老榕”应该是和当年那个堪称中国电子商务开山之作的“8848.net”紧密相连的。那时，中国互联网的追捧者习惯把1999年叫做门户年，2000年叫做电子商务年，对此，《南方周末》却评价说：如果没有“8848.net”，2000年大概只能叫做电子商务概念年。

只是“8848”的辉煌早已成明日黄花。尽管11年后，当年迫使“8848”不得不以失败结束电子商务征程的“三座大山”已经不复存在：网民从2000年的400万人增加到2010年的4.57亿；电子货币和社会信用体系日趋完善；全国性配送量到2011年累计完成7.1亿件，但“老榕”王峻涛本人却再也无缘这条已成康庄大道的他曾经梦寐以求的贝索斯之路。

不过王峻涛依旧没有远离电商，但业务重点已从B2C销售转移到了B2C服务领域。在网民们看来，现在的“老榕”就是个帮人摆摊卖东西的，只不过摊子摆在网上。在6688网上商城里，“老榕”的笔墨纸砚，古玩工艺品，翡翠刻章都卖得不错，他已经不再为利润胶着，更多地专注于产品附加值的销售中。就这一点来说，相对于很多依旧在大打价格战的电商，老榕还是走在了他们前面。

经历了大起大落的王峻涛似乎已不再执着于当年的雄心，当时他曾一心梦想着“8848”上市，却最终未能如愿。但是时光荏苒，面对着如今热钱滚滚的电商行业，老榕的观点则是“一个大企业不一定会是强企业”，上市不再是衡量一个企业是否成功的唯一标准，重要的是，在面对各种不利局面的时候，你的投资人能不能和你一起坚持下去。

如今这个“老榕”将更多的专注放到了自己感兴趣的东西上，包括他的“榕通社”。在微博上发布各种时政快讯并没有任何收益，反而非常牵扯时间精力，但“老榕”乐此不疲，纯粹是因为好玩。一个人，一台笔记本电脑，一个3G上网卡，一只收得到30多个境外台的大锅，这就是“榕通社”的全部家当。他把电视信号传输到一台服务器上，以便随时随地都能收看到半岛电视台，然后把这些搜集来的信息用自己的方式碎片化地发到微博上。他总是每天凌晨一两点钟才睡，在利比亚战争期间，这种作息习惯倒正好对上了时差，所以“榕通社”常常能先人一步地更新战况。

多年后的“老榕”容颜依旧，戴着金丝边眼镜，身材瘦削，仍然痴迷于足球，仍然走着电商之路。失败的阴影已然从他身上褪尽，我行我素的博文中则多了一分对社会公共事件的责任。虽然那个写着《大连金州没有眼泪》、承载着“8848”无尽遗憾的背影已渐渐走远，但在互联网的世界里，成败只是一时，“老榕”仍旧在孜孜不倦地耕耘着，换了领地，没换心情。

## 2

相比“老榕”，其实马云才是中国电子商务成功的典范。

所谓“长江后浪推前浪，前浪死在沙滩上”，“老榕”不幸做了“前浪”，马云则成了意气风发的“后浪”。

关于他的成就已经无需赘言，如果今天有人依旧对此一无所知，那他一定是从石器时代穿越而来的。

然而，这个中国新一代企业家群体的代表，也是许多人心中的头号偶像的马云，他的电商之路似乎也正面临着新的风波。

2010年末，在杭州的“淘宝网商大会”上，马云出人意料地预言：“2011年，淘宝必有一难！”不知这话是有意言之还是无心插柳，总之，如同他当年精确地预测到金融海啸一样，这一次，他的乌鸦嘴再次应验。

不过，这一次给他带来麻烦的，却是淘宝商城里的那些“亲”们。

事情的起因在于2011年10月，淘宝商城推出的所谓“新规”，大幅提升平台上卖家的保证金和技术服务费。其中，保证金最高涨幅为15倍，技术服务费也提升了5~10倍。

规定刚一出台，便立即遭到了商户们的大力反对。一位商户当即表示：“连缓冲期都没有，突然增加了我们的成本压力，太吃惊了！明年如果要在这里开店，入门费至少要50万！”

紧接着，大量淘宝中小卖家开始对新规发起“暴力围攻”。数千人秘密集合，组成“反淘宝联盟”，对淘宝商城内的大卖家进行攻击。“拍商品”、“给差评”、“拒付款”成为他们的主要攻击手段。

结果便是大卖家们发现，自家店铺退货率忽然成倍增加，很多顾客给予商品“差评”，其中著名的“韩都衣舍”在30天内退款次数高达14190次，这也激起了大卖家们的不满：“我们作为普通商家，何罪之有？凭什么要砸掉我们的饭碗？”

对此，“反淘宝联盟”成员的回答是：“（这么做）就是要迫使淘宝商城和我们对话。”

这场“围攻”被形象地称为“十月围城”。事情发生的时候，马云身在美国，忙着演讲和洽谈收购雅虎的事宜。面对中小卖家的攻击，马云表现出了一贯的固执和强硬，他在微博上宣称："我相信自己的决定，选择了就必须去做，即使众叛亲离，也会一意孤行。"同时淘宝也公开声明，他们将赔偿在攻击事件中受损的卖家，但新规定"绝对不会更改"。

马云的强硬却起了反作用，围攻变得愈发激烈，许多店铺不得不暂停营业。而淘宝的竞争对手当当和QQ商城也乘机宣称，它们"不会调整收费价格"，用心显而易见。

终于，在商务部的介入下，淘宝终于软化了态度。马云回国召开了发布会，公开道歉、反省，并承诺调整新规，甚至在微博上诉苦："亲，真的累了。"然而"亲"们似乎并不买账，围攻仍在继续，而且转向了支付宝，虽然，参与者已经大大减少。

没有人知道这场风波会持续多久，也许不久之后就会平静下来，但这种平静绝非一劳永逸。有人的地方就有江湖，既然是江湖老大，马云也就必须时刻准备着承受众人所指。

只是被人声讨并非仅仅是声誉受损。虽然身为中国最成功的商人，但人们对马云的评价始终很两极化，不少人甚至直截了当地给他扣上"奸商"的帽子。看似对此毫不在意，可内心深处，马云是极其渴望改变这个印象的。所以近年来他到处推行自己的"新商业文明"，标榜所谓"悬壶济世"的商业理念，然而如今却频遭"自己人"的攻击，这一理念似乎还未及推广便已大打折扣。

何况还有对手们时刻虎视眈眈。10月24日，京东商城CEO刘强东在微博上称："一家网站未经我们允许直接抓取我们所有的产品评价，这些产品评价是京东花费了价值过亿的积分激励用户写出来的，你怎么也要打声招呼吧？实在难以相信这是一家整日倡导'新商业文明、诚信'的公司所为，这和鸡鸣狗盗行为有何分别？"

随即一淘网官方发布了一条微博，认领了这个“不点名批评”。

由此看来，马云的战略仍面临不小的考验。

事实上，马云自己也清楚，进入21世纪的第二个十年，电子商务必将出现新的变化，固守着现有的模式无疑是不行的。尽管他已经成功了十年，但在新的挑战到来的时候，他早已成为后来者眼中的“前浪”，随时有被“拍死”的风险。

在回国的飞机上，看着窗外的云层，马云缓缓拿起耳机，里面放着一首张雨生的老歌《最爱我的人伤我最深》，他知道他所要考虑的不仅仅是如何应对这场与“亲”们的战争。

更多的是未来，如何在互联网世界里生存下去。

**3**

在如今的电商领域，刘强东早已成为谁也绕不过去的名字。

2011年5月，京东的在职员工人数达到了1万人。对此刘强东在微博上感慨：7年前，京东做电商业务的员工不过36人。

11年前，王峻涛的“8848”因为过早地踏入电子商务而折戟沉沙，相比之下，刘强东要幸运得多，他恰恰赶上了最好的时代。从开餐馆，到卖电脑配件，从代理商到零售商再到网商，刘强东天生有着经商的执着。

凭借着非典期间的网上销售经验，刘强东华丽丽地做出了京东。与众不同的是，他的京东完全是靠钱砸出来的。

更与众不同的是，有了钱的京东，相比于利润更看重的是抢占品牌销售渠道。

于是，低价成了它的“杀手锏”。

## 008

刘强东对低价的执着引来了无数的封杀，这其中出名的就有明基、技嘉科技、液晶厂商瀚视奇的封杀，当然还有苏宁、国美，以及当当和各大出版社。

然而京东无所畏惧。刘强东甚至在微博上发言："我今生最恨的词就是'封杀'！……请图书部门同事把这些出版社记下来，他们的图书永远4折！"

这种看似杀敌一千自伤八百的战略，却着实打乱了整个传统规则下呵护着的价格体系。当然，受益的首先是消费者，而京东的价格战也在潜移默化间为自己积聚了大量的人气。

以图书为例，2010年，刘强东还说五年内不会卖书，因为卖书不赚钱。但没过多久，他便迅速找到了中国贝索斯的感觉：京东商城不仅卖书，而且还把图书放在众多商品的最前面，显然他想做的不仅仅是一个挑战者，还想做领导者。

不赚钱的图书，高调的价格战打出了广告效应，更打出京东的品牌，使得一些原本不是京东消费者的人也开始关注京东。

这也为它的发展铺平了道路。如今，刘强东已经规划了未来目标：2013年上市，融资将超过20亿美元。

尽管它还没有任何盈利的计划，尽管100亿美元的估值似乎只是泡沫，但没有人敢质疑刘强东的能力。

不管他怎么消耗着全行业的利润率，京东都不会缺钱，因为在电子商务中，市场是王道，尤其在中国这样一个庞大的市场下。

于是，刘强东继续胸有成竹地将自己的计划按部就班地实施，不理会传言，不在乎封杀，不为钱折腰，或许他早已看准了京东的下一步。

只是在那步棋走出之前，没有人猜得到那是什么。

## 4

十几年过去了，中国的门户格局似乎已经尘埃落定。

距离王志东离开新浪，也已经过去了整整十年。

虽然事到如今，这场恩怨早已成为一段纠缠不清的陈年旧事，但新浪毕竟已是过去。对王志东来说，这十年，他还有很多重要的事情忙碌。

在离开新浪后不久，王志东创办了点击科技，开始了新一段创业历程。

从门户转向软件应用，这个中国互联网教父级的人物却发现，自己对技术的热情似乎更甚于市场。

于是离开新浪的王志东找到了新的创业目标，设计更好更方便的B2C软件，让用户可以用最简单的方式从服务商那里获得需要的应用。

幸运的是，王志东获得了富达和联想投资，或许是业界多年积累了不错的口碑，这些投资者并不急于求成，王志东因此获得了充裕的时间和空间，来集中储备完善技术平台。

于是，离开新浪多年以后，王志东再次获得了成功。

而在中国互联网另一位先驱者女强人张树新看来，瀛海威始终是翻不过去的一页。

或许是她为之倾注了太多的心血，而这家公司又是倒在自己的固执冒进中。

多年以后的张树新早已从互联网行业转战金融投资领域，但人们谈起她时，说得最多的还是瀛海威。

吴晓波在《大败局》中如此形容了张树新创立瀛海威的背景：就在她创办瀛海威的时候，张朝阳刚刚回到北京创业，马云还在四处碰壁，丁磊在宁波电信局为要不要辞职下海做激烈的思想斗争，陈天桥则刚刚升职当上了上海一家国有企业的董事长秘书。

不过，最终她没有能够和这些人平起平坐。正如吴晓波所说，在中国这样的商业氛围里，每个创业者大概只有一次机会，一旦失手，东山再起的概率非常之小。

但是张树新仍旧在商海沉浮。虽然远离了互联网，但在金融领域，她似乎再次做出了些成绩，尽管很多人并不了解她的投资与营收究竟来自何方。

在谈及瀛海威时，张树新仍会感叹自己“犯了太多的错”，或许她仍会想象，如果没有那些错，她的瀛海威会变成什么样。

只是历史从来就不容假设。

所以说，机会永远是均等的。错误人人都会犯，只是有些错误可以挽回，有些错误不能。

即使如今早已在互联网世界里风生水起的丁磊、陈天桥、李彦宏，他们所面临的挑战同样艰巨，谁知道会不会哪天一个失手，十年后，当人们再谈起中国互联网历程的时候，就会将它们与瀛海威划入同一章了呢?

中国的互联网，生死不过只在一念。

## 5

随着苹果公司创始人史蒂夫·乔布斯的去世，一个伟大的时代似乎画上了句号。

不论你是不是“果粉”，都不会否认乔布斯给这个世界带来了无尽的想象力和创造力。

很多时候人们会问，为什么一个人的死会引起如此大的震动？

我们仅仅是在哀悼乔布斯的离去么？

不，我们哀悼的，是苹果失去了那些伟大创意的源泉的遗憾。

对于整个世界来说，这都是一种损失。

所以，在乔布斯身上，体现得更多的是这个时代对创新精神的渴望，那也是整个IT行业，整个互联网世界最宝贵的财富。

但是，时代发展的脚步并不会留给人们太多的时间怀念或是追思。

往往当你还没从中回过神来，更新的技术就已经闯进我们的日常生活中了。

这就是互联网时代的特征。

人们并不需要担心下一个乔布斯在哪里，也不用担心少了乔布斯的苹果会走向何方。

只要创造力不断，即使苹果不再，也一定会有芒果取代。

就像摩托罗拉与诺基亚，微软与谷歌之间的交替一样。

只是在中国人看来，多多少少有点悲凉的意味。纵观中国互联网十几年的发展，满目所见，似乎只有一条复制移植之路，属于原创的东西很少。

虽然我们常常自我安慰，几十年来网络创新的原点都在硅谷，连西欧日本也无法撼动它的地位，中国自然更没有能力；何况，借助美国人的科技抢先发展中国的互联网市场，之后再图创新，这也未必有什么不对。

只是话虽如此，中国的互联网精英们心中却清楚地知道，为什么谷歌、Facebook这些公司能够从无到有，惊人地发展成今天的模样？

仅仅是因为它们创造了前所未有的东西，就这么简单。不需要资金，不需要人力，当你掌握了代表未来的创意，就已经拥有了未来。

可惜的是，在中国，这条路依然漫漫而修远兮。

**6**

正如人们常说的那样，中国的互联网是一本书，也是一个江湖。它改写着许多人的一生，更成为一个时代的缩影，充斥着无数的成功与失败，也承载了无尽的风光与落寞。

这是不变的定律。

在这个时代，电商们的价格大战似乎永远不会落幕，但数不尽的金钱与梦想仍在源源不断地流入，或许人们会问，究竟是什么样的魅力，令互联网引得无数精英如此前赴后继地为之折腰？

答案并不复杂，因为互联网是象征着未来的科技。

我们相信总有一天，网上的虚拟世界会和真实世界紧密地融为一体，互联网上的所有生死博弈，都将成为对现实的写照。

所以，我们才如此在乎，在互联网那愈发激烈的竞争下，谁生谁死。

2011年11月28日

# 引子

# 布洛克巧营钻空狙击中国概念<br>互联网业者逆势求生举步维艰

“这是一个零和游戏，有人赢就有人输。钱本身不会产生和消失，它仅仅是简单地从一个人的手里转移给另外一个人。幻想变成了现实，然而越现实人们对它越绝望，这就是资本主义。”

来自1987年奥利佛·斯通导演的那部经久不衰的经典商战电影《华尔街》的这段经典台词，是浑水公司——一家独立商业调查机构——的官方主页上最常看到的句子。在这家公司的主页上同时滚动的还有许多来自著名的投资大鳄——巴菲特、索罗斯等人的经典名言。

所谓的零和游戏，也叫做零和博弈，意思是在严格的竞争下，对参与博弈的各方来说，一方的获益必定意味着另一方的损失，各方的损益之和始终为零。在这种条件下，任何一方都不存在合作的可能。

电影《华尔街》讲述的就是这样一个冷酷而充满你死我活的资本主义世界。不过，这部电影上映的时候，中国的改革开放才刚刚起步，大多数人对资本与商业博弈的认知少得可怜，片中那种激烈的资本交锋似乎只能是虚构的故事。

然而二十多年之后，当中国人真正融入整个世界的贸易体系，和全球那些经验老到、老奸巨猾的投资大鳄们一起玩这场生死相搏的资本游戏时，才明白原来现实远比电影来得刺激残酷。

互联网领域尤其如此。在全球经贸与创新产业越来越多地集中到互联网这个庞大市场的今天，嗅觉灵敏的投资者们绝对不会放过这块收益惊人的蛋糕，中国的互联网企业更是他们的重要目标——中国人介入的晚，资本运作的经验尚浅，对游戏规则的理解不够透彻，加上自身又有诸多不完善的地方——这都是资本大鳄们看好的狙击点。

《华尔街》中道格拉斯主演的股市大亨戈登让人印象深刻，虽然那个时代还没有互联网，但是二十年后的今天，人们却在互联网市场里找到了戈登这个角色最好的印证：浑水公司和它的领导者卡森·布洛克。

这位年仅35岁，堪称“中国通”的美国商人对中国企业来说不啻是一个梦魇。他以自己的精明和对中国企业的了解频频发动进攻，专注于做空中国企业，猎杀有问题的中国概念股。

2011年上半年，就在越来越多的中国企业，尤其是互联网公司准备意气风发地进军纳斯达克，抢滩美国市场的时候，布洛克以及许多像他一样的投机商人开始了他们新一轮的做空中国。

2011年5月以来，一直在美国颇受追捧的中国概念股忽然遭遇到一股强烈的“寒流”。在美上市的众多中国公司股价出现暴跌，IPO企业破发更是屡见不鲜。这让看好中国概念股的人惊叹不已。

由于5月份上市的中国企业不少是以电子商务和社交网络为代表的互联网技术企业，这一番冲击给中国互联网市场带来了不小的影响。5月11日在纳斯达克上市的世纪佳缘以11美元开盘，开盘3分钟后很快破发；5月12日，一周前刚在纽交所挂牌交易的人人网也陷入破发魔咒，创下13．04美元的历史新低，较IPO首日创下的20.90美元最高价下跌37．61%。再加上当天上市就破发的网秦，5月赴美上市的三家公司都破发。

在这种局势的影响下，不少原本信心满满准备步其后尘在美上市的中国企业也不得不放慢自己赴美的脚步。迅雷和盛大文学都暂停了7月底在美IPO的计划。而因为业绩不佳，10月以来甚至盛传盛大老板陈天桥正在谋求将公司私有化而退市，回归中国市场。

引发着一场中国概念股雪崩的导火索是2011年4到5月间爆发的一系列海外上市的中国公司涉嫌欺诈、会计造假或其他方面的企业治理不当的丑闻。

其中具有代表性的便是一家在加拿大多伦多上市的中国林业公司——嘉汉林业。从2011年5月被爆出其夸大销售额和资产价值以来，短短数周股价暴跌80%。而在揭露这一事件并在幕后推动嘉汉林业股价大跌的，正是卖空者卡森·布洛克。

嘉汉林业的最大股东是约翰·保尔森管理的370亿美元对冲基金，这位素有华尔街“沽神”之称的投资大师这一回却在布洛克的狙击下吃了大亏，估计损失超过5亿美元。这一战也让默默无闻的卡森·布洛克进入了众人的视线。

卡森·布洛克创办的投资公司叫做“浑水（MuddyWaters）”，这个名字很容易让人联想到一个中国成语“浑水摸鱼”，然而事实就是如此——布洛克说，公司的名字正是来源于这个成语。“我的朋友说，当他还是小孩的时候，有次去乡村钓鱼，但始终没法从池塘里把鱼钓起来。于是他就开始激起沉在池塘底部的淤泥，鱼儿不得不浮到池塘表面来。就这样，泥泞的水帮助他捉到了鱼。”布洛克如此介绍道，正是这位中国朋友讲述的颇具哲学意味的故事让布洛克觉得，在商业领域他也可以这样，在一片泥泞中寻找机会。

1996年，布洛克第一次来中国看望一个台湾的朋友。那时中国给他的印象非常好，他对中国的经济和社会变革相当乐观。然而，在这繁荣的背后，布洛克也发现了中国公司普遍存在的一些现象。“为了同那些完全捏造业绩的公司竞争，很多很优秀的中国公司，不得不靠粉饰报表来争取到一些客户。”当时布洛克或许并未意识到，这些问题会成为十几年后他打击的重点。

2009年，正是海外中国概念股最风光的时候，很多人相信持有中国概念股票终究会带来极大的收益。卡森·布洛克的父亲比尔·布洛克也是如此，他是一名美国的证券经纪商，打算买入一些位于中国河北保定的东方纸业的股票。出于谨慎，老布洛克让正在上海从事法律工作的卡森·布洛克顺便前去调查一下东方纸业的状况。

后来布洛克在接受采访时说，最初他对这项工作并没多大兴趣，不过当他和一位经验丰富的同伴一起去这家公司进行了一番考察之后却发现，东方纸业的状况远远不像外界人们所认为的那样，“公司里堆砌着旧机器和垃圾，”布洛克说，“他们表面上透明，但都是假象。最有趣的是，他们有一大堆废料，却在文件中将之描述为价值数百万美元的原材料。”于是，考察结束回到上海，布洛克有了新的打算，他认为这是一个可乘之机，他可以做空这家公司从而获得巨大的利益。

卡森·布洛克建议父亲应该准备卖空这家公司的股票，他随后建立了浑水公司。这位已在中国工作多年，说得一口流利的中文，并对中国的传统文化相当精通的美国商人拟定了一个详细的做空计划。

所谓的做空是股市中另一种投资手段，即先卖后买。打算做空某只股票的投资者和持有这只股票的人签订合约，向股票持有人借来股票在合约期间买卖，然后在合约到期后将这些股票还给持有人。如果未来该股价格大跌，那么做空者就可以低价买进相同的股份还给原持有人，其原价卖出与低价买进间的差价，便是做空者的利润。

卡森·布洛克便是打算以这种方式来获利，所以最重要的条件就是令东方纸业的股价大跌，不过此时他已胸有成竹了。

2010年7月，浑水公司在公司网站上发布对东方纸业的研究报告，称其存在财务报表造假行为，如资产估值至少夸大了10倍，2009年的营收夸大了40倍等。它指责东方纸业存在欺诈行为，建议投资者“强力卖出”，目标价1美元以下，而当时东方纸业的市价为8.33美元。

而在此之前，浑水已经并公开宣称自己持有东方纸业的空头头寸，这已经明确显示出浑水做空东方纸业的计划：一旦股价下跌，浑水将从中获利，并且跌得越厉害获利越大。

浑水的报告立刻收到了效果。第二天东方纸业股价便大幅低开，收盘报7.23美元，跌幅13%，一周内市值蒸发掉50%，而随后的六周更是狂跌了32%。

布洛克获得了巨大的成功，这让他坚定了自己狙击中国概念股的决心。

面对浑水的做空，东方纸业立刻做出了反击。他们指责浑水的报告纯属无稽之谈，内容完全与事实不符。“其中有很多错误、遗漏、造假和无事实根据的结论，目的在于让读者相信东方纸业造假，自己由此获利。”东方纸业负责人说。

随即，在不到一个月的时间里，东方纸业董事会成立了审计委员会，宣布联合乐博法律事务所(Loeb&LoebLLP)、德勤(Deloitte)和

TransAsia就浑水的质疑进行独立审查。

“浑水出报告背后的动机是明显的。”东方纸业董事长兼首席执行官刘振勇说。他透露，浑水的确曾有两名人员参观过东方纸业公司，中间提出要求一大笔现金或者股本权益报酬来交换一份积极的调查报告，公司拒绝了他们的要求。不久，浑水便发布一份长达30页的报告，称公司挪用了投资人的钱。

这引发了浑水与东方纸业间漫长的口水仗，事件逐渐演变成一出如同罗生门一般的戏：浑水坚称他们的调查符合实情，东方纸业则斥责浑水混淆是非、别有用心。5个多月后，联合调查结果出炉，否定了浑水报告中大多数的质疑，但也对一些内容有所保留，表示需要进一步调查。

尽管在调查之后，东方纸业的股价获得了大幅回升，但在美国，投资人仍旧对此事争论不休。虽然有人同情东方纸业，质疑浑水的动机，但对于东方纸业来说，这场做空战争令其蒙受的损失已经不可挽回。它唯一的出路就是用2011年的业绩来证明自己。

布洛克对东方纸业的做空似乎拉开了外国资本公司狙击中国概念股的序幕。顶着“中国电子商务第一股”光环的麦考林也在随后由此折戟美国。

2010年10月，麦考林在纳斯达克上市，随着首日股价大涨，麦考林总市值一举达到10亿美元。然而，仅仅一个半月后，它便被做空机构质疑，并随之遭遇财务欺诈连环集体诉讼。最终，麦考林股价相比历史最高缩水六成。

对于布洛克本人来说，他更加不会停下自己的步伐。他随即用同样的手段重创了绿诺国际。布洛克狙击中国概念的手法其实并不神秘，他只是凭借自己对中国企业文化的了解尽可能地发现中国企业中存在的制度漏洞和欺骗行为，然后抓住这些把柄进行攻击。同时，他懂得充分利用美国资本市场的游戏规则和法律漏洞。两年前，美国证监会对做空原则的限制做了更改，原来的做空只能在股票的卖价上做空，不能直接将做空的（借来的）股票直接卖给投资者，这一规则的改变成了做空者的利器，大大降低了做空者的成本。

当然，这种做空行为也让许多人反感。一位国内的投资银行家便指出，很多发起攻击的小型研究公司都在美国以外。“因为卡森·布洛克并没有撰写相关投资报告的执照，他们不得不转到中国香港以逃避美国法律的制约。即便他有相关的执照，以他对东方纸业做的事情，在美国，他将被调查并很可能被送进监狱。”这位资深人士表示。

不过布洛克并不在意外界的评价，因为此刻他的工作中心已经转向了下一个猎物——中国高速传媒控股有限公司。这家公司对于中国旅客而言并不陌生，他们经常在旅行大巴车上为自己的产品播放广告。

2011年2月4日，卡森·布洛克开始了他对中国高速的做空计划：他质疑该公司蓄意夸大盈利能力，并指出其向工商局提交的盈利数据与向美国证监会(SEC)递交的财报数据严重不符的事实。在对中国高速给出“强力卖出”评级的同时，和狙击东方纸业时一样，布洛克毫不讳言自己直接参与了做空这只涉嫌造假的公司，目标5.28美元。

研报发布当天，中国高速便暴跌33.23%，报收于11.09美元。此前一周，这只中国概念股刚刚升至上市三年来的历史最高价——每股23.97美元。对中国高速而言，这仅仅只是梦魇的开始。随着股价大跌，先后又有四家美国律师事务所宣布将对中国高速进行调查，并代表某一时期购买中国高速股票的投资者发起集体诉讼。

这场战争无疑又是卡森·布洛克获得了胜利。他毫不手软，再次成功狙击了老牌中国海外上市概念股“嘉汉林业”。得手之后的卡森依旧不依不饶。一系列的打击行动加上中国企业本身存在的问题，外国投资者对中国概念股的不信任感开始累积加剧，布洛克很好地利用和扩大了这种厌恶情绪，再加上疯狂盈利的刺激，国际资本市场随之对凡是冠以“中国”字头的上市公司进行了“集体有罪推定”，开始逐个、逐批地狙击已然无法分清好坏的所有中国概念。

卡森·布洛克依旧是冲在最前面的那个人。然而对他争议始终没有停止过。一些人认为他所做的一切都不过是针对那些有问题的公司，尽管他依靠打击这些公司从中牟取暴利，但另一方面，将这些公司驱逐出股市长远来看有利益整个股市的健康。事实上，从某种程度上来说，浑水这样专营做空的公司也是美国维持股市良性运转的手段之一：用利益吸引它们剪除股市的毒瘤，远比证监会有效得多。

不过卡森的报告也使得不少人损失惨重，因此在利益至上的资本世界里，对他恨之入骨的人也大有人在。出于安全考虑，卡森·布洛克常常行踪不定，他坦言自己曾不止一次收到过死亡威胁，对于蜂拥而至的采访邀约，他也相当谨慎，会事先小心确认记者的身份。

布洛克驳斥了那些认为做空者会联合起来做空一只股票的说法，他表示做空者之间也是相互竞争的，只有那些眼光远大的人才能真的从中赚到钱。换句话说，就是做空这件事，也并非人人都能从中牟利。

不可否认的是，在布洛克的带动下，巧营狙击中国概念股已经成为一股风气。到2011年夏季，战火再一次被扩大，烧向新股和次新股。而这部分被殃及的公司，即便在中国严格的核准制上市(区别于备案制)规则下，也是经得起推敲的。

6月9日，首只中国儿童概念股淘米控股有限公司在美国纽约证券交易所上市首日即告破发，开盘之后即跌破9美元的发行价，收盘跌幅8.56%。至此，2011年在美上市的13家中国概念股中已有11家破发，占比84.62%，5月份以来上市的诸如人人网、网秦、世纪佳缘、凤凰新媒体、正兴集团等，除凤凰新媒体上涨以外，余下的无一幸免，去年上市的企业更是大面积处于破发状态。消灭完部分质地优良的新股和次新股之后，境外老牌券商又开始对打着中国字头上市公司来了一次全面围剿——显然，这次围剿可以说是不分青红皂白，全部打翻在地。

这场由布洛克狙击中国概念股引发的小型经济战争，最终演变成一场对一国经济形势和执政党能力的国际沽空。从结果来看，这似乎已不再是经济领域内的单纯经济行为，更像是在经济领域内发动的军事战争。

这场战争由美国券商盈透证券接手了最后一个环节。盈透证券成立于1977年，为美国最大非银行券商，在全球80多个国家和地区开展证券经纪业务。2011年6月8日，盈透证券宣布，由于担心一些中国公司可能存在会计违规行为，即日起禁止客户以保证金的方式买进部分中国公司股票。被列入“黑名单”的有132家中国公司的159只不同股票，其中约90只在美国上市。上榜公司大部分为在纳斯达克上市的中国中小公司和网络概念公司，但其中不乏麦考林、新浪、当当网、搜狐等知名企业。

从4月份至盈透证券黑名单公布时，这些质地优良的上市公司早已损失惨重。新近上市后就暴涨的优酷大跌54.11%，人人网跌56.21%，网秦跌56.97%。而“三大”中的百度亦跌22.67%，“三小”中新浪跌34.21%，搜狐跌37.53%，网易跌22.58%。

美国证监会（SEC）主席玛丽·夏皮罗早在2011年4月间就表示，自2010年12月以来，已有8家在美上市的中国公司被摘牌。3月以来，24家在美上市中国公司的审计师提出辞职或曝光审计对象的财务问题，19家在美上市中国公司遭停牌或摘牌。6月9日，SEC在其网站上发布了一份长达6页的公告，警告投资者投资反向收购公司所面临的巨大风险，而公告中所列公司，几乎全部来自中国。涉嫌造假的中国企业已经从转板上市的中小企业，向主板蔓延，由美国证券市场延伸至加拿大。

表面上看，这场空前的做空中国概念股的行动不过是场在上市公司范围内的“驱逐劣币运动”，然而其背后所体现的，却是对中国资本市场的一种警醒。尽管中国上市企业的造假欺诈行为是一个重要因素，但从这一事件不难看出，美国并不完善的审核制度也是做空者频频得逞的原因之一。

SEC财务审计只需要确保上市公司能够提交经由符合资质的会计公司审计的年报，但这是会计师事务所自己的事情，如果它们愿意找承包商，SEC不会有异议。正是这种“承包商制度”和SEC相对宽松的监管措施，才使得中国企业自以为可以躲过审查在美国上市圈钱，这就给了做空者机会，最终酿成了这一多方俱损的局面。

不过SEC是否真的意识到恰恰是自己在某种程度上助长了这种局面的形成？还是说，他们从一开始就知道会有这种结果，却故意放任不管？在中国人看来，其中或多或少会有点阴谋论的调调。

可是，不仅仅是中国企业本身，美国和中国国内的投资者也因此蒙受了巨大的损失。由于受到打击最多的是互联网公司，所以带来的最直接的结果就是，中国互联网企业齐齐陷入一场融资的困境。

随之连带受到影响的包括早期的创业投资市场。受到年初大批互联网企业赴美IPO的影响，国内的不少创业者对于互联网行业的融资前景非常乐观。他们中不少人已经拿到了第一笔天使投资，建立起初步的商业模式，正打算借新一轮融资大干一场，却不料风云突变，中国互联网企业在做空者的连番打击下持续低迷，大笔市值蒸发，裹足不前，使得投资者们一下子对互联网行业失去了热情。

受市场环境的影响，2011年初一片繁荣的团购以及中小电商发现，他们的资金已经难以为继。投资人对这些创业构想变得愈发谨慎，像以往那样轻轻松松地融资已经几乎不可能。不得已，许多撑不下去的人只好带着未竟的理想退出市场。中国互联网市场似乎正在迎来又一个寒冬。

事实上，中国互联网企业选择美国作为扎堆上市的地点自有它们的考量。

首先，很多互联网企业都是通过获得风险投资而高速发展，这些风险投资很大一部分都是来自海外(主要是美国)风投机构。为了让这些风投顺利地退出，很多互联网公司都以离岸公司方式注册，如在国际免税天堂开曼群岛注册。但是，根据A股的制度安排，这些以离岸公司方式注册的企业，名义上属于外资企业，在政策上无法在国内资本市场上市。除非国际板推出，制度上的障碍才能解除。

其次，美国资本市场上市采取的是注册制(只要交易所同意就能上市，国内采取的是审核制，需要得到监管部门批准)，只设增长门槛不设盈利门槛。也就是说，只要公司业务高速增长，即使是亏损的公司，也能在纳斯达克上市。如2010年底登陆美国市场的优酷，就是亏损上市并得到了投资者的狂热追捧。反观国内市场，监管部门对主板、中小板、创业板设定了一套详尽的盈利、增长硬指标，入市门槛较高。尤其是创业板，硬指标的严厉程度远超美国。优酷如果要想申请在创业板上市，首先就要过盈利关。而优酷2010年第四季度财报显示，该季度优酷继续亏损570万美元。注册制带来的另一个有利因素，就是IPO所需要的时间短，加上很多风投机构与美国华尔街渊源颇深，运作企业上市轻车熟路，使得互联网公司在美国上市十分容易。奇虎360在2010年底才真正开始运作上市事宜，2011年3月份就成功在纽交所上市。一位专业人士表示："这样的速度，在国内创业板上是不可能的。而一旦时机错过，互联网企业很可能就因为资金压力倒在黎明前的黑暗里。"

此外，由于美国是互联网的中心，投资者对互联网企业估值较高，其发行市盈率并不比国内创业板低(以当当为例，在纽交所IPO融资2.72亿美元，市盈率90多倍)。加上美国资本市场还给上市企业提供了各种各样的融资工具，创业者可以不稀释股权就能募集到后续发展的资金，这对互联网创业者也有很强的吸引力。

然而，从中国概念股不断地被动挨打的局面来看，上市绝不是一帆风顺一劳永逸的事。相反，它带来的负面效应似乎更令人担忧。有人认为这或许是又一个互联网泡沫的先兆，只不过这一回它将摧毁中国市场。

当然这话多少有些言重了，毕竟引发这场做空浪潮的是中国公司自身制度的不完善，这并非不可弥补。不过，对于中国互联网企业来说，在资本世界里它们毕竟还是新手，比不过西方早已玩转资本运作数百年的大腕，因而走错的每一步棋，都可能关乎生死。

# 第一章

## 张树新大意冒进折戟商海<br>互联网泡沫破裂初迎寒冬

1992年2月，时任美国总统乔治·H·布什在这一年的国情咨文中，提出了一个构想，计划用20年左右的时间，耗资2000亿到4000亿美元，建设美国国家信息基础结构（NII），并将其作为未来美国发展政策的重点和产业发展的基础。

然而老布什未能在1993年成功连任，但这个构想被他的继任者，第42任美国总统民主党人比尔·克林顿继承了下来。1993年9月，克林顿政府宣布正式将“美国国家信息基础结构（NII）”作为一项新的高科技产业计划付诸实施，这也就是后来广为人知的“信息高速公路”。

NII对美国以及全世界的深远影响在20年后得到了充分的体现。互联网世界的繁荣很大程度上有赖于通过这项计划建立的各种硬件设施。如今，高性能的计算机服务器将各种信息资源通过电缆光纤等高速通道连接成一个整体，提供给数以亿计的使用者，不但促进了时代的飞速发展，更创造了大量的财富。

在美国的克林顿政府时期，互联网科技的成熟创造出一个崭新的科技产业，它在1996年开始蓬勃，并在1998年达到巅峰，开创了互联网时代的第一个繁荣时期。在此期间，中国的互联网市场也开始了自己飞速发展的脚步。一个充满希望与机遇的时代正在眼前展开，无数的人开始幻想在这个新兴产业中开疆拓土。

然而这种不可思议的繁荣催生了巨大的经济泡沫，并且最终在21世纪初破裂。这次动荡让许多投资者蒙受了损失，也让许多九十年代著名的互联网企业，例如张树新的瀛海威一蹶不振甚至就此从行业里退出。不过，这场互联网世界的第一次集体飨宴虽然以一种并不完美的方式落下了帷幕，却成功奠定了21世纪互联网再度繁荣的基础。

从希望的云端到失望的谷底，总有人成功有人失败，但不论谁生谁死，在未来互联网世界中，这些经验都是开拓者们最宝贵的财富。

## 第一次互联网泡沫的兴起

1994年，由于Mosaic浏览器及万维网的出现，互联网开始引起公众注意。到了1996年，一个公开的网站已成为大部分美国的上市公司而言的必需品。最初，人们只注意到互联网具有免费、迅捷以及能提供世界性的讯息等特性，但随着时间的推移，越来越多的人开始适应了网上的双向通讯，并开启了以互联网为媒介的直接商务(电子商务)及全球性的即时群组通讯。这些概念迷住了不少有才华的年轻人，他们认为这种以互联网为基础的新商业模式将会兴起，并期望成为第一批以这种新模式赚到钱的人。

互联网这种可以低价地在短时间接触世界各地数以百万计人士，向他们销售及通讯的技术，改变了许多传统商业信条，包括广告业、邮购销售、顾客关系管理等。于是，网络成为一种新的最佳媒介，它可以即时把买家与卖家、宣传商与顾客以低成本联系起来，带来了各种在几年前仍然不可能的新商业模式，并引来风险基金的投资。

大量的风投资金给这个新兴的行业带来了繁荣，但不知不觉中，一个美丽而脆弱的经济泡沫也正在悄然形成。在泡沫初期，至少有3个主要科技行业因此而得益，包括互联网网络基础建设，互联网工具软件，例如Netscape，该公司在1995年12月IPO；以及各种入门网站，著名的如雅虎公司，于1996年4月首次公开招股。

在互联网蓬勃发展的时期，风投家目睹了互联网公司股价的创纪录上涨，因此不再像以往那样谨小慎微：选择让更多竞争者进入，再由市场决定胜出者来降低风险。而1998至1999年间的低利率，帮助了启动资金总额的增长。但是，在这些创业者中，大部分缺乏切实可行的计划和管理能力，仅仅由于新颖的“.com”概念，便能将创意轻易出售给投资者。

在当时，一个规范的“.com”商业模式依赖于持续的网络效应，以长期净亏损经营为代价，以期获得市场份额。公司希望通过这种方式建立足够的品牌意识，以便在未来实现盈利。“快速变大”的是一个通行的口号，它很好地诠释了这一策略。在亏损期间，公司依赖于风险资本，尤其是首发股票募集的资金来支付开销。由于当时这些股票颇为新奇，极具吸引力，加上公司难以估价，许多股票被推上了令人瞠目结舌的高度，公司的原始控股股东们则一夜之间拥有了巨大的账面财富，股市泡沫便在这样的市场环境下形成了。

在金融市场里，股市泡沫是指某一特定行业的股票价格自我持续上升或急速发展。仅当股价崩盘时该术语方可被明确使用。泡沫在投机者注意到股价的快速增长时应预期其会进一步上升而买入，而不是因为其被低估。所以，很多公司被严重高估了。而当泡沫破了时，股价将急速下挫，导致许多企业破产。

以现在的眼光审视，“.com”模型其实有着天生的缺陷：大量公司在相同的领域均有着相同的商业计划——通过网络效应来垄断——不过即便计划再好，每一板块的胜出者都只会有一个，因此大部分有着相同商业计划的公司将会失败。事实上，许多板块甚至连支持一家独大的能力都没有。

尽管如此，仍有一小部分企业的创始人在股市泡沫初期，通过公司上市获得了大笔财富，这些早期成功使得泡沫更加活跃，繁荣期吸引了大量前所未有的个人投资，据当时的媒体报道，人们甚至辞掉工作专职炒股。

在“.com”理论的引导下，互联网公司的生存依赖于尽快地扩展客户群，即便这会产生巨量年损。在市场高度繁荣的情况下，有前途的网络公司可以进行股票IPO（首次公开发行股票）来大幅圈钱，甚至它从未盈利过，或者在某些情况下还没有任何收入。不过，当一家互联网企业处在既不盈利的又缺乏可行的商业模式时，它的寿命只能靠燃烧率来衡量，也就是它挥霍完募集的资金的时间。

在这样的背景下，想要有所作为，提高公司的知名度成了扩大客户群体的重要途径。在互联网发展尖端的美国，许多的网络公司将大笔资金投放到电视广告、平面广告以及体育赛事中博取知名度。在2000年1月17日举行的第三十四届NFL超级碗赛事中，有17家网络公司进行了赞助，为30秒钟广告各支付了200多万美元；而在2000年4月15日，一家CBS支持的网站iWon.com在CBS一档黄金时段播出的半小时的节目中，慷慨地送给了一位幸运的参赛者1000万美元。然而对比鲜明的是，在互联网泡沫崩裂后的2001年1月，第35届NFL超级碗举行期间，仅有3家网络公司购买了广告。

在网络繁荣达到巅峰期间，“利润增长”的心态以及西方国家“新经济”不败的氛围，使得部分公司内部开销大手大脚，比如精心定制商业设施，为员工提供豪华假期。公司常常支付给高管和员工股票期权，在IPO时，这些人马上变成了百万富翁，许多人又把他们的新财富投资到更多的网络公司上面，进一步膨胀了经济泡沫。

互联网的发展也创造了硅谷的高科技神话，在这种风潮的带动下，美国所有的城市都开始建造网络化的办公场所吸引互联网企业家，以谋求成为“下一个硅谷”。而许多通信供应商也固执地认为，未来经济将需要无处不在的宽带连接，于是纷纷债台高筑地购进高速设备，建设光纤线路以优化自己的网络，使得思科这样的网络设备生产公司从中大大获利。

而在美国之外的欧洲，德国、意大利以及英国等国的移动运营商同样花费了大量现金来购买3G牌照，使得自身负债累累，这笔投资远远超过了他们当前和预测的现金流。由于IT产业高度关联的自然属性，这迅速导致了依赖运营商合同的小型公司产生运营问题，危机的爆发依然不可避免。

## 互联网泡沫的消退与影响

2000年3月，以技术股为主的纳斯达克（NASDAQ）综合指数攀升到5048，网络经济泡沫达到最高点。1999年至2000早期，由于美联储连续将利率提高了6倍，出轨的经济开始失去了速度。网络经济泡沫于3月10日开始破裂。在这一天，纳斯达克综合指数到达了5048.62（当天曾达到过5132.52），相比一年前的数值，翻了超过一倍。此后，纳斯达克股指开始小幅下跌，市场分析师们却说这仅仅是股市的修正而已。

不过，此后不久的4月3日，美国联邦政府诉微软案的审理结果宣布，微软最终被判定为垄断，纳斯达克股指随后便出现大幅反转。在周末之后的第一个交易日，大量对高科技股的领头羊如思科、微软、戴尔等数十亿美元的卖单碰巧同时在星期一的早晨出现，而卖出的结果却导致纳斯达克在3月13日一开盘就从5038跌到4879，整整跌了4个百分点，达到全年“盘前（pre-market）”

抛售最大的百分比。

3月13日星期一的大规模的初始批量卖单的处理引发了抛售的连锁反应：投资者、基金和机构纷纷开始清盘。仅仅6天时间，纳斯达克就损失了将近9个点，从3月10日的5050掉到了3月15日的4580。此后，股市迎来长期的熊市，互联网板块的风光不再。

至于互联网企业如何会在2000年初很短的时间内集体崩盘，除了本身经济泡沫所隐藏的不稳定性外，分析人士认为，为了应对Y2K问题而导致企业支出加剧也是问题集中爆发的原因之一。新年之后，企业会发现所有的设备他们只需要一段时间，之后开支就迅速下降了，市场上资金流便在短时期内大幅缩水。这与美国股市有着很强的相关性。道琼斯指数在2000年1月14日收报11722.98点峰值，盘中一度到达了11750.28点，理论峰值到达11908.50；而标准普尔500种工业指数在2000年3月24日收于1527.46点，盘中峰值1553.11点；更为显著的是，英国的FTSE100指数在1999年的最后一个交易日抵达6950.60的最高值。之后在好几个行业开始进行冻结招聘、裁员甚至合并，尤其是互联网板块。

也有人认为，泡沫破裂与1999年圣诞期间互联网零售商的不佳业绩也不无关系。这是大部分互联网企业不断追求扩大规模的战略错误的第一个明确和公开的体现。零售商的业绩在3月份上市公司进行年报和季报时被公之于众，大大影响了投资者的信心。

到了2001年，泡沫全速消退。大多数网络公司在把风投资金烧光后停止了交易，其中不少企业甚至还没有盈利过。

在互联网泡沫崩盘的过程中，通讯公司也因此蒙受了巨大的损失。不少通讯公司因扩张计划而背负巨额负债，不得不变卖资产甚至宣布清盘。其中，最大规模的WorldCom则被发现以会计方式夸大其利润以10亿美元计。事件揭发后，其股票价格大跌，短短数日后便申请破产清盘，并成为美国历史上最大的清盘案。

经济泡沫的繁荣一度让不少投资者认为以互联网企业为代表的新经济已有实力挑战旧经济的地位。其中最著名的是2000年1月11日，拨接上网供应商先锋AOL收购世界最大的媒体公司时代华纳的案例。然而其后在两年内，由于意见不和，促成这笔收购的两家公司的行政总裁先后离任，到2003年10月，AOL时代华纳除去了其名字的中的“AOL”，恢复了时代华纳的旧称。这个极具代表性的收购表明，当互联网新经济面临困局时，传统的旧经济体却仍可继续生存下去，这也让许多人重新开始以理性的眼光来思考互联网时代的商业环境。另一方面，市场对高速密集网络的需求最终没有实现，大量铺设的光纤等硬件系统根本无法得到实际应用，部分光纤被人们讽刺为所谓的暗纤，分析人士估计，即使在未来数十年，恐怕只有少量的暗纤会复燃。

不少奉行“.com”政策的互联网公司一间接一间地耗尽资金，并被收购或清盘，域名则被那些奉行旧经济模式的竞争对手或域名投资者购入。部分公司则被控不诚实误用股东的资金，美国证券交易委员会对大型投资机构包括花旗集团及美林罚款数百万美元，以惩罚它们误导投资者。支援性行业如广告及运输业在泡沫破裂后也不得不缩减其营运规模，以面对下跌的需求。只有少部分公司，如Amazon.com及eBay在最后生存下来。

根据统计，网络经济泡沫的崩溃在2000年3月到2002年10月间抹去了IT业界约5万亿美元的市值。不过后期的一些研究表明，约有50%的网络公司继续运营过了2004年，这也多少给了人们一些安慰，至少公共财富的毁灭不会导致那些真正有实力的公司关闭，此外，网络经济的大部分参与者都只各占国家经济总体的小部分，对金融市场风暴的冲击有限。

然而这场互联网泡沫带来的影响却是深远的，好的方面来说，它重组了互联网业界的局面，形成了一定的秩序，淘汰了市场中的投机者，为后来大批具有实力的互联网企业的崛起铺平了道路，但这不能否定它对经济的重大负面影响。甚至有学者认为，网络经济泡沫的破裂是美国2008年房地产泡沫产生的远因。耶鲁大学的经济学家罗伯特·希勒在2005年时说："一旦股市下跌，房地产就成为股市释放的投机热潮的主要出口。还有什么地方可以让冒险的投机者运用他们新吸收的高阶人才？大房子所展现的实利主义也已成为自尊心受挫的失望的股票投资者的奴隶。这些天来，整个国家在痴迷程度上唯一与对房地产的痴迷度相同的东西只有扑克牌。"而大量资金进入房地产市场或许正是充满希望的互联网泡沫崩盘下的无奈之举。

## 著名.com公司列表

- 瀛海威：破产
- Amazon.com（亚马逊）
- Boo.com
- eckigs.com（鑫特网）
- eBay
- eToys：破产

- Excite@Home
- Freeinternet.com：美国第5大ISP，在2000年破产
- Google：在泡沫破裂后仍能成功进行首次公开招股
- Kozmo.com
- Kibu.com
- Netflix
- PayPal：现为eBay附属公司
- Pets.com：破产
- Priceline.com
- Webvan：破产
- WorldCom：因会计丑闻而停业，其后被收购
- Yahoo!（雅虎）
- Clarent：冠远VOIP专业不在台湾上市，直接跳纳斯达克上市，因为做账问题退市

## 瀛海威的沉浮

对于成长于新世纪的新一代网民来说，瀛海威这个名字或许是陌生的。然而，对于早期的中国互联网从业者，瀛海威却曾经是一面标志性的大旗，一家名声曾经如日中天的互联网先锋企业。

1998年，美国《商业周刊》在这一年的一期封面上，用醒目大标题写道："苹果又回来了!"90年代初重返苹果的乔布斯在经历过一次失败之后，已经积蓄了足够多的力量。这一年5月，一

款凝聚了心血之作的iMac横空出世，5个月后，iMac的销售额达到了16亿美元，这也让苹果公司从这一年开始破天荒地从亏损转为盈利。与此同时，微软在海外静悄悄地发布了Windows98，与旧版的Windows95相比，新的版本不仅增加了更多的特性，而且可靠性也更高，操作也更为方便快捷。从这一年开始，人们对多媒体和数字生活的体验正在变得更加深刻。

而此时，远在大洋彼岸的中国同样感受到了这一历史性的改变。一位名叫姜丰年的互联网从业者用敏锐的眼光观察着美国的这场变革，写出了一篇名为《门户大战》的文章，很快在媒体上被炒得火热。作者在文章里介绍了正在美国出现的两个新概念：网络门户和门户大战。一场以美国在线（AOL）和YAHOO!为首的战争正在火热展开，NETSCAPE、微软，以及老牌的搜索引擎公司如LY-COS、EXCITE等也纷纷加入。“群雄全力争夺的是被称为‘心灵市场占有率’的网络读者忠诚度。抢占的实体空间是网友打开浏览器时看到的第一个屏幕。美国主流媒体近来已经把这个虚拟市场取名为‘网络门户’。被网友选为上网通路的网站，就有机会在迅速成长的网络广告市场分得一杯羹。”文章中是这样描述的。

门户概念由此直接波及到中国的互联网产业。仿佛是在一夜之间，国内的ICP（网络内容服务提供商）、ISP（网络服务提供商）一拥而上，纷纷向门户网站挺进。年初的时候，搜狐网创始人张朝阳还在感叹不知道做什么，此刻却突然恍然大悟，于这一年的9月15日推出了Sohoo2.0版，明确宣布：要做中国第一的网站。张朝阳也在这一年被美国《时代》周刊评为“全球50位数字英雄”之一，成为名噪一时的网络新贵；9月22日，网易也全面改版，朝着中文网络门户方向迈出了第一步；其他的搜索引擎如

YAHOO!、广州视窗、利方在线也宣布改版成功，有意识的向门户转变或靠拢。

其实，那时国内所谓的网络门户，还处于非常青涩的状态，形式上是清一色的搜索引擎，甚至只是类似电话簿一样的分类目录。当时中国只有100多万网民，其中几十万还属于电脑和网络从业人员。尽管用户数量不足，但所有的网站都明白：网络门户将是未来发展的一种大趋势，因此抢占先机才是王道。

而此时，国内资格最老、原本最有希望成为门户网站的瀛海威，却已经风雨飘摇。作为中国最早的网络接入服务商，那个时候的瀛海威，扮演的是中国互联网启蒙者和领跑者的角色。

1996年深秋的一天，北京白颐路口，许多经过的人惊讶地发现，这里不知何时竖起了一面硕大的牌子，上面写着："中国人离信息高速公路还有多远？向北1500米。"——前方向北1500米，就是瀛海威的网络科教馆。于是，瀛海威这个名字和这个颇具创意的广告一起被深植进那个年代人们的记忆中。在当时，这块广告牌可以称得上是中国互联网产业的一个标杆。只是没有人想象得到，短短几年之后，这个标杆竟会在互联网世界失去立足之地。

瀛海威成立于1995年5月，最初的发起人主要有张树新、姜作贤、刘杰等。拥有媒体从业经历的张树新显示了在宣传推广上的卓越能力，瀛海威迅速获得了惊人的知名度。据当时的媒体报道，瀛海威"就像传教士布道一样，向中国人宣讲何谓Internet"。

张树新的目标是做中国首批的互联网接入商(ISP)。但是，当时市场环境远未成熟，中国全部上网人数还不到8万人。1996年1月，号称中国第一个全国网的chinaNet才正式开通。在大部分中国老百姓并不知互联网为何物时，除了ISP外，瀛海威还是要肩负培育市场的Internet概念的“普及商”，并要负责内容制作，充当ICP的角色。

1996年9月，中国兴发集团对瀛海威进行投资，瀛海威的总股本变为8000万元。在强大的资金支持下，这个小公司迅速成长为中国互联网的领军企业。当年年底，瀛海威已是北京知名的ISP。后来一度成为中国互联网首席富豪的丁磊的个人BBS就曾经挂在瀛海威的网站上。

瀛海威更大的梦想是构建一张大网，这个宏大理想曾被视为将“书写中国ISP传奇”。但是，不成熟的市场环境很快让瀛海威见识到自己面对的困难。

拿到8000万元投资后，张树新想做的第二件大事就是组建自己的网络。瀛海威以重金租用了两条通信线路，一条是卫星线路(VIST)，一条是国家数据专线(DDN)。公司上下一心，夜以继日地建网。在瀛海威的计划里，1997年要在全国建起20个城市结点，1998年达到40个，让这些城市的用户可以自由漫游。不过，即使不算通信线路的费用，每个结点的开办费用都在200万元至300万元；8000万元其实花不了多久。

1997年春天，全国大网和上海、广州等8个城市的结点开通。但是，中国电信随后的一记重拳，让瀛海威的这些努力几乎立即付之东流：同年，中国电信进入互联网络接入市场。它并不提供任何内容，也没打算培育市场，但低廉的Internet访问价格就足以使瀛海威的“大网”身价暴跌。此外，中国电信是国内电信业的老大，它负责整个价格体系的制定。瀛海威既需要租用它的线路，又要和它竞争。像中国早期绝大多数ISP一样，瀛海威选错了对手。在中国电信的挤压下，到年底时，瀛海威已经出现巨亏。

当然，张树新本人的冒进和对市场的乐观判断，也让瀛海威雪上加霜。事后有媒体评价说张树新对企业形象宣传游刃有余，当企业转入实质性经营后，却明显后劲不足。“网上延安”项目就是败笔之一。当时，张树新曾计划把延安的历史、现实、人物故事都放在互联网上，吸引全国中小学生观看，以此来增加收入。为此公司花费巨资，终于将200个网页，500幅图片，十多万字的“网上延安”上网了。但遗憾的是，点击率非常之低。对此有媒体评论说，张树新始终没有明白，老百姓究竟需要一张什么样的网。

而自1995年9月开通以来，瀛海威始终有个技术问题没有解决，就是经常掉线，为此顾客的投诉非常多。这一缺陷要想改正过来并不难，可拖了两年还是没有人做。因为公司关心的是更大的项目，比如“网上交费系统”，这在当时非常超前。为了开发这个系统，公司的一位留美博士后闭关静坐，潜心研究了8个月，完成后却被束之高阁。最终这套系统在耗费了大量精力的情况下却不了了之。

也曾有人提出过瀛海威应该向雅虎式的门户网站转型。张树新的属下曾遗憾地评论说，因为女主人的固执，进入误区的瀛海威并没有抓住转型的机会。用一家媒体的描述是，张树新是“在大雾中领跑”。

不幸的是，当时国内信息服务业生存环境已经开始变得恶劣。到1997年底，瀛海威总共投入1.6亿，按照瀛海威前经营者向董事会的报告，其投入产出目标收入应当是1.1亿，扣除公关宣传费用最低估计也应该是9000万，但实际收入只有963万。由于资金严重短缺，公司原定快速蓬勃发展的计划被迫搁浅。收入过低、投入产出比过于悬殊，使得瀛海威进入了恶性循环，最终到连生存都成问题的地步。

没有行业背景资源、资本结构不合理、商业模式没有多余价值链设计，种种问题成了瀛海威的顽症。而当时ISP产业整体的惨烈竞争环境，也为一直在由男性主导的IT界扮演着“铁血娘子”角色的张树新抹上了一丝悲情的命运色彩。“我认为，这只是在错误的时间错误的地点做了一件正确的事。时代恰好需要在这个时候有人来扮演一个角色，而我刚好碰上了。如此而已。”张树新在几年以后接受一家媒体的采访时说。

1998年6月，由于亏损严重，并且后继资金匮乏，大股东兴发集团与张树新产生冲突。危机四伏中，张树新黯然宣布辞职，而短短五个月之后，瀛海威公司另外15名高层管理人员也集体辞职。1999年瀛海威宣布融资成功，来自香港的意科最终控制了瀛海威，并将张树新等股东排挤出局。

在此后的几年里，瀛海威进行了一系列业务重组、变革与自我挣扎。2001年，瀛海威开始大量裁员，但始终没能挽救它的命运，公司的业务发展一直举步不前。至此，它开始渐渐淡出了人们的视线。但中国互联网的商业浪潮并没有因为瀛海威的黯淡而显得格外低落。就在瀛海威高管集体辞职的一个星期之后，四通利方公司与海外华人互联网企业美国华渊资讯公司合并，成立了新浪网。在很短时间里，新浪网一跃成为全球最大的中文网站。此时此刻，中国互联网界的明星企业早已换成了在纳斯达克上市的新浪、搜狐和网易们。

2004年，一条不起眼的简短消息宣告了瀛海威的落幕：北京市工商管理局发出公告，依法对847家企业吊销营业执照。北京瀛海威信息通讯公司也在被吊销之列，至此，一代互联网先锋瀛海威终于彻底从人们的视野中无声地消失了。

瀛海威失败的背后究竟隐藏着何种内幕？公司内部流传着三种说法。

一种说法认为：主营业务为ISP的瀛海威因为有外资成分，没有通过每年一次的ISP牌照年审，暂时无法继续从事ISP业务，故而弱化ISP业务比例被迫转型。另一种说法表示：就如韩旭在“全面管理调整通知书”中所列举的理由，因为“庞大的人员开支、巨额的电信资费、昂贵的办公环境以及微薄的业务收入”，瀛海威的ISP经营不下去了。一位负责销售的副总确认：从1998年开始，瀛海威的ISP一直都在亏损，所以资本不想再玩下去了。第三种说法则最为大胆：意科撤了！资本方通过各种机制已完成了投资的利益转化，在各有所得后退场了，瀛海威再也不会得到来自意科的一分钱。这个说法起码可以解释为什么瀛海威港籍高层在突然间尽数消失，也可以解释为什么一向慷慨的瀛海威要在总额约计100万元人民币的员工遣散费上大做文章。

知情人士透露，兆比特其实就是中兴发自己的公司，而中兴发则为意科的一个股东。2000年8月28日，意科以7000万港币收购兆比特20%股权，同年12月22日，又以现金10.4亿港币收购剩余80%股份。至此，中兴发就已完成了“投资—获利—退出”的过程。而对于意科，从2000年6月每股0.28元飚升至如今的2.25元，其获利空间不言而喻，早已不是1999年底尚需出售物业、有价票据以偿还银行贷款并进行债务重组的“吴下阿蒙”了。

在此基础上，还有一种颇具想象力的猜测是：韩旭以个人名义从意科低价回购了瀛海威，因为瀛海威毕竟还有品牌价值。在大力降低运营费用、压缩已难以为继的ISP业务的同时，韩旭为瀛海威装入了当时正在“热销”的上市概念——ERP＋财务软件＋服务，以期能以最低的成本完成一个包装最完美的构架，伺机转手。

瀛海威一位已离职港籍副总裁自信对大陆软件业相当熟悉，他表示此前从来没有听说过珠海天心和万能软件，此外他认为做软件其实产品本身不值钱，关键在于后续的配套服务，他对瀛海威招聘的软件团队的能力问题表示怀疑。而9月5日天心新聘员工进驻位于北京王府井东方广场的瀛海威总部后，据员工描述办公区气氛空前紧张。看来撇开今后的业务前景不谈，仅100多名辞退员工的处置、留任员工与天心新员工的融合就让瀛海威在短期内难以再见光明。

一度是中国最大的ISP和ICP，也是中国电子商务先驱的瀛海威，沦为了资本的跳板。难怪有人慨叹其由先驱变成了先烈。

事实上，瀛海威的故事代表了那个时代中国互联网企业的一种共性：赶上了时代的脚步，却并不知道未来正确的发展方向，企业的管理者往往好高骛远，迷恋于对资本的掌控。世界互联网行业经济泡沫的破裂所体现的正是对理性的呼唤，在新经济体向传统经济回归的过程中，“务实”永远是第一要务。仅仅靠资本的运作无法真正挽救一个企业的灵魂，尤其在互联网的世界，创新和理性是始终无法被忽略的课题。

“20年来，在中国几乎所有的产业领域中，充当领跑者的企业无一不在中途出局，瀛海威的故事无非再添一个令人扼腕的案例而已。”财经作家吴晓波在其著作《大败局》中对瀛海威的失败做了上述评价。

然而一家公司的浮沉并不意味一个行业的挫折，全球互联网行业泡沫的破裂对90年代中国网络公司的影响不能不说影响重大，但在一批公司的衰败背后，必然有新的企业诞生。瀛海威的时代成为过去，也意味着一个崭新的互联网时代的来临。

# 第二章

# 王峻涛错估局势电商苦苦挣扎
# 纳斯达克上市互联网终迎新生

随着庞大的第一次互联网泡沫在千禧之年的破裂，互联网世界喧嚣而狂热的90年代就此终结。尽管这个结果显得残酷，但在残酷背后体现更多的却是理性。

大批兴起于90年代的互联网公司在这场危机中蒙受损失，经历痛苦的重组，甚至淘汰，也让许多人开始冷静下来，向传统的商业法则回归，并努力寻找一条真正适合中国互联网市场的发展路线。

2001年，在经历史上最漫长的谈判后，中国加入世贸组织（WTO），对于正在困境中挣扎的中国互联网企业来说，这不啻为一个利好消息，而随后发生的许多看似偶然却又必然的事件，也逐渐为这个行业重新注入了活力和信心。与此同时，在世界范围内，互联网技术也迎来了新一轮的飞速发展。

在网络世界里，没有什么永恒不变。一个市场的失败与重组也许令人沮丧，但所谓物极必反，当形势看似已跌入谷底时，背后却也往往酝酿着一个新时代到来的期望。

## 网络泡沫破裂，混乱中的挣扎

在世纪交接，互联网泡沫达到顶峰的时期，几乎所有的国内互联网企业，都处在飘忽的云端。境外的风险投资疯狂涌入中国互联网产业，圈钱、烧钱成为当时最盛行的举动。然而那些被欲望蒙蔽了双眼的财大气粗的经营者却忽略了一个基本的事实：大多数网站此时并没有找到合理可行的盈利模式。

2000年4月13日，在瀛海威之后日渐壮大，一跃而成为全球最大的中文网站的新浪网率先在纳斯达克上市，随后，网易、搜狐也相继争取到了上市的资格。三大门户网站在纳斯达克的纷纷上市进一步催生了中国互联网企业这种飘浮在云端的浮躁心态。

可这种好心情却如昙花一现，稚嫩的三大门户网站刚刚迈出第一步，就遭遇到了来自纳斯达克的风暴的袭击。新浪的股价跌到了1.06美元，搜狐跌至60美分，网易在上市的当天就跌破了发行价，一度只有53美分。然而需要指出的是，在此期间国际上的众多互联网企业同样在经历着痛苦的资产缩水，思科的市场价值从5792亿美元下跌到1642亿元，雅虎从937亿美元下跌到97亿美元，亚马逊从228亿美元下降到42亿美元。年底的统计数字显示，2000年美国共有210家.com公司倒闭——包括中国在内的全世界的网络公司都感受到了来自资本意志的信号：互联网的浮华早已让投资者失去耐心了。

在资本的冷遇中，并购似乎成为抵御寒潮最常规的手段。2000年的网站并购多不胜数：搜狐并购ChinaRen、联想并购赢时通、Tom并购163邮局、携程网收购国内最大的订房中心现代运通公司、盈动并购香港电讯……然而摆在人们面前的问题是，并购能否让企业起死回生？整合ChinaRen后的新搜狐给出了自己的答案：搜狐虽然如愿以偿坐上了第一门户网站的交椅，但亏损依旧。

在这场资本洗牌中，受到冲击最大的是电子商务领域。很多电子商务服务商在1999年刚刚登场亮相，大有独步天下一展拳脚的抱负，可这种热情却在2000年被彻底浇灭。这一年的电子商务如同一场令人失望的闹剧：4月，创业者王东临推出一个名叫“书生之家”的图书电子商务网站，并将自己的商业模式命名为B2B2C；随后，各种名目的模式让人眼花缭乱：C2B、C2C、B2C2B、G2G、P2P……甚至传统家电行业也赶过来凑热闹，包括青岛海尔、广东美的、春兰集团和TCL在内的家电企业纷纷宣布进军电子商务。

盲目跟风的结果注定只有一个。到2001年时，国内75%以上的第一代电子商务模式退出了市场，或者倒闭关门。不过当你仔细回顾这段历史，其中依然有那么一些探索让人赞叹，尽管以当时的眼光看来，它们显得那么笨拙和另类。

1998年2月一个普通的夜晚，在美国的张永青盯着电脑，一个“二锅头”酒的广告图标，在搜狐网站的屏幕上闪烁不停。他发了一下呆，然后以最快的速度冲向电话。当时他一共打了两个电话，一个打给弟弟，让他“立刻把网站做起来！”另一个打给一个很有钱的朋友，对他说：“你看看这个网站，我们需要钱。”不久以后，这个朋友成了他的股东。

张永青用自己和五十个朋友的钱在中国创办了早期的电子商务网站e国网。他说自己是一个务实的人。但相比起其他的创业者，张永清却是人们眼中的异类。即使是在网络热潮的浪尖上开始创业，他也固执地排斥风险投资，像小作坊里的一个土老板，始终只相信一锄头一锄头抡出来的东西。

就这样，在中国网络企业纷纷倒闭、裁员、面临重组的新千年之初，张永青的e国生存了下来。2000年4月，刚刚成立一年的e国网率先建立配送中心，推出了“e国一小时”的送货承诺，保证网上发出的订单一小时内免费送货到用户指定地点。紧接着在10月份e国网又推出了“门户店”网上网下齐头并进服务。然而这些服务当时并不被人们所看好，有人甚至将e国的电子商务讽刺为“折磨电子商务”，张永青也因此而获得了“中关村愚公”的称号。

然而张永青期望的还不止于此。他甚至将目光瞄准了美国，计划以500万美元收购陷入困境的etoys——当时世界上最大的网上玩具零售公司。尽管收购etoys意味着大把烧钱，这种烧钱的速度也令许多公司望而却步，但张永青不这么认为：创建e国网花费了不到1000万美元，仅仅12个月后就已经开始盈利，在他看来，互联网市值缩水恰恰是壮大自身最好的机会。

不过遗憾的是，这笔收购最终以失败告终，而“e国一小时”在经历了初期的快速增长后也以失败收场。根据张永青自己的分析，除了自身的不成熟之外，当时的市场环境也无法满足e国网这样的电子商务企业维持成功经营的所有条件。在今天看来，张永青当时所做的似乎成了一个悲壮的笑柄，但不能不承认的是，正是e国网在电子商务领域付出的血汗和努力，才使得人们进一步认识到解决配送服务问题的紧要性。不过幸运的是，张永青终究熬过了严冬，在互联网的新时代到来之前奠定了自己的基础。

而与e国网几乎同期创立的“8848”公司的命运则要悲壮得多，它曾经一度风生水起，站上2001年中国电子商务之巅，如今，www.8848.com域名已经指向了淘宝网，几乎没有人记得这家公司曾有的辉煌。

1999年1月，网名老榕的王峻涛领着4个人，以16万人民币的资本起家，创立了“8848”网站，立志要做中国电子商务的翘楚，从它的名字就不难看出：“8848”，地球最高点珠穆朗玛峰的高度，足以体现它的雄心和抱负。到了2001年，“8848”网一举成为中国工业和商业类网站被用户访问最多的网站(CNNIC的调查)，先后融资超过6000万美元。在当时，“8848”的购物袋连续几天出现在CCTV-2的黄金时间，从此作为唯一一家可以通过在线支付购买商品的网站而闻名全国。在那些日子里，中国网民只知“8848”，让如今的当当和卓越自叹弗如，用“绝对垄断”来形容当时其在网上销售中的份额毫不为过。

可惜，如同当年冠绝全国的门户网站瀛海威最终败北一样，称霸第一代电子商务领域的“8848”在短暂的辉煌后归于尘埃，两者的经历其实有很多相似的地方。

一方面，“8848”提供了太过超前用户需求的商业服务。事实上，在当时王峻涛已提出了中国电子商务“三座大山”的说法：一是当时中国网民只有400万人，决定了电子商务商业机会有限；二是物流和配送的难题；三是最大的困难就是网上支付难题，以及远距离购买的信任危机。“8848”烧着风险投资的钱，组织货源，开发配送渠道，解决支付问题，甚至以一个后来者的身份用比传统商家高10倍的成本去销售一罐可乐，最终使得“8848”变成一家超前和脱离中国网民实际电子商务消费基础而提供服务的企业。另一方面，“8848”的背后短视资本没有坚定的眼光和足够的耐心，导致“8848”无法长期维持B2C的商业模式，更遑论坚持到电子商务“三座大山”被推翻的那天。

对比现在和10年前的中国电子商务环境，之间的差别一目了然，也就决定了“8848”的生存困难。这个电子商务环境首先表现为电子商务概念在网民中的普及，然后是网民用户的接受和认可。10年前，国内大多数网民眼里的电子商务还是个虚无缥缈的东西，对于互联网还没有建立起足够的信任。其次，十年前的网络支付、物流配送体系不够发达，用户无法安全、便捷地支付，同时收货又需要等待较长时间，在“8848”上的一次网络购物动辄半个月才收到货，这些都严重影响到电子商务的用户体验。

当时CHINAREN的创始人陈一舟(现千橡互动集团董事长)认为，中国的互联网商务发展比美国慢20年，互联网技术只慢半年。如果说美国电子商务是“需求推动型”，那么这时候的中国电子商务则更多的是“技术拉动型”。现代意义上的电子商务实践美国早在1980年初就已经开始，恰恰是美国企业的商务需求促进了网络和电子商务技术的进步，并最终形成了电子商务的概念。可在中国，这个时期的电子商务却是由国内IT领域和媒体炒作起来的，它的概念先于中国实际传统商务的应用需求和发展。也就是说，在国内个人和企业用户还没有真正需要电子商务时，逐利资本的力量却把电子商务概念早早拉到了还不够成熟的中国。其实正是这种奇怪的现象一手“导演”了1999年中国电子商务精彩的开幕，同时这一现象也早已注定了2001年中国电子商务以一种令人悲哀的形式闭幕。

2001年8月8日，“8848”的创始人王峻涛签署辞去“8848”董事长职务的申请，同时不再担任该公司的法定代表人。在一份声明中，王峻涛解释了自己离开的原因：今年4月以来，公司各方股东在有关协议的具体执行和权益分配方面发生重大分歧，极为严重地影响了公司的日常经营与后续发展，而他几个月来的斡旋终不能调和股东分歧，使公司董事会原定经营目标顺利进行的愿望落空。

在王峻涛离开之后，“8848”分崩离析，被投机和赌博文化充斥，最终那种独霸中国电子商务的辉煌沦落为明日黄花，一去不返。

用“冰火两重天”来形容千禧之年网络泡沫破裂这段时间的中国互联网，无疑毫不夸张。“市场热的时候，什么概念都是美好的；市场冷的时候，什么概念都是虚幻的。例如.com和e标签。市场好的时候，什么样的商业模式都是黄金，市场差的时候，什么样的商业模式都像垃圾，例如B2C、C2C。”方兴东在盘点当时的中国互联网时说。一些人甚至发出这样的感叹：互联网真是一个大玩笑。

不过，就在这一团混乱的局面下，一些新的机遇却在被悄然酝酿。“脱离用户需求”的第一代电子商务的溃败给后来的互联网从业者提供了宝贵的经验，一些具有“紧贴用户需求”特征的互联网应用在暗潮涌动中迅速崛起，这也是后来搜索、即时通信、网络游戏等获得空前繁荣的契机所在。

此外，在支付领域，继招商银行、中国工商银行网上银行在北京、天津、上海、广州四个城市正式开通，2000年8月，中国工商银行和阿里巴巴联手推出电子商务B2B在线支付服务。遭受重创的中国电子商务也将在废墟里重生。

## 萧条下的中国互联网

2001年年初，中国移动全球通号码的每一位手机用户都接收到了这样一条短信通知：从2月21日起，信息点播费为通信费+信息费，其中通信费为0.1元/条。在这个寒冷的冬季，新的短信收费规定，却为困境中的互联网带来了一丝生机。

门户网站首先进入了以短信为核心的新一轮竞争当中。2001年1月17日，搜狐正式宣布推出短信服务，5月22日，新浪网也随即推出短信息服务。毕竟，在众多收费的项目中，短信收费是当时所能看到的最能为网民接受的一项服务，为网站带来的收益也是可观的。

但仅仅靠短信服务，并不能完全缓解网站此时的盈利之困。处于互联网严冬之中的网站，迫切需要新的盈利模式来寻求自保。在迫于无奈之下，网易最先开始尝试收费。2001年3月，网易宣布推出收费的个人主页服务，随之而来的是一连串跟风：263、21CN、新浪等相继推出收费邮箱。这些举动也在网上引起了一场激烈的讨论："应不应该收费？什么样的服务应该收费？"成为这场讨论的核心。

不过在这场竞相收费的较量中，最大的赢家却是腾讯公司。2001年，腾讯QQ成为腾讯公司最风光的生财之道：卖企鹅玩具，移动QQ收费，插广告，多种多样的收费模式让腾讯公司赚得盆满钵溢。

对互联网收费的探索，不仅成就了腾讯，也拯救了几乎山穷水尽的网易。2001年 9月，纳斯达克股市以财务报表存在疑点为理由宣布停牌网易股票交易，丁磊也因此而宣布辞去网易公司董事长和CEO的职务。迷茫之中，丁磊一度产生了卖掉网易的念头，但他最终大梦初醒，坚持了下来，宣布网易转型，投资开发网络游戏《大话西游》和推出短信业务。虽然在2001年亏损巨大，但网易终于挺过了寒冬，生存了下来。

丁磊的沉浮说明，在低迷的产业环境下，即使是那些最耀眼的互联网创业者，也难以逃离席卷而来的命运漩涡。而新浪网创始人王志东的出局与落寞，更以一种残酷的方式，印证了这一切。

事实上，互联网股价的狂跌一直在持续，这种情况在2001年愈演愈烈，新浪也不能幸免于难。新浪董事会终于决定有所作为，他们做出的集体举动是让王志东出局。6月 4 日，一条新闻出现在新浪网主页的显著位置：新浪首席执行官王志东因个人原因辞职，同时还辞去了新浪网总裁与董事会董事的职务。这条新闻在当时所引发的爆炸性效应可想而知。二十天后，王志东举办新闻发布会，宣称自己从未主动辞职，而是遭到了董事会突然袭击。“我现在在法律意义上依然是新浪的法人代表，对新浪负法律责任。”王志东说。但在资本与个人的较量中，王志东成了悲情人物。虽然舆论的力量倒向了他，但资本的力量并没有因为舆论和王志东的反抗而妥协。一个月后，王志东宣布离开新浪网，创办新的公司。

这个事件成了中国互联网发展史上最经典的一个案例。以情谊为重的东方商业伦理与资本的理性在这里发生了最激烈的碰撞，最终较量结果可以以王志东的一句名言来总结：今天的互联网就是一个战场，每时每刻发生着一个又一个残酷的故事。

一组数据表明，北京中关村科技园从1995年到2001年的6年间，规模最大的前20%企业中只有1/3生存下来，活下来的企业中，只有1/5之一仍然居于前20%之列。

不过相比在此期间其他互联网行业的低迷，2001年却是中国网络游戏发展的历史性转折点。陈天桥于1999年成立的上海盛大网络发展有限公司在此前一直前途黯淡，直到2001年11月，盛大代理了韩国大型网络游戏《传奇》。这款游戏迅速扭转了盛大网络的命运。谁也没有想到原本以为不入流的网络游戏会在此后两年时间内，成为中国最赚钱的行业。

随着中国在2001年加入WTO，电信行业迎来了新的机遇与挑战。作为互联网市场的基础，中国电信业上演了一场分分合合的好戏。中国电信进行了拆分，现有资源划分为南、北两个部分；联通则建设成了继GSM网之后的第二个全国性移动通信网络——CDMA；此外，铁通则转变成一个对外运营电信业务的经营性公司。中国电信市场出现七大运营商。同时，阿尔卡特同中国签署协议，把在华的主要业务与上海贝尔进行合并，建立新的上海贝尔阿尔卡特公司。这是首家在中国电信领域成立股份制企业的国际公司，标志着电信运营市场的壁垒正在逐步对外资打开。

在互联网股票持续低迷的情况下，软件企业却成为一个特例。国内两大企业软件公司纷纷选择在这一年上市。2001年2月，金蝶集团在香港创业板上市，这极大鼓舞了软件企业的上市热情。随后的4月，用友发布了在内地主板上市的公告，带来了国内软件行业股票的全线飘红。软件企业之间的竞争也正式浮出水面。

## 气候回暖，互联网的春天悄然降临

“曾经被所有人说好的事情没那么好，比如电子商务；现在被所有人说坏的事情其实也没那么糟糕，比如电子商务。”2003年，王峻涛在一篇文章中这样写道。这或许体现了他真实的心情，因为经历了暴风雨洗礼之后的电子商务，尤其是B2C业务，在2002年终于重新焕发出生机。

离开“8848”之后的王峻涛没有因此沉寂下来。但尽管他依然不屈不挠地在电子商务领域奋战，却再也没能回到当初的高度。2002年，王峻涛创办了6688电子商务网站。然而，这个网站在现实中并没有得到太大的关注。但王峻涛永不言败的特性，和电子商务本身的发展轨迹如出一辙。

经历了2000年以来的严冬，国内互联网行业开始在2002年实现了轻微的回暖。搜狐、新浪、网易在这一年相继宣布赢利。门户网站多元化的盈利道路在这一年逐渐变得清晰，而电子商务成为门户网站和网络媒体的普遍业务。搜狐网在经营商城的同时推出买卖街和搜财网。12月11日，搜狐与北京邮政管理局签约，构建搜狐商城的邮政级物流配送系统。网易则在门户网站中率先推出在线拍卖业务。北京青年报网站也成立了基于“团购”的崭新电子商务平台。

专门的电子商务网站也获得了不同程度的发展，最风光的当属易趣网。2002年3月18日，刚刚打赢国内第一起网站告网民官司的易趣网接受了美国eBay公司3000万美元的投资。“第一，做中国的eBay；第二，做适应中国情况的eBay；第三，建立一个非常适合中国情况的独特的电子商务的模式。”易趣CEO邵亦波在这一年谈及易趣网未来的三个目标时说。但易趣是否真能适应中国的特殊国情，仍需依靠时间的检验。

与此同时，阿里巴巴开始全面推行“诚信通”服务，其口号是“让有诚信的商人先富起来”。而新的竞争早已在同属旅游电子商务领域的青旅在线、亿龙网、携程网之间展开，这些网站开始纷纷宣布自己进入了盈利阶段。

与之相反的是，在IT产业，2002年的增长率却达到了最低水平。2002年5月，惠普、康柏合并，惠普女掌门人卡莉·费奥莉娜力排众议，成为这场合并战的关键人物。随后，新惠普在服务咨询业务的实力大为增强，成为全球IT新霸主。同年7月，IBM以35亿美元价格收购普华永道，也拿到了新的筹码。这两大收购举动意味着惠普、IBM两大IT巨头正式形成了对峙较量的局面。

此时的联想则开始了新一轮的大变革。短短一年间，联想拓宽产品线并加速了向应用服务出击的步伐：并购汉普进军IT服务和管理咨询行业；与厦华合作生产移动终端；携手智软进占金融保险IT服务；收购中望瓜分电信增值业务……“我们有20亿！”联想集团副总裁兼首席财务官马雪征在与汉普谈并购时，说了这样一句豪气十足的话，足以看出此时联想的踌躇满志。

而在互联网和IT企业的一系列战略调整中，许多职业经理人黯然隐退。2002年7月，方正控股有限公司董事及董事局主席王选“隐退”；8月，方正数码总裁、“惠普空降兵”李汉生出局；8月中旬，卓越网CEO王树彤辞职，这位被称为“美女CEO”的女性在其离职后引发了诸多关注；12月，TCL集团副总裁，被称为“打工女王”的吴士宏离职。人事变动的背后体现着整个行业的战略性调整，虽然许多纷扰让人看不清市场的真正趋势，但总的来说，互联网气候在这一年开始回暖。人们有理由相信，一个美好的春天就要到来了。

互联网的春天悄然到来是在那个让所有人都难忘的2003年。在那个春天，SARS的蔓延在中国人心中引起了巨大的恐慌，也打乱了正常的生活与商业活动。然而，电子商务行业却因祸得福，在这场灾难的特殊时期得到了长足发展。

由于人们足不出户，很多正常的交易和商务活动被打断，网络交易成为最受青睐的手段。就是在这一年，阿里巴巴每日新增供求信息量比2002年同期增长3至5倍。尤其是在非典时期三个月内，达成交易的企业占总数42%，业绩逆势上升的企业达52%。看准了历史机遇的阿里巴巴做出了两项重大的举动——投资1亿人民币推出个人网上交易平台淘宝网，并创建独立的第三方支付平台——支付宝，正式进军电子支付领域。两年后，淘宝网成为全球最大的个人交易网站，支付宝成为全国最大的独立第三方电子支付平台。

而到了2003年10月，当时国内最大的B2C电子商务网站卓越网宣布以两成的股份，从美国老虎基金融到了5200万人民币。在与老虎基金就投资价格展开谈判时，卓越网有关负责人开出了5000多万的价格，没想到老虎基金的人一口应允，毫不还价，这个细节足以体现当时的资本对电子商务的兴趣。事后，境外投资家给出的评价令卓越网高层大跌眼镜——即便开价2亿，老虎基金也很可能接受！

种种迹象表明，笼罩在互联网头顶上长达两年之久的阴霾终于消散殆尽，互联网重新焕发生机。三大门户利润额持续增长，在纳斯达克股市上的表现优异，尤其以网易最为出色。依靠新开拓的短信和网络游戏业务，网易股价自2002年第二季度以来一路飙升，到2003年10月10日，网易股价攀升至70.27美元，成为纳斯达克上市公司中表现最为优异的公司。在经历了一轮洗礼之后，浮华散尽的互联网企业终于表现出了务实与本分的一面。一位华尔街分析师发表评论认为，中国概念股在纳斯达克股市上并非虚高，也不是被某些庄家操纵，而是由企业的盈利能力决定的。

除电子商务和门户网站之外，网络游戏、搜索引擎的财富价值也被演绎得淋漓尽致，融资并购消息接连传出。2003年初，盛大以不到两成的股份成功获得软银亚洲4000万美元的投资，成为当时国内互联网业所完成最大规模私募融资；2003年11月25日，搜狐接连收购17173网站及房地产网站焦点网，两次并购金额为3650万美元，合计约3亿人民币；2003年11月21日，雅虎控股（香港）出资1.2亿美元购买香港3721网站的股份。

互联网市场的回暖也带动了IT产业的发展。随着PC与家电的界限变得越来越模糊，诸多传统IT企业开始进军家电产业。9月，戴尔在美国推出数字电视等消费电子产品；随后摩托罗拉宣布将在中国推出数字家电；在互联网服务领域辗转了一圈的联想，重新把目光瞄准了中国增长最快的家用电脑市场；惠普也计划在未来的数字家电大战中角力。

而每年保持着百分之十几增长率的PC业，到2003年，开始由“空头市场”转化为“多头市场”。伴随着实达等老牌厂商一步步退出PC领域，更多的新兵杀入了进去。2003年7月1日，长城电脑宣布放弃现有销售渠道，改由PC老大联想的兄弟神州数码任经销总代理，这意味着神州数码开始直面联想的核心业务，与兄弟联想同台竞争。11月初，一直宣称只做笔记本电脑的清华紫光高调进入台式机领域，与同属清华系的同方形成正面交锋。

2003年3月17日，信息产业部宣布CN二级域名正式开放，用户可以在顶级域名CN下直接注册域名，这是中国自有域名体系以来第一次重大变化。根据2004年初中国互联网络信息中心（CNNIC）发布的第十三次《中国互联网络发展状况统计报告》显示，到2003年年底，中国网民数达到了7950万，CN下注册的域名数、网站数分别达到34万和59.6万。互联网基础在中国已经根深叶茂，一个新的互联网时代即将到来。

## 冲向纳斯达克，迎接新的网络时代

市场的回暖让许多互联网企业重新看到了希望，资本的运作也更加得心应手，“上市、收购、搜索”成了新的互联网时代最炙手可热的名词。

首先便是汹涌而来的第二轮境外集体上市热潮。2004年3月5日，手机服务供应商掌上灵通在美国纳斯达克公开上市，成为首家完成上市的中国专业SP；3月10日，TOM Online分别在纳斯达克和香港联交所上市；5月13日，盛大网络正式在美国纳斯达克股票交易市场挂牌交易，融资额为1.5亿美元；6月份，腾讯公司成功在香港上市，募集了2亿美元的资金；7月9日，空中网登陆纳斯达克，融资规模达1亿美元；9月30日，中国人才招聘网站前程无忧网在美国纳斯达克市场挂牌，融资7350万美元；12月，“第九城市”在纳斯达克正式挂牌上市。

大量热钱涌入中国，使原本写在纸上的财富变成了真金白银，也创生出一大批身家过亿的网络财富新贵。丁磊、陈天桥、马化腾、李彦宏、马云、梁建章……中国互联网从1999年的高涨到2001年的回落然后到2003年的再次升温，这些创业者也从狂热转向理智、从理想主义转到实用主义。

而在国内，搜索引擎已成为各大门户网站开辟新一轮“搜钱运动”的主战场。2003年底，雅虎首先出手收购了占实名搜索90%市场份额的3721公司，迈出其开拓中国搜索市场的第一步，随后，又于2004年6月推出全新搜索品牌——“一搜”，把搜索的发力点定在MP3上，号称要做“中国最大的娱乐音乐搜索”；8月3日，搜狐公司推出自主技术开发的互动式中文搜索引擎——搜狗，张朝阳甚至预言搜狗将在两年后超过百度；2004年6月，Google完成了对百度1000万美元的注资，业界担心Google注资百度是为将来收购百度打下伏笔，但这个预言并没有成为现实，百度赶超在Google的前头，成为中国最大的搜索引擎；另外，新浪也在8月推出了“全方位”搜索平台。

根据iResearch发布的《2004中国搜索引擎研究报告》，2004年中国搜索引擎市场中，百度、雅虎、Google分别以36.29%、22.72%、21.22%的用户占有率占据着国内搜索引擎市场的前三位，形成了国内搜索市场的“第一阵营”。紧随其后，新浪、搜狐、网易、Tom、中国搜索、中华网等形成了“第二阵营”。搜索引擎成为继短信、彩铃、网络游戏之后2004年国内互联网市场上新的竞争热点。

除了搜索领域的白热化竞争，IM（即时通讯）软件市场在这一年也是各路厂商追逐的热点。2004年12月4日，腾讯QQ最高同时在线人数突破900万，腾讯公司虽然稳居龙头老大的地位，但也遭遇到了一些挑战，其他厂商纷纷开发出新的即时通讯工具或者对原有的即时通讯工具进行了升级：6月，雅虎中国推出了新版即时通讯软件“雅虎通6.0中文版”，目标直指在中国即时通讯市场领先的腾讯QQ和微软MSN；7月，网易强势介入即时通讯市场，宣布推出第二代多媒体通讯工具“网易泡泡2004升级版”；搜狐公司也推出了自己的在线即时通讯软件“搜Q”，宣布搜Q发短信全年免费；此外还有新浪的668“了了吧”，阿里巴巴的“贸易通”等等。而软件厂商推出的即时通讯软件功能也层出不穷：从聊天软件注册就赠送免费的邮箱空间，到P2P传输的能力增加，从增加附属的游戏功能到丰富的群组内贴图、自制IM软件Skin等等。

2004年8月19日，世界上最大的网上书店亚马逊宣布收购卓越有限公司，卓越欢天喜地地接受了7500万美元的交易。与之相反的却是当当网对亚马逊伸过来的以1.5亿美元收购当当70%至90%股份的橄榄枝的拒绝。当当网总裁李国庆不仅坚持自己掌控，而且向媒体宣称，再发展两至三年，当当网年销售额将达到10亿人民币的规模，市场价值将达到5亿美元。这两种面对收购时不同的态度颇为耐人寻味，但也从一个侧面体现出中国互联网企业对未来的信心。

与之相反的一幕是，美国IT服务商IBM却主动向中国联想表示了愿意出售部分业务的愿望。在多元化道路上辗转了一圈的联想此时正经历重创，面临着联想历史上规模最大的裁员。柳传志对媒体承认，裁员的责任归结为公司领导的战略失误。痛定思痛，联想决定全面紧缩过去 3 年的多元化战略，而重新专注于PC领域。这时候，IBM突然找到联想，愿意出售它的PC业务，无疑是一个最好的机会。最终，联想与IBM达成协议：联想支付17.5亿美元收购IBM在全球范围内的笔记本、台式机和Think系列品牌业务。此次收购的直接结果是联想从全球第八大PC厂商蹿升为第三大厂商，一夜之间进入全球企业500强之列，实现了多年的宿愿。

相似的一幕还发生在股价炙手可热的盛大网络身上。一款《传奇》让盛大迅速发家，也让人们记住了韩国ActozSoft这家著名的网络游戏开发、运营及发行公司。盛大正是从这家公司取得《传奇2》网络游戏的中国运营权。然而2004年底，盛大却以9170万美元的现金，豪气收购ActozSoft公司约29%的股份，从而一举获得该公司的控股权。这也意味着盛大网络“连升三级”，从单纯通过运营网络游戏盈利到踏出了资本运作盈利的第一步，预示着中国网络游戏产业将进入新的整合期。

到2004年底，中国互联网的格局已经基本形成。经过十年的发展，人们对于互联网逐渐有了更加深刻和理性的认识，而千禧之年那种狂热与冒进的局面似乎很难再出现。然而在这个新兴的庞大市场中，永远充斥着无休止的行业和资本的竞争，而不论在哪一个领域，优胜劣汰始终是不变的法则。

# 第三章

# 王志东丁磊借势圈地鏖战门户<br>互联网综合媒体竞争风生水起

门户网站是互联网时代的桥头堡，也是世纪之交中国人了解那个全新的网络世界的窗口。广义上说，所谓门户网站指的是一种应用框架，集合了应用系统、数据和网络资源，以统一的界面向用户提供所需信息。不过随着时间的推移，门户的概念也变得越来越模糊。实际上，在中国，对门户网站的定义向来都不那么严谨。按照其英文“Portal”的本意来解释，称为“入口”或许更合适，类似于最早雅虎那样的“导航”。从某种程度上来说，hao123.com更接近原始意义上的“Portal”。

然而中国的门户网站实际上却逐渐演变成更接近综合性新闻资讯网站的模式，当然，这很大程度上取决于中国特定的媒体环境：不够发达的传统媒体和薄弱的版权保护。但从中也不难看出，在中国的互联网市场，激烈的竞争促使各大门户网站不得不突破其最初的概念，通过对形式多样化的追求来维持自身竞争力的现实。

一些业内分析人士认为，中国门户网站的发展其实经历了几个反复的阶段。许多人或许并不知道，国内最早的门户就是2.0的，例如新浪最早是论坛，网易是个人主页。后来却又退回1.0模式发展，变成专业的资讯发布平台。当互联网世界完全进入2.0时代后，又再次折回到曾经的2.0方向。这个过程恰恰体现了门户网站的发展思路：技术与概念的创新固然重要，却并非核心，只有市场需求是唯一的先导。

如今国内的门户网站更像一个1.0和2.0的结合体，既提供专业的资讯，也兼顾了网友互动的需要，但可以肯定的是，这还远远不是它们最终的模式。随着twitter、Facebook等完全基于Web2.0理念发展起来的各种新兴网站的愈发火爆，对于是否应继续坚持门户网站的讨论正变得越来越普遍。一些人相信，随着2.0时代的深入，未来必将是Facebook们的世界，门户网站的核心概念已经站不住脚。不过在中国，这种讨论或许没有太大的意义，因为中国门户网站的概念本身就是模糊的，人们更重视内容而非形式，只要有需要，twitter也可以变成另类的门户，近一两年新浪拼命主推的微博或许就是基于这个想法，这也是中国人聪明的地方。

不论门户网站最终将演变向何方，维持自身独有的核心竞争力，更好地满足用户的需求和不断地实现创新始终是其不变的信念。而从中国互联网发展初期就在不断上演的门户之争也必将继续下去，一如既往地扮演着网络时代竞争先锋的角色。

## 演变中的门户网格局

回望中国互联网门户走过的十多年光阴，网易、中华网、搜狐和新浪在1998、1999年间的先后创办，无疑将在中国互联网的发展史上留下最浓墨重彩的一笔。

1997年6月，当时还委身于广州飞华电信旗下的丁磊毅然走出了人生具有战略意义的一步，率先创办了163电子邮局，也就是后来网易的雏形。当时它的主要业务是出售邮件系统软件的授权。1998年，网易推出了以163.com为域名的免费Web邮件服务。之所以使用“163”这个名字，是因为当时163是中国电信最常见的拨号上网号码。后来很多人认为，这一通俗易记的名称对网易Web服务的成功起到了相当重要的作用。

就在丁磊创办163的同时，新浪网创始人王志东已在美国和中国之间往返了3次。在美国的经历让王志东对互联网的认识发生了根本性的转变。第二年，新浪网就此诞生，它的诞生也给中国带来了一个全新的网络门户的概念。

早期的4个门户网站的创始人中只有张朝阳是海归派，眼见着别人一个个摸着了互联网的门道，张朝阳自然不甘落后，于是大洋彼岸的雅虎成了他的榜样。经过一番深思熟虑，张朝阳创办了搜狐网，连名字都与雅虎有几分相似，也足以看出当时的他立志要做雅虎那样以搜索引擎服务为主的开放平台。

1999年7月，原本并不为人所知的中华网成功在纳斯达克上市，这给了许多人一个惊喜，原来中国的门户网站也可以从华尔街的投资者手中募集资金。于是，2000年，在第一次互联网泡沫破裂之前，新浪、网易、搜狐先后挤进纳斯达克。由此，中国门户网站第一阵营第一次得以确立。

2000年2月28日上市的《时代》杂志这样评价了几乎同时成功上市的这三家中国门户网站，新浪被称为中国“最大的门户网站，新闻是其强项”；网易则是“由免费邮箱提供者转型的门户类网站”；搜狐比较不被看好，被评价为“因管理问题，已失去原先的竞争优势”，这也代表了当时许多美国人的看法。

不过尽管上市融资风光一时，但其后股价的暴跌也让这四家上市网站不得不面对一番跌宕起伏。科技股泡沫破裂后，中华网退出了门户网站第一集团的竞争，改名为CDC，逐渐将业务由互联网转变为软件开发；网易的股价一度跌破一美元，同时因为涉嫌财务欺诈，甚至无奈地在2001年7月27日到2002年1月2日被纳斯达克股市停牌；新浪的股价从每股40美元跌至1.6美元，直至2002年才开始反弹，在此期间，新浪则发生了巨大的人事变化。2001年6月3日，新浪网宣布王志东因个人原因辞职，COO茅道林转任CEO，中国总经理汪延被提升为新浪网总裁。最终，王志东与新浪矛盾激化，离开新浪成立了点击科技。上市圈钱的努力遭遇挫折，仍然在互联网打拼的三大网站痛定思痛，开始更加专注于门户网站业务的开拓。最终，由新浪开创的“互联网新闻网络广告+无线增值业务”作为核心盈利模式得到了推广，门户网站也因此逐渐走上了正轨。

不过“三大”鼎立的局面并未维持多久便迎来了新的挑战。就在新浪、搜狐、网易在华尔街享受上市后的风光时，一家只有18人的互联网公司正在悄悄地迅速成长，其后来的发展令其出人意料地成为当之无愧的第四大门户网站。

这家公司的领导者正是丁磊的同龄人马化腾。马化腾是研发寻呼软件出身，凭着潮汕人特有的商业嗅觉，在一个以色列人开发的ICQ英文软件（最早成功商用的即时通讯工具）中找到了灵感，歪打正着地创建了中国人PC之间的寻呼机——OICQ，也就是后来的QQ，当然，那时的QQ仅仅是个通讯工具，跟门户网站完全不沾边。

事实上，2000年中国互联网的寒冬曾险些将腾讯击倒。坊间称，当时腾讯某位高层先后找过中华网和新浪，声称只要对方开价100万元人民币即可出让QQ，不想却无人搭理。那时谁都没料到，贱卖未果的QQ却在几年后柳暗花明。2004年6月16日，腾讯在香港联交所主板公开上市（股票代号700）。一年以后，马化腾夸下海口："未来三年内腾讯网站将进入门户三强！"

当然这番豪言并非只是逞一时口舌之快，而是马化腾在吃过网络江湖恶战的暗亏后总结出的经验。2006年5月，一些猛烈攻击腾讯和马化腾本人的文章接连出现在知名的IT网站上，不论最后采取何种方式补救，对腾讯的负面印象不可避免地开始在网民中蔓延。或许正是这个结果让马化腾深深感受到门户网站的力量：拥有门户就意味着拥有一份话语权。

2007年，马化腾终于兑现了当初的承诺，在网站流量上一度超越搜狐成为第二大门户网站。虽然后来名次有所反复，但腾讯网置身门户前四的地位已无可动摇。

## 裂变下的门户发展趋向

2009年5月的一个早上，搜狐员工梁怡怀着当年查看高考分数般的心情，紧张而又迫不及待地搜寻公司最新季度的财报，结果让他大大松了口气，露出灿烂的笑容。2009年第一季度，搜狐总营收达到1.15亿美元。同一时期，腾讯营收数值为3.664亿美元，网易为1.144亿美元，同比均有上升。而新浪7380万美元中，非广告营收达到接近半数的3060万美元，同期增长30%，新浪公司公关经理表示，这主要是来源于无线业务的贡献。

虽然营收数字令人欣慰，但在其背后，一个不容忽略的事实却是，传统的门户业务的贡献率却在日益缩小。在搜狐的非广告收入中，最主要的网络游戏业务收入为6160万美元，同比增长50%，对总收入的贡献率高达53.24%；网易总收入中，在线游戏收入占92%；腾讯以小额消费为基础，其76%的总收入由互联网增值服务（网游收入、QQ会员及QQ空间贡献最大的社区收入）贡献。唯独新浪基本都靠门户业务获得利润，但其2009第一季度的总营收明显落后其他门户。

事实上，4大门户网站的分化早已出现。除去网站本身的基因不同，不断变化的互联网环境和各家门户网站对于门户概念的不同理解，也使得门户网站在经历了最初的共同的发展模式后，呈现出千差万别的现状。

素有“门户黄埔军校”之称的新浪依然最为纯粹。作为新闻门户，它虽有着无可撼动的权威和影响力，但不如其他门户网站过得滋润，相对单一的业务结构令其在应对2008年的金融危机时显得相当吃力。从2006年5月继任新浪CEO兼总裁开始，曹国伟就一直坚守“以门户和广告为核心”的发展战略。在他看来，企业不可能同时做几十件事情而成为世界500强，互联网也一样。新浪的媒体品牌最强，这是它最大的优势，必须充分利用。曹国伟认为，“门户+广告”的概念更多是指“内容+产品+广告”，因此需要新的产品来增加影响力，博客和播客（视频分享）便是由此产生。

在曹国伟上任后，他收缩了一系列难以贡献业绩的业务。不断“瘦身”的新浪在与分众达成合并协议后，曹国伟明确表示，新浪的长期战略是发展成为中国领先的新媒体公司，而不单纯是一家互联网公司。公司有关高层也宣布，“新浪未来的业务重点依然是网络新闻和网络广告，无线业务也会是收入的重要部分。”

相比新浪，最初定位同样是资讯服务的搜狐转型则更加大刀阔斧。其CEO张朝阳对门户的理解并不局限在新闻内容上：“门户就是让用户进来，能找到他想要的一切。”在这个“大门户”思维下，搜狐走了一条多元化发展之路：通过对ChinaRen、17173、焦点网、图行天下、Goodfeel的收购，和Web2.0萌芽时的“技术驱动和产品导向”战略，搜狐大肆在搜索、桌面工具、社区、视频、网游等各个环节的全面布局，并将网游业务拆分上市，这使得搜狐成为国内首家同时分别以门户业务和网游业务在美国上市的互联网公司。

张朝阳直言，他并不满足于别人只在网上敲打sohu.com上搜狐网站，他要打造的是以搜狐为品牌的“门户矩阵”。在他眼中，媒体平台现在是搜狐最核心的一个东西，线下、网上两个渠道“一个都不能少”，不论网游业务如何突出，都不会影响搜狐的“大门户”战略。在张朝阳看来，“媒体+游戏+无线+搜索”的多元化模式是新的门户形式，有了多元化长期积累，将来就有可能在某一个领域实现飞跃式发展，这也是互联网最稳定的发展模式。

作为南派门户网站代表，网易走的却是一条更加务实的路，公司基本面的良性发展被摆在首位，也许正因如此，网易永远都有令人羡慕的现金流。

实际上，早在SP产业令互联网界狂热的2002年，丁磊就陷入了有关网易战略转型的思考。在2003年进军网游后，网易在短短几年赚得盆满钵满，门户业务反而成了弱项。尤其在赢得中国大陆最为风靡的网游《魔兽世界》独家运营权后，网易门户业务的边缘化就显得更为突出。

不过对此丁磊明确表示，“我们准备大力拓展门户网站业务”。丁磊的家在广州，在杭州也置有房产，但他毅然将网易新闻中心迁到了新闻从业环境更好的北京。他为此坦言，网易之所以要重振门户业务，一个重要原因就是看到了其中的市场空间。曾在知名财经杂志担任总编辑的网易副总裁李甬还透露，公司甚至专门成立了独立运作门户推广的市场部。

与之前的老牌三大门户网站相比，在门户领域，腾讯只能算是后起之秀，它的门户之路也走得与别家不同。业界认为，腾讯是因为QQ影响力较大，受众群相对固定，才涉足门户网站的。如今，这家以憨态可掬的企鹅形象示人的企业常常被贴上“中国最赚钱的互联网公司”、“最不担心流量的中国网站”等标签，它对无线增值业务、门户、社区、电子商务、网络游戏、搜索等业务均有涉猎，几乎涵盖互联网的全部业务。

同步发展众多看似并不相关且“烧钱”的业务，缘于腾讯“为用户提供一站式在线生活服务”的战略目标，门户网站也是其中必不可少的一环。腾讯CEO马化腾认为，腾讯对门户业务的涉足确实较晚，但仍必须坚持。在他看来，未来三年互联网的发展很可能迎来“超级竞争”阶段，互联网企业必须提前布局。马化腾为此全力低调地打造着“企鹅帝国”的生态链。对马化腾全业务的战略，互联网实验室评论员柳华芳评价道：“全业务是一种概念，但不代表任何业务都能做到最好，很多时候只是为了等待机会和牵制对手。”

门户网站的裂变有其对未来互联网发展趋势的不同解读的因素，但更多是为形势所迫。互联网世界日新月异，激烈的行业竞争迫使任何企业都无法固步自封，守着一种固定的模式持久地经营下去，中华网、TOM和雅虎中国的退出就是最好的例证。如果仅仅考虑“如何用好手头资源”而忽略用户的需求，无疑是一种错误的想法。

尽管目前看来，传统的门户业务似乎已经在走下坡路，但是新浪、搜狐、网易和腾讯都没有放弃门户业务的打算。事实上，一个最主要的原因是，对它们而言，不论发展门户业务还是非门户业务，面临的挑战都不会轻松。

在非门户业务方面，多头出击为门户网站提供了眼前的收益来源，在线游戏等也让它们尝尽甜头，但一个必须面对的现实是，原有品牌的优势正在因此而弱化。并且像网易、搜狐、腾讯的在线游戏业务除了应对来自彼此间的同门之争，还要同时面对外部如盛大、完美等垂直网游公司的市场争夺。何况，每个产业都有不同周期：网络游戏现在在国内很火，但谁又能保证好势头能够永远持续呢？在激烈的竞争中，一些网络游戏公司利润大降，已经开始裁员。

纯粹如新浪的门户网站则更头疼。此类门户网站依然要面对发展模式上的窘境，从几大门户网站历年营收状况看，门户业务所能创造的收入来源仍局限于网络广告和无线增值业务，而在经济环境多变的今天，单一的收入无疑会增加门户网站的经营风险。即便是作为门户核心的内容业务和网络广告，自身也存在问题。

曾在传统平面媒体浸淫多年的李甬表示，门户网站极大地发挥了互联网的特性，显示了自己巨大的威力，但在资讯品质方面的进步却不尽如人意，这也影响了门户网站的价值。

在业界，不少人认为新浪是国内仅次于央视的第二大强势媒体，但二者广告营收方面的差距却很大。网易较强的新闻资讯有目共睹，但却有营销不足的弱势。发展逾十年的几大门户网站，广告收入和实际影响力始终不成比例。互联网资深人士谢文认为，新浪长期雄踞网络资讯首位，但整个产业业态却发生了巨大变化，广告份额的下降意味着定价权的削弱，而这种结果并不全部来自四大网站间的竞争，当前的广告商正变得日益细分化，财经、汽车等专业网站也同时分流了一大批广告客户。

另外，受众群体也在变，广告商可以选择手机搜索引擎等方式投广告，传统门户服务模式的业内地位已实质性地在下降。而这是一种全球性的趋势，近几年雅虎和AOL的行业地位今不如昔，注定网络商业将走向“更成熟，更广泛，更复杂，更专业”。

当前现实下，业内人士分析，在门户业务尚未探索出新的收入增长点，且需要不断加大投入研发新内容产品时，以其他业务收入支持门户业务发展显然是目前最有效的解决办法。毕竟多年以来门户承载了巨大的品牌效应，不可能轻易放弃。

正如李甬所说：“业务无论是多元化还是专业化都不重要，关键是要有自己的核心能力”。谢文也表示：“只有具备危机感、忧患意识和自我革新精神，企业才能走得更远”。保持创新精神就要时刻顺应局势的变化，或者门户自身求变，实现内涵式发展；或者是公司商业模式求变，向外延拓展。

不过有利的一点是，中国门户网站的商业化程度都很高，几乎都是由市场驱动。不过无论如何，产品依旧是门户网站未来最需要关注的部分，尤其是资讯和应用性产品的结合。例如对博客、SNS、邮箱等的整合。

虽然形势驱使门户网站不断与过去的自己裂变，但万变终究不离其宗，门户之争仍将以核心的门户业务为本。

## 2.0时代的挑战

事实上，早期的门户网站便是从2.0起家，因此互联网全面进入2.0时代对于各大门户网站而言其实早有心理准备。

随着Facebook超越Google成为全球流量最大的网站，几乎已没有人怀疑社交网络（SNS）的发展前景了。2005年，Facebook刚刚成立，而那一年也正是社交网站开始在中国蓬勃发展的元年。五年以后，社交网络从新锐到主流，SNS元素的潮流已经不可抵挡。

一个不可忽略的现状是，国内SNS网站用户早已达到一个堪称庞大的规模，也使得这个新兴行业的竞争日趋激烈。对于门户网站来说，Web2.0时代，SNS是一个绝对不能错过的竞争利器。

于是仿佛一夜之间，SNS成了门户网站竞相追逐的香馍馍。腾讯的QQ校友率先登场，据称开通不到两个月，用户蹿升至2000万。随之而来的是搜狐的“白社会”、新浪尚在内测的“新浪朋友”，门户网站进军SNS的消息接踵而至。另一大网站网易虽然还未有动静，但也在密切关注着SNS，甚至包括传言中的百度大浆糊。

“SNS一路蹿红。”新浪方面坦言，SNS的确是目前最热门的网络应用，不过这种新的应用是否能给门户网站的老用户带来更多生活或工作上的便利，一切还有待时间的检验。对此，互联网资深人士谢文更是认为门户这番动作依然只是在跟风，“老公司做新模式，如果没有本质上的改变，从历史上来看几乎没有成功的。”

尽管SNS模式给2.0时代的网络世界带来了新的生态模式，但对于门户网站来说，这并不是一个容易涉足的领域。最先将社交网络做得风生水起的Facebook几乎为之奠定了一种在线通讯录式的“会友”形式，大多数后来的SNS网站也沿用了这个概念。因为SNS的成功与否完全基于人的因素，所以门户网站的优势在此并不那么明显。如果一些用户习惯了一个已经趋于成熟的SNS网站，而他的朋友熟人又都在这个网站上，门户网站很难有什么好的办法将他们吸引过来。对SNS用户来说，使用哪个社交网站更多取决于他们的朋友聚集于何处，因此他们对于网站的黏性并不高，因而门户网站由此构建的网络基础其实是相对薄弱的。

对于门户来说，一个比较可行的方式是打造一个以共同兴趣为基础的交友性的网站，这样可以更多地争夺那些新的用户，但这种方法也有它的不足之处，因为在这种形势下，门户网站的泛品牌效应几乎不起作用，等于放弃了手中的资源优势，重新打造一个新的网站，何况对那些以专业和兴趣为出发点的用户来说，门户网站的氛围在他们眼中又会显得不够专业，远不如同类型的豆瓣或是时光网来得更有吸引力。

不过，既然门户网站起源于2.0，它们自身所一直保留的2.0元素或许是一个有利的方式，例如各大门户网站的社区，以及博客。它们的一些特性与SNS有着相通之处，但在完整程度和用户体验上远远比不上成熟的社交网站，要将这些部分完全整合又是一件非常困难的事。

另一方面，在人人网、开心网等纯粹的SNS网站已经在互联网市场占有一席之地的时候，让用户放弃正在使用的SNS网站进入门户SNS并不容易，毕竟门户网站SNS不能为用户提供更多的价值回馈。如今的现状是，名人博客，专家博客，专业博客似乎才是门户网站的忠实客户，而生活化的互动信息更多体现在SNS网站上。对很多人来说，在SNS网站上所做的一切，好友动态，互动游戏，关注彼此的话题等等，不需要门户网站这样庞大的信息平台。而使用网页游戏增加用户黏度这条路也不甚理想，在奴隶买卖、开心农场之后，杀手级游戏依然后继乏力，何况网页游戏无法对维护用户的友好关系提供更多的帮助；过于强调游戏的做法往往最终会令人反感。

比较SNS网站，门户固有的优势在于用户规模和品牌效应，但这对于它们深入SNS领域不会有更多的帮助。博客和微博是一种很好的宣传方式，然而不论如何，门户网站面对互联网世界竞争真正的核心利器依然是它的品牌效应。

在另一些业内人士看来，3G应用的部署，或许将会成为门户网站争夺市场的另一个发力点。电信运营商对移动网络基础设施和市场推广的投入都将带动移动互联网行业快速发展，并促进用户由宽带网络向移动互联网平台的迁移，这都会促使门户网站的无线增值业务呈现新的爆发式增长。

曾任新浪总编助理，如今是奇虎副总裁的刘峻认为，中国互联网是个“浅盘市场”，看上去大，其实水很少，互联网应用深度还不够；而美国则是“水桶市场”，看上去大小差不多，却很有深度。“直到目前，国内互联网企业的业务形态和盈利模式都没有什么本质上的变化。想看到门户形态的转变，恐怕要等到门户的赚钱业务出现危机苗头的时候了。”刘峻表示，国内互联网企业要挖掘潜力、实现利润，肯定会引发一场令整个市场由“浅盘”向“水桶”演变，但在此过程中，简单模仿美国一些互联网企业是不易成功的。他并不非常看好今后综合性网站的发展空间。

马化腾也认为，与成熟的美国、韩国等国际市场相比，中国互联网还处于发展的初级阶段，在广阔的市场前景下，用户增长仍将是互联网市场规模增长的主要推动力，但对互联网企业而言，创新的内核才是关键。在马化腾看来，最根本的是要做到充分理解中国用户特点，开发出真正适合中国网民的应用和服务。“中国互联网企业应先从深入研究用户需求，整合技术和应用的应用型创新，再到开创新互联网商业模式，实现领跑的模式型创新。”马化腾如是说。

Web2.0时代对于任何一家中国互联网企业来说都充满着挑战和机遇。在这种背景下，似乎并没有什么可以让门户网站在短期内找到新的爆发点。不过，由于中国门户网站的概念始终随着市场的变化而出现新的内容，所以没有人能够预见它们未来的发展之路。至少三大网站至今还依然维持着强劲的势头，也许就像马化腾所说的，形式并不重要，谁能永远把握市场的脉搏并保持创新的热情，谁就能永远拥有强大的竞争力，在互联网的丛林中生存下去。

# 第四章

# 李彦宏锐意转型开拓搜索疆域
# 多元化竞争信息平台谁主沉浮

2011年5月10日，阿里巴巴集团CEO马云将旗下支付宝业务转移到了其个人控制的一个内资公司中，这一举动令雅虎公司极其震惊。雅虎认为阿里巴巴管理层未经董事会批准就擅自转移支付宝，严重损害了雅虎的利益，马云则宣称他所做的一切都是百分百透明的。

这场“雅巴之争”成为2011上半年互联网业界一个引人注目的事件，《福布斯》对此事进行了详细的报道，雅虎股价随即大跌了6%。在“雅巴”事件背后，马云和雅虎公司2009年1月刚刚上任的CEO卡罗尔·巴茨之间的矛盾尤其突出。据说2009年3月，在雅虎总部，杨致远介绍马云和巴茨两人认识后就离开了会议室。紧接着，据当时在场人士透露，巴茨当着阿里巴巴整个高管团队的面，指责马云，“我想直截了当地说，因为这关系到我的声誉，我希望你能从中国雅虎网站上把雅虎的名字去掉。”而当时中国雅虎已经处在一个衰落的地步。这件事导致了两人关系的彻底破裂。

2011年9月7日，雅虎公司忽然宣布解除卡罗尔·巴茨的CEO职务，由CFO蒂姆·莫斯暂时接任，而在此之前，卡罗尔·巴茨已经表示，即使她能履行完到2013年的任期，也不会谋求连任CEO。

事件至此其实并未有什么实质性的发展，但从中人们不难看出，曾是互联网上被访问最多的网站的雅虎，如今正面临着前所未有的低潮。在互联网发展的早期，雅虎是最早提供网络搜索和门户服务的公司，然而面对如今如日中天的谷歌，它的美好时光似乎一去不返。

在中国市场，中国雅虎被阿里巴巴收购之后也已愈发边缘化，搜索引擎早已是百度的天下，而在邮箱服务方面，腾讯的QQ邮箱独树一帜，利用其庞大的用户群遥遥领先。雅虎只能接受失败的结局。

在如今的网络世界，谁也不能否认搜索引擎和即时通讯的强大竞争力，虽然创立的时间晚于三大门户网站，但凭借在这两个领域各自出色的业绩，百度和腾讯早已是中国互联网名列前茅的公司。然而十几年前，李彦宏还在硅谷负责软件开发，马化腾则流落在中小公司打工度日，或许他们自己也想不到，有一天他们会成为中国互联网蛋糕最大的享用者。

这恰恰反映了一个现实，在这个时代，成为网络的主宰者并非是一件不可能的任务，只要你有能力掌控那些浩瀚如海的信息。

## 李彦宏的百度帝国

短短三年时间，苹果的成功成为所有人都津津乐道的话题。乔布斯仅仅通过iPhone和iPad几款产品就打造了一个新的苹果神话，令人赞叹之余，也不免惹人羡慕嫉妒恨。

这其中无疑包括了李彦宏，这位全球最大的中文搜索引擎百度公司的创始人。虽然百度只是一家互联网公司，但是所有人都清楚，苹果的成功并不完全在于完美的产品用户体验，更在于它打造了一条以IOS和Appstore为核心的全新的IT生态体系。或许从苹果热潮诞生的一开始，李彦宏就已经蠢蠢欲动了。

不过，真正促使他行动的应该是谷歌。到2011年，谷歌主打的Android移动终端操作系统已经占据了智能手机领域的半壁江山，这对李彦宏来说无疑是个最大的启示：PC的时代已经过去，未来由智能手机主导的移动网络将是互联网公司下一个最主要的战场，如果不及早把握先机，必将在可能的残酷竞争中被淘汰。

2011年8月15日，谷歌对摩托罗拉规模空前的收购大大震惊了IT界，而这次合作似乎也开启了一种新的模式。不久之后，百度公司在百度世界大会上正式对外发布新百度首页的同时，还宣布推出手机系统“百度·易”，该操作系统将在平板电脑和智能手机上使用。从中人们不难看出百度将业务拓展至移动互联网的决心。

与此同时，另一条消息显示，全球第二大个人电脑制造商戴尔公司已经同意生产可运行百度软件的智能手机，“百戴”合作无疑会让人想起谷歌和摩托罗拉，而且目标也很明确：与苹果、三星争夺中国移动产品市场。

“百度·易”的推出体现了李彦宏的一贯作风，就像他最初从谷歌的创建汲取灵感，毅然回国创办百度一样，这一次很显然百度依然在学习谷歌的路数，目前的易平台基本基于Android，不过百度表示易平台的基础其实是Android的一个分支iPhone，更提出“有可能我们将在未来推出我们自己的操作系统”。这一次李彦宏似乎并不把谷歌当作自己的主要竞争对手，他更在乎苹果。在一次采访中，李彦宏将百度的新操作系统和IOS进行了对比。他说：“现在打开iPhone，在你做其他事情前需要花费45秒，在未来，只需1秒你就可以打开设备，可以开始使用百度框。这是我们对互联网未来的使命。”李彦宏的最终计划是创建一个可以在一切基础上使用的搜索操作系统，“目标是让人们越来越依赖百度框。”

从中人们不难看出李彦宏的渴望与野心，然而，正是这种执着让十几年前还在硅谷一家公司做研发的李彦宏决定放弃当时看来待遇优厚的工作，踏上了创业的旅途。

1998年，硅谷高潮迭起的商战让李彦宏激动不已，当时他不过是硅谷一家公司的研发人员，于是他开始以章回体的形式写一本名叫《硅谷商战》的书：“浏览器后院起火，内部网三足鼎立”、“搜索引擎难索盈利，网景主页苦撑危局”、“媒体大腕跑马圈地，网络之门笑傲江湖”……但写着写着，他发现这是一本很难结尾的书。“硅谷的内涵实在太博大精深了，变化实在是太一日千里了，我无论如何也没有办法把我想说的故事都说出来，等我把现在发生的事情讲清楚的时候，不知道又有多少新的商战故事已经发生了。”李彦宏这样总结道。《硅谷商战》最终在中国内地出版，但是仅仅过了一年，李彦宏就再也熬不住了，他不愿只在书中幻想商战的精彩，他要亲身投入进来。

在中国几大互联网公司的创始人中，李彦宏是难得的帅哥，儒雅的气质，天使般的脸孔让许多人对他充满了好感。然而内向的他不擅长与人交往，更愿意做个社会观察家。这种个性最终也多多少少地体现在后来百度公司的文化中。

1987年，李彦宏背着行李离开山西阳泉进入梦想中的北大读书，那一年他19岁。1991年从北大信息管理系毕业时，李彦宏已经深谙搜索的内涵。随后他在美国纽约州立大学布法罗分校拿到了计算机科学硕士学位，并帮助设计了《华尔街日报》网络版实时金融信息系统。

1995年，在为《华尔街日报》网络版开发软件时，李彦宏发现了一种可以根据网络连接数目进行网站排名的搜索方法，但是，道琼斯的高管对此没有丝毫兴趣。于是1997年，李彦宏离开了这家公司，并在美国为自己的技术申请了专利。之后在一次会议上，李彦宏遇到了Infoseek公司的首席技术官威廉(WilliamChang，全球最著名搜索引擎专家之一)，后者邀请他加入，担任高级工程师，一起开发第一代搜索引擎。硅谷的生活让李彦宏感受到了深刻的商战气氛。他时常翻看《华尔街日报》，这些故事构成了那本章回体小说的主干。

随着1999年Infoseek被迪斯尼公司收购，李彦宏与徐勇一起带着120万美元风险投资，从硅谷回国，2000年1月，他们创建了百度最初的团队。到2000年5月，百度首次为硅谷动力(IT类门户网站)提供搜索技术服务之后，便开始迅速占领中国搜索引擎的技术服务市场，成为搜狐、网易、新浪、Tom等大部分门户最主要的搜索技术提供商，当时主要是为这些门户网站提供信息检索和后台搜索技术升级。作为一个小公司，最初的百度不过是靠着国内领先的搜索技术团队，给那些风头正劲的门户网站打工，赚取技术服务费用勉强生存。

在早期国内门户网站疯狂烧钱的时候，大环境很好，为门户网站打工应该足以衣食无忧。那个时候，搜狐、网易、新浪等这些门户网站烧着风险投资的钱到处做广告推广自己的品牌，中国网民在看到广告后纷纷来到这些门户网站，不过每次网民在门户网站上使用“搜索”服务，其实都在为不需要花一分钱广告费、默默躲在“幕后”的百度做着贡献。后来百度的“网民搜索需求理解力”、“搜索研发技术能力”、“网站资料数据库和搜索服务经验”，都是在这个过程中得到了不断地提升。

2000年，互联网泡沫破灭，门户网站大环境降温，投资者要求门户网站的管理者开源节流，因而没有更多的资金来买百度的搜索技术服务。李彦宏知道，百度必须做点其他的。等待门户网站的重金购买几乎是不可能的，再等就是等死，因为连门户网站自己都将可能是食不果腹。

此消彼长和卧薪尝胆的时间很快结束，尽管李彦宏当时心里并没谱，只是一心想将公司做大，而只是出卖技术显然做不大，必须找其他出路。新出路怎么样，没有人知道，但总比继续做看着就不行的事情强。李彦宏决定向董事会拍桌子、摔手机，逼迫董事会同意放弃既定的卖搜索技术模式，转向自己运营搜索引擎、靠竞价排名广告盈利。

2001年8月，Baidu.com搜索引擎Beta版发布，2001年10月22日正式发布Baidu搜索引擎，百度从为门户网站提供后台技术服务转向独立为中国网民提供搜索服务。

竞价排名广告堪称是百度独创的盈利手段。在它刚刚推出的时候，不仅中国绝大多数广告客户不明白什么是竞价排名，甚至百度的销售人员也讲不清楚。后来，他们干脆对客户说，你们也不要明白竞价排名是怎么回事，总之，你买了这个“竞价排名”，在新浪、搜狐、网易都能看到你的广告。于是，早期很多人其实是因此才购买了百度的竞价排名。

但这种做法显然让门户网站不快。不久后，当初与百度合作的门户网站大都釜底抽薪。百度不但失去了以门户网站流量来维持生计的方式，还面临着门户网站类似竞价排名业务的围攻。没有了依靠，百度必须提高自主流量，因为没有客户会愿意为一个没人用的搜索引擎付钱。不过对于门户网站的做法百度其实早有防备，当流量积累到百万级别时，口碑效应开始展现，百度跟着适时推出了MP3、新闻和图片搜索这些更加紧贴中国网民需要(娱乐、阅读)的服务，进一步吸纳了门户的搜索流量。

百度在获得巨大成功之前，一直专注在中文搜索这个领域，一句流传很广的玩笑话说“百度比谷歌更懂中国”，其实是反映了百度对于中国网民的中文搜索需求、中文搜索体验的理解。百度MP3搜索无疑是另一个令其成功的因素，它能帮助用户免费下载音乐，对中国网民尤其具有吸引力。百度上市时，音乐服务一度约占到其总流量的40%。后来MP3搜索虽然引起版权纠纷和争议，但是利用这个打开的时间窗，百度已经获取了巨大的来自网民用户的流量。

百度的出现给中国网民带来的最大的改变是，让他们发现并相信，除了搜狐、网易、新浪或者其他的大型门户网站外，在浩瀚如宇宙的互联网上必定还有更多的精彩。当百度能够搜索到比任何一个门户网站更多的信息时，它便成了所有门户网站中的真正门户，成了互联网上的起点和最大的流量分发中心。由此奠定了它成功的基础。

李彦宏找到了搜索引擎的出路。面临市场变化，见过无数硅谷商战的李彦宏很好地适应了这一点，如今的百度，以搜索网站和竞价排名为主要的业务增长点，以国内数量巨大的中小企业为主要客户。这其实与他和徐勇为拿到第一桶金，而向投资人递交商业计划书内所写的做门户网站的生意大相径庭。

推出竞价排名并实施“闪电计划”对百度实行第二次技术升级后，据美国alexa统计，当年百度已经是全球第二大的独立搜索引擎，在中文搜索引擎中更是遥遥领先。

2005年8月5日，百度在纳斯达克上市，发行价为每股27美元。当天的开盘价是每股66美元，最终以122.54美元收盘，涨幅353.85%，创下了5年以来美国股市上市新股当日涨幅最高纪录。2006年底，百度香港成立；2009年，百度正式搬入中关村的新总部。

2011年，《福布斯》杂志公布了最新一期的全球亿万富豪排行榜，李彦宏以94亿美元的个人资产位排名95位，位列中国内地富豪之首。

李彦宏的成功充分证明了信息对互联网世界的重要性。从最初的雅虎，到依旧如日中天的谷歌，再到后来居上的百度，搜索引擎之所以能够发展茁壮为如此强大的力量，就在于它以前所未有的方式整合了烟波浩渺的信息，让每一个互联网的使用者都能在最短的时间内找到自己所需要的东西。从某种意义上来说，谁能更好地掌握整理和发布信息，谁就能称霸互联网世界，这便是信息时代的特征。

本身就是技术人员出身的李彦宏深谙此道，他梦想靠技术改变世界，让百度成为信息领域的王者是他不懈的追求，然而这个追求的过程却一直充满了争议。

百度首先面对的就是抄袭与模仿的指责。批评者认为，百度在早期发展过程中，从站点风格到服务项目都全面抄袭了其竞争对手谷歌，包括它的搜索、地图、工具栏甚至logo涂鸦等各个方面，不仅如此，百度知道和百度百科也一度被指责抄袭了雅虎知识堂和维基百科。

不过对此百度的支持者回应说，几乎所有的搜索引擎都曾在不同程度上模仿对手，包括早期的Google对Infoseek，AltaVista的模仿，所谓的抄袭其实是一种业界普遍存在发展方式，相互借鉴才能进步，而且百度表示，事实上中国谷歌同样“剽窃”了其核心技术拼音连锁翻译成汉字和新窗口打开功能。

另一项也是最为人诟病的指责便是百度的竞价排名机制。竞价排名已是百度一项主要的盈利模式，如今这已是人尽皆知的事。所谓“竞价排名”也就是企业付款买下的广告。这些广告链接和真实搜索结果混杂在一起，除了下方有一个极小的“推广”加以标注外，没有其他区别，用户往往被蒙骗误认其为搜索结果，而且广告在其中排名非常靠前。曾有用户举报有一段时间在百度上搜索“玻璃”，前七页全部是广告。

在遭到网民的强烈抗议后，百度开始有所收敛，但其搜索条目首页的广告数在各搜索引擎中仍遥遥领先。甚至有媒体报道引述相关人士消息称，百度是谁给的钱多就排名靠前，谁给的钱少就靠后，不给钱就可能会受到屏蔽。这显然与搜索服务的初衷相悖。

相对而言，谷歌则是以全自动的搜索方法排除了人为因素对搜索结果的影响，不接受付费的竞价排名，也不出售搜索结果中的排序位置，而是依照点击人气、质量等因素进行综合排列。投放在谷歌的广告只会出现在搜索页面的右边或者顶部的独立区域，并且用竖线、底色与自然搜索结果明显地区别开来，并加上

“赞助商链接”的标识。此外，这些广告也不是纯粹根据广告主出价来排序，还会考虑到该广告对用户搜索词的相关度，不是出价最高就一定排在第一。

对于百度和谷歌，第一财经频道总策划罗振玉形象地打了个比方：二者都是在网络时代修筑一条信息的高速公路，所不同的是，谷歌的盈利方式是在路边竖立广告牌；百度则是在路上设立收费站，甚至李彦宏本人也这么认为。因此谷歌的理念是让信息变得更加开放，百度则希望信息搜索本身也能带来一定的收益。换句话说，谷歌卖的是广告，百度卖的是信息本身。

不过尽管如此，在中文搜索引擎领域，百度始终占据着最大的份额，2010年谷歌宣布结束在中国内地的搜索业务，退出中国市场，更使得百度获得了一家独大的局面。尽管雅虎搜索一直存在，各大门户网站和微软公司也各自推出了搜索服务，但无人能够撼动百度在中国的地位。2007年，百度日文版正式开通，彰显出百度跨出中文领域，向一家世界级搜索引擎服务公司发展的雄心。

赞叹也好，争议也罢，李彦宏在中国信息搜索领域创建了一个庞大的百度帝国却已是一个不争的事实。这位儒雅的创始人依旧保持着低调。在接受央视的采访时，李彦宏说自己最初真正操心的并不是和谷歌的竞争，而是公司的员工能否承受一夜暴富的诱惑。毕竟他见过互联网泡沫破裂的现实，股票从疯涨数百万美金到一文不值，也只是转瞬之间的事。因此他始终带有强烈的危机感，并不断地将这种危机感传递给每一个人。“我不断地跟他们（员工）讲百度离破产只有30天。”李彦宏如是说。

对信息的理解和危机感带来的动力造就了百度的时代，但这远不是李彦宏理想的终点。2010年，在中科大的报告会上，李彦宏说："未来十年的目标，是收入翻40倍、百度这个名字在全世界一半以上的市场里家喻户晓、百度成为全球最大的媒体平台"，而一年以后进军移动互联网市场，便是为实现这个目标而迈出的新的一步。

## 腾讯：小企鹅的信息世界

马化腾和他的腾讯，从来就是争议的焦点。12年来，这家创立于1998年的IT企业，已是中国第一、全球第三大互联网公司；腾讯公司最著名的即时通讯软件腾讯QQ，成为目前中国最多人使用的通信软件——那只憨态可掬的企鹅形象已然成功占领了超过4亿中国网民的电脑桌面和手机显示屏。

然而如此巨大的成功并未减少对马化腾的非议。在许多人看来，腾讯公司推出的大量产品都有明显的抄袭痕迹，一些国内业界人士对马化腾的这种作风颇不以为然。阿里巴巴的CEO马云认为："现在腾讯拍拍网最大的问题就是没有创新，所有的东西都是抄来的。"新浪网原总裁兼CEO王志东更对其严辞批评："马化腾是业内有名的抄袭大王，而且他是明目张胆地、公开地抄。"更不用说2010年奇虎360和腾讯那场旷日持久的"3Q大战"中，360创始人周鸿祎和马化腾的多次口水战。

不过马化腾对于他被普遍指责所谓抄袭行为却有自己的看法："抄可以理解成学习，是一种吸收，是一种取长补短。"

无论如何，不管别人怎么评价，在中国的互联网市场，腾讯的江湖地位已经奠定，而凭借着数以亿计的QQ用户，不论是门户、网游、电子商务、SNS，任何一项新的互联网业务，只要马化腾有兴趣都可以轻易打入，并且在短时间内玩得游刃有余，获得巨大的效益，把先行者远远甩在身后。毕竟不管你想做什么，用户群永远是基础，控制了用户就等于拥有了市场，接下来的事就轻而易举了。这也是他让许多人羡慕妒忌恨的原因。

可是，那么多互联网公司，为什么只有腾讯拥有如此众多的用户？归根到底，还是因为它最早向中国网民提供了独到的信息服务。

马化腾是潮汕人，10来岁随父母从汕头到深圳。小时候他的家庭条件很好。据说腾讯创立初期，他的父亲马陈术曾经代管过一段时间财务，马陈术每次来公司的时候都开着一辆气派的黑色奔驰S500。家庭条件的优渥让马化腾更能专注于自己的兴趣。他很早就玩起了计算机，后来顺理成章地进入深圳大学攻读计算机专业。当时马化腾的PC水准已令老师同学刮目相看。他擅于对付各种病毒，为学校PC维护提供了不少不错的解决方案，不过也经常干些将硬盘锁住的恶作剧，让学校机房管理员哭笑不得。

1993年从深大毕业后，马化腾进入润迅公司，开始做软件工程师，专注于寻呼软件的开发，并一直做到开发部主管的位置。这段经历让马化腾明确了开发软件的意义：实用是第一位的，并非写作者的自娱自乐。“许多软件技术人员往往对自己的智力非常自信，写软件只是互相攀比的一种方式，而我希望自己写出的东西被更多的人应用，也愿意扮演一个将技术推向市场的小角色。”后来马化腾这么说道。

那个时候的马化腾虽然年纪不大，网龄却非一般人能比。在中国的Internet普及之前，有个叫ROY的网友在北京架设了国内的第一个慧多网长城站，一个站往往就一台电脑，一部电话，一个

MODEN，用户靠拨电话接通服务器——其实服务器也是很简陋的电脑——然后下载BBS里最新的帖子，离线后看信回信。回信是打包以后，再拨号上传到服务器。虽然慧多网这种早期的互联网雏形非常简陋，却让当时许多网友早早体会到了网络的乐趣，马化腾就是其中之一。初上慧多网的他乐此不疲，半年后便自告奋勇地投了5万元在家里搞了四条电话线和8台电脑、承担起慧多网深圳站站长的角色，在每天的工作之余忙得不可开交。久而久之，深圳“马站”在慧多网上声名鹊起，马化腾对此十分自豪，“在网上我才会获得完全的兴奋。”

通过网络马化腾结识了相当多的朋友，例如网易的丁磊。马化腾说，“当年一起喝啤酒的时候，我们只是打工仔而已，都还不知道未来。丁磊后来的成功为我带来了启发，只要去做，没有什么事情是不可能的。”

研发实用软件的经历不仅培养了马化腾敏锐的软件市场感觉，也使他从中盈利不菲。“要相信自己写的东西可以卖钱。”马化腾是风靡一时的股霸卡的作者之一，他和朋友合作开发的股霸卡在赛格电子市场一直卖得不错，同时他还不断为朋友的公司解决软件问题，这令他不仅在圈内小有名气，而且也有了相当的原始积累。

尽管是搞技术出身，但马化腾很早就开始关注商业，他是中国股市最早的一批炒家之一。事实上，对于下海经商，大学毕业的时候马化腾就已有所打算，可那时他突然发现竞争已经激烈到让自己无法忍耐，最后不得不老老实实去干程序员。直到一次偶然的机会，他接触了ICQ，一个以色列人开发的即时聊天工具，正是这个软件给了他新的启发。

凭着潮汕人特有的商业直觉，马化腾立刻认识到ICQ是个好东西。那个时候的中国就算一台传呼机也能令人趋之若骛。而ICQ这种即时聊天工具正相当于一部PC间的传呼机，人们可以用它方便地在电脑上即使互通信息，这其中显然充满了商机。

“从1998年开始，我就考虑独立创业，却一直没想清楚要做什么，但创业的想法并没有起伏，我知道自己对着迷的事情完全有能力做好。我感觉可以在寻呼与网络两大资源中找到空间……1998年我哪有那么多钱？那时候大学毕业不过5年，最开始一个月工资才1100块。你算算我要攒多少时间才有10万块投到股市里去？”马化腾说，正是这种想法坚定了他创业的决心。

于是，1998年11月，马化腾和张志东等5人凑齐了50万元人民币，注册了深圳腾讯计算机系统有限公司。过了一阵子，几个人又凑了另外50万元，把公司的注册资本补到100万元，正式开始了他们的创业之路。

腾讯的几个创始人都曾在深圳电信、网络界有多年的从业经验，可以说是深圳第一批从事互联网工作的人，这无疑在技术和业务层面为公司提供很多帮助。“创业不是说着玩的事，腾讯也并非一帆风顺。一开始，我们的服务器都无处托管，创建一家公司可比写软件复杂多了。”回顾创业初期的艰苦，马化腾依旧记忆犹新。

马化腾对如何将寻呼与网络联系起来发展业务其实早有自己的想法，但当时关于是否上马ICQ项目，腾讯的股东们的确存在过激烈的争论。“最后，对网络技术发展方向的认同感使大家求同存异，我们开始对ICQ技术倾注偏爱。”

ICQ是一种基于Internet的即时通信工具，集寻呼、聊天、电子邮件和文件传输多种功能于一身。当用户将ICQ安装在个人电脑上，它就会嵌入Window系统，成为桌面上的图标，用户每次打开计算机，它就是一个固定设备。互联网用户可借此知道朋友是否在上网并可进行直接交流。腾讯的创始人们都意识到了用户对中文环境ICQ服务有极大的需求，于是自主开发了基于internet的网上中文ICQ服务——OICQ，并成为全国在线人数最多的中文ICQ服务商。后来由于OICQ遭到美国在线公司投诉，指责其侵犯了ICQ的知识产权，2000年4月，腾讯公司将原来注册的“OICQ.com”域名更改为“tencent.com”，并将OICQ通讯软件改为后来人尽皆知的腾讯QQ。

在新兴互联网市场中淘金，是一项艰苦的工作。QQ的推出并没有直接为马化腾带来经济效益。当时，这家十几个人的小公司的主要业务是为深圳电信、深圳联通和一些寻呼台做项目，QQ只是公司的副产品。整个公司经常为了一个项目倾巢而出，还要时刻避免露出马脚。为了给客户留下很有实力的印象，那时马化腾的名片上从来不印“总经理”的字样，而只带“工程师”的头衔——在深圳，像腾讯这样的公司有上百家，马化腾当时的期望，只是公司能生存下来。

跟其他刚开始创业的互联网公司一样，资金和技术是腾讯最大的问题。“先是缺资金，资金有了软件又跟不上。”当时马化腾对QQ的市场潜力没有足够的认识，只是抱着试试看的心态把它放到互联网上供用户免费使用。但连他本人也没有料到，10个月后，这个不被人看好的QQ竟然发展了上百万用户。

随着注册人数的疯长，腾讯不得不拼命扩充服务器，而那时一两千元的服务器托管费对公司而言都是巨大的负担，没有钱买服务器，腾讯不得不用近似卑鄙的手段去偷人家的空间和带宽。“我们只能到处去蹭人家的服务器用，最开始只是一台普通PC机，放到具有宽带条件的机房里面，然后把程序偷偷放到别人的服务器里面运行。”

在苦苦支撑又难以为继的局面下，马化腾动了卖掉QQ的念头。

“那时候觉得养不起就卖掉吧。”提起当时情形，马化腾很庆幸地笑了，“但是在卖QQ时我们碰到了麻烦。我跟许多ICP(内容提供商)谈，他们都要求独家买断。”这让本想靠QQ软件多卖几家公司赚钱的马化腾非常犹豫。当时腾讯曾与深圳电信数据局谈判，对方准备出60万元，马化腾坚持要卖100万元，始终谈不拢，只好告吹；后来腾讯的高层又找过中华网、新浪，同样是100万的价格，可是，中华、新浪的高管层都拒绝了。

软件卖不掉，但用户增长却很快，运营QQ所需的投入越来越大，马化腾只好四处去筹钱。找银行，银行说没听说过凭“注册用户数量”可以办抵押贷款的；与国内投资商谈，对方关心的大多是腾讯有多少台电脑和其他固定资产。好在1999年下半年，从美国到中国，互联网市场的繁荣点燃了投资商的热情。受昔日老友丁磊海外融资的启发，马化腾拿着改了6个版本、20多页的商业计划书开始在高交会上碰碰运气。那时腾讯的估价不过1100万美元，但即便如此，一些风险投资商依然认为马化腾提出的融资要求太高，风险太大而不敢投。最后他们终于碰到了IDG和盈科数码。

“当时我问马化腾，你的公司凭什么值这么多钱？”最早向腾讯投资的IDG合伙人之一林栋梁后来回忆说，“马化腾就说以色列的ICQ有多少用户？他们卖了几千万美元，我的OICQ有多少用户？所以我就值这么多钱。”这种看上去多少有点“蛮不讲理”的逻辑最终帮助马化腾从IDG和高盛手里拿到了融资。

“他们给了QQ400万美元，分别占公司20%的股份。QQ发展到1万用户时，这笔钱还没用完。”有了这笔资金，公司买了20万兆的IBM服务器。“当时放在桌上，心里别提有多美了。”马化腾回忆当时情景，依旧喜不自禁。

经过一年多的发展，腾讯迅速地拥有了逼近亿级的互联网注册用户量，但马化腾却苦于没有收费的渠道。2000年底中国移动推出“移动梦网”，移动梦网通过手机代收费的分成模式，为马化腾开启了一条“金光大道”。到2001年年底，腾讯实现了1022万元人民币的纯利润。而在这一年，三大门户也因为与移动的分成业务从互联网的冬天中缓过神来。

凭借QQ的成功，腾讯开始“花瓣式扩张”。2003年，腾讯开始做门户，以新浪搜狐为对手；后来做休闲游戏和大型网游，跟陈天桥和丁磊狭路相逢；2005年，腾讯又在网络拍卖和在线支付上出手，追赶马云；此后，腾讯更冲入搜索市场，将目光瞄向百度李彦宏。

马化腾也因此成为行业“战争”的发起者，先后进入门户、电子商务、在线游戏、搜索等多个领域。最终的结果是，马化腾创立了“三大”之外最大的综合门户网站、第二大的C2C网站、最大的网上休闲游戏网站。其社区服务QQ空间的活跃用户数甚至超过了如今在SNS领域如日中天的Facebook。

由于拥有高达3.4亿的注册用户，腾讯在推出任何一项产品和服务时都能享受到庞大用户基数所带来的好处，几乎是一出手就成为该领域内不可忽视的竞争对手。马化腾于是也开始成为中国互联网的“全民公敌”，当然不管马化腾愿不愿意，几乎所有互联网公司都曾向他宣战。所有一线互联网大佬都对这只看似憨厚，但实际上充满攻击性的小企鹅保持着十足的戒备。

虽然是中国互联网行业的公敌，每一次举动都伴随着争议和指责，但生活中的马化腾仍然是个低调的人。他不喜欢在公司内部搞活动，公司上市的时候连酒会都没有办。平时为人温和的他不会轻易发火，但腾讯员工与他们的老板开会却并不轻松。马化腾的话虽不多，但懂得倾听，一旦发话，往往一针见血，问得很细，想随便对付过去很难。

除了工作，马化腾的兴趣很广泛。他是个十足的游戏迷，创业之初，还没有特流行的网络游戏，于是每天下班，马化腾就会和他的同事分成两队PK，那时流行CS，赢的多半是马化腾。此外他还是个很烧钱的天文爱好者。闲下来，马化腾很喜欢和公司里几个爱好天文的同事交流，他玩的望远镜也足以让人艳慕。或许广泛的兴趣也是他总想把QQ做得多元化的原因之一。

有些时候，成功只是源于某个偶然的机会。马化腾正是通过QQ将即时通讯的概念发扬光大，从而占据了中国互联网的信息高地，但是成功的秘诀依旧需要后天更多的努力。“抄袭者”的头衔并不那么光彩，可要评价抄袭本身的是非，在如今的中国社会本来就不是一件容易的事。有一点你不得不承认的是，马化腾的腾讯是典型的工程师文化主导的企业。2004年是以技术为导向进行组织结构的搭建，2004年后也是以产品为导向。马化腾喜欢人们把他看作是一个工程师。在IT行业，这是一家公司极其重要的精神财富。

与之相对的雅虎的失败，或许就是一个鲜明的反例。

## 失落的中国雅虎

2009年2月18日的杭州，细雨蒙蒙，刚刚搬到益乐路电子商务大厦办公的雅虎口碑公司已装饰一新：鲜红的主基调，基板上“光脚”二字和一串脚印熠熠生辉。

这里将是中国雅虎与雅虎口碑的最核心业务基地，主打生活服务的电子商务（P2C）。而包括中国雅虎在内的所有业务部门都将围绕这一目标运行，对于与“主业”无关的业务将全部从雅虎口碑剥离。近年来，中国雅虎先后放弃了3721网络实名业务、压缩内容资讯业务、调整相册大批量照片上传功能等业务。而在2009年2月28日关停“站长天下”业务，则意味着中国雅虎第二阶段的转型再次落空。

“中国雅虎已死”，一位业界知名分析人士表示，“历经搜索、站长天下到现在的三次转型，中国雅虎已不再有当年的门户、搜索之风光，只剩下一个品牌了。”

2005年8月11日，中国雅虎正式并入阿里巴巴集团，在出让阿里巴巴集团40%股权与35%投票权的基础上，马云获得了雅虎10亿美元投资与雅虎在中国的所有线上资产。

“接手雅虎将使我们获得包括资产、品牌、资金、技术与海内外渠道在内的‘五朵金花’”，当时马云曾激动地表示，然而，这股激动没有持续太久。

第一年中，马云对中国雅虎进行大刀阔斧的改革，首先清理了门户，关闭了当时占雅虎收入25%左右的短信业务。“这时马云只想把中国雅虎的搜索业务做大”，阿里巴巴集团一位人士透露。但是看来，马云的意图是通过“存活、健康、强壮”三步走的方式让中国雅虎重新焕发光彩。但是这种思路没能延续，2006年10月17日，空降中国雅虎的总经理谢文离职，创造了中国互联网史上的“一月总裁”，随后阿里巴巴集团资深副总裁曾鸣暂代雅虎中国总经理，雅虎中国更名中国雅虎，在国内拥有了更多的自主权。

2007年，中国雅虎推出“站长天下”，希望把中国雅虎打造成“全民建站工具的开放平台”，但这一业务最终在2009年关停。

2008年6月4日，中国雅虎与口碑网合并，统称雅虎口碑，由阿里巴巴创业元老金建杭出任总裁。到2009年1月，备受“流氓软件”争议的3721实名搜索业务关停，中国雅虎全面转向围绕生活服务的电子商务服务。

最终，阿里巴巴集团收获的“五朵金花”除雅虎品牌之外都已成明日黄花。

“中国雅虎现在只剩下品牌。”资深互联网专家刘兴亮认为。

“做其他的太累了，还是做电子商务比较好，”阿里巴巴集团人士表示，“马云现在想清楚了，在20年内，阿里巴巴不会做门户。”

到了2011年，马云忽然将旗下支付宝业务转移至个人名下的一家公司，似乎充分显示了他彻底与雅虎拆分的决心。尽管对于“雅巴之争”几个月以后人们仍然争论不断，但不能否认的一点是，雅虎在中国的辉煌已经结束，它根本无力和国内的三大门户网站、搜索巨擘百度以及通讯老大腾讯竞争。

这家曾经在国内领先的互联网公司的命运不禁令人唏嘘，许多曾在中国雅虎工作过的技术人员都对其中的技术氛围非常怀念，认为那是一家真正具有雄厚的技术实力和崇尚开源文化的公司，但从很多方面来说，近年来雅虎正变得越来越不像一家有潜力的互联网公司。

或许卡罗尔·巴茨就任CEO以来的种种决策充满了败笔：将最核心的搜索技术外包给微软，将一些有希望的社区型产品卖掉，没有处理好和电子商务公司阿里巴巴的矛盾……但最主要的原因是，雅虎没有追上创新的脚步。

十年前，美国在线（AOL）让人大跌眼镜地以1780亿美元收购了全球第一大传媒公司时代华纳。不过这场收购最终以失败告终，并导致两家公司的CEO黯然离职。当时美国在线虽然风光，但其商业模式其实跟传统的电话公司区别不大，向那些通过美国在线拨号上网的用户收取一定的上网费用。而颠覆这种模式的正是雅虎。

杨致远和大卫·费罗创立了一种新的商业模式：免费向用户提供各种分类信息，而通过向商家收取广告费盈利。后来，这种模式成为了门户网站的模板，也催生了中国的新浪、搜狐、网易。然而在互联网时代，没有一套模式能永远领先，随着搜索引擎的兴起，雅虎逐渐失去了领先的优势，而作为门户，它在中国的声势又始终无法匹敌三大门户，这也令它处在一个不尴不尬的位置上。

很多人觉得阿里巴巴和雅虎的合作应该是一项互补，但事实却是，阿里巴巴浓厚的商业氛围和销售文化无法与雅虎的互联网文化兼容。一些中国雅虎的员工甚至认为，与其说阿里巴巴是一家互联网公司，毋宁说它是一家传统的商务公司。当然这种说法可能有些偏颇，但收购最终没有让雅虎取得新的突破，反而连原有的业务也接连关闭，失败已成不争的事实。

或许马云从收购之初就在下一盘很大的棋，他所看重的更多的是雅虎的品牌价值，而非其技术业务本身，利用雅虎这块牌子建立另一个电子商务的阵地或许更符合他的理想，但显然，那不是雅虎的初衷。当然，人们不能否认，在杨致远离任后，马云和巴茨的矛盾影响了他对雅虎的态度，可能最初马总的打算未必如此。

然而现在说这些已经没有意义。人们在接受雅虎失败的命运的同时，唯一的收获便是一个深刻的案例：如果一家互联网公司无法坚定地秉持自己的公司文化，并维持技术创新的动力，那么它注定无法在互联网世界生存下去。

# 第五章

# 马云雄心再起开创阿里新生态
# 行业巨头力争电商市场主导权

# 102

纵观中国乃至世界的互联网发展历程，电子商务都是其中最为重要的一环。它在互联网刚刚步入成熟的那一刻就已经存在，如今，它甚至取代了传统的商业模式，成为全球商务领域最具竞争力的市场，是名副其实的兵家必争之地。

事实上，电子商务的发展并非一帆风顺。从1995年到2001年，是电子商务第一个黄金时期。然而这个所谓的“第一次电子商务浪潮”却最终因为巨大的互联网泡沫的破裂而宣告失败。但这并未影响人们对电子商务前景的信心。在分析第一次电子商务浪潮失败的原因时，许多人认为那是各种因素共同作用的结果，毕竟上世纪90年代后期到本世纪初的这段时间，互联网仍处于逐步发展完善的阶段，许多企业的信息化平台尚未搭建，加上当时电子商务的实际操作环境不够成熟，企业信息化和电子商务的衔接也存在着许多问题，在这样的背景下，失败在所难免。尽管如此，这场挫折却为电子商务行业后期的发展积累了宝贵的经验。随着互联网技术的日渐成熟，企业经营者对行业认识的加深，整个互联网软硬件设施的完善，经历了互联网寒冬的电子商务很快恢复了元气，第二次电子商务浪潮不期而至，很快成为市场的主流。

IFS中国区总裁胡彬博士，高维信诚资讯有限公司总裁兼首席顾问刘建等人都曾在南京大学电子商务总裁论坛表示，电子商务不再是一个时髦的术语，而是企业市场竞争的新工具。不同于上世纪末，大多数电子商务企业日烧万金，依靠风险资金度日，如今盈利早已成为天经地义的事。几年以前，网购还是件新鲜而时髦的事，但到21世纪第一个十年结束的时候，却已成为中国网民生活中习以为常的一部分。

从B2B，B2C到C2C，电子商务的触角正日渐伸向社会的每一个角落。从马云的阿里巴巴、淘宝，到各类综合或是专业的电子商城，当当、京东、卓越亚马逊，团购、游戏或是门户网站，几乎已经没有一项未被纳入电子商务的范畴。中国电子商务行业龙头马云甚至放出豪言，要打造一个能够影响整个经济链条的电子商务生态系统，十年之前人们或许会认为他虚妄，但如今，没有人敢怀疑这个设想的可能性。

我们已经无法分清在这个时代是互联网影响着电子商务的发展，还是电子商务改变了互联网世界的生态，总之二者早已水乳交融，成为一个永恒的话题。

## 不可思议的马云和阿里巴巴

2011年9月，在杭州举办的第八届网商大会上又看到了马云的身影。在李连杰演讲之后，白衬衫、黑裤子、帆布鞋，一身便装的马云登场了。

“就是这么简单。”一开场，马云就抖起了幽默，“很多人说我忽悠，我承认，但从结果来看，我并不后悔，今天的阿里巴巴要打造的是一个生态系统，如果说与谁有竞争的话，我就是要让那些没有危机感的大公司睡不着。”

这只是一次普通的演讲，但仔细品味马云的话，就不难发现，他并不仅仅是在忽悠。在那些看似不经意的只言片语中，人们隐约可以感觉到，马云又在计划些什么了。而且很显然，他的野心不小。

“阿里巴巴要构建一个这样的生态系统。因为有了生态系统，所以，我们不必疲于打败每一个对手，在商场，这样的对手太多了。”马云这样说道。

当谈及2011年阿里巴巴的一系列大动作时，马云说：“今年淘宝一拆为四，如果你干得过我，我就再拆四个公司给你看看……在搜索、商场之外，淘宝也进入了无线领域，为什么要去做无线？我也就是要让中移动、联通睡不着。为什么做物流？就是要让邮政睡不着。为什么做阿里金融？就是要让银行睡不着。总而言之，我们就是要让那些没有危机感，依然沉寂在对昨天依恋的大公司、大企业，睡不着……它们不改变，我们就去改变它们。我们就是要让用户看到我们的改变，为用户需求去努力地改变和创造。这就是建设性的破坏。”

“有人说，中国为什么出现不了乔布斯？我说，乔布斯来到中国一定死。每个土地都孕育着不同的特色，我们没有其他的特色，但拥有自己的特色，也挺好。不学会欣赏自己，我们也很难超越别人。今天的阿里没敢说到美国一定会赢，但我们在中国未必会输。”

“做企业是赢在细节，输在格局。‘格’就是人格，‘局’就是胸怀；而细节需要我们沉下心来去磨砺。两个都得干好，那就是太极禅。”马云最后说，依然是带着一贯浓厚的个人风格。

在中国，马云那张棱角分明的脸早已成电子商务领域的一面旗帜，他的阿里巴巴早已演变为一个庞大的电子商务系统。然而2011年，马云却不再把B2C放在最核心的地位。但他却并非是要离开原来电商领地，而是要构建一个更完善的电子商务生态，打造一个更大的“电商帝国”。

2000年7月17日，杭州人马云成为50年来第一个登上《福布斯》封面的中国企业家，理由是马云创建了全球最优秀的电子商务网站。该杂志如此描写马云：“深凹的颧骨，扭曲的头发，淘气的露齿笑，一个5英尺高，100磅重的顽童模样。”又说，“这个长相怪异的人有拿破仑一般的身材，同时也有拿破仑一样的伟大志向！”

马云是个让人疯狂的人。他每年会在全球10所大学演讲，在美国麻省理工学院讲台上，他口若悬河的表情和张牙舞爪的样子，令他所说的内容仿佛不可置信；在哈佛讲台上他与诺基亚总裁激烈辩论，最终赢得了台下1000多名听众长时间的起立鼓掌。此外，他善于创造奇迹。他的阿里巴巴两次被哈佛选为MBA案例；他个人也被“世界经济论坛”选为“未来领袖”。然而，二十多年以前，马云只是一个普通的教师，谁也不曾想到，正是这个小教师创造了中国电子商务的传奇。

马云考了三次大学，最终只考入杭州师院英语专科，却因该专业当年男生名额没招满，混入了本科。他狂热地喜欢英语，有四五年时间，他每天在杭州饭店门口，逮到外国人就同他练口语。马云有很多国际上的朋友就是这样交上的。1985年，20岁的马云接受一位澳大利亚朋友之邀出国游玩。正是这第一次出国机会，改变了马云的观念。

“国外的情况与我们在国内了解到的不一样啊！”他认识到，一种语言就是一种生活方式，就是一种文化和历史。真正了解不同国家的惟一途径，就是学习对方的语言。那以后，马云的思维方式开始变得新潮而大气、快速而实用。毕业后分到杭州电子工学院教英语，他随心所欲地坐在讲台上授课，被同行视为异类，却受到学生的欢迎。

1992年，生性活跃的马云发挥特长成立了个海博翻译社。课余时间四处活动接来翻译业务，然后回学校找教授来译。初涉商海，马云对经商似懂非懂因而有较强的应变能力，饱含高雅而浓厚的人文气质因而有一种美好的学院派情结。海博翻译社稀里糊涂地折腾了两年，总算没有倒闭。

到1995年，海博翻译社钱没赚多少，却因马云超强的活动能力而挣了不小的名气。就在这一年，因他的名气而带来的一个传奇故事，使他真切地领略到了什么才是英语世界里最真实的痛苦与欢乐。

1995年，一个美国商人签约投资浙江某段高速公路，临到合约到期，美元还迟迟没能到位。于是中方聘请“杭州英语最棒的”马云为翻译兼顾问，到美国去“参加对方公司的董事会”以商讨解决办法。马云带着数百民工和浙江省交通厅的重托只身飞到美国，被投资商菲利普·卡文纳别有用心地安排住到了一幢别墅里。而事实上，这个美国人是个地道的骗子。

当时马云被美国人软禁起来，一会儿带去游山玩水，一会儿请他加盟其子虚乌有的美国公司。后来马云识破真相，几次逃脱失败后，马云对美国人说：要去西雅图见一位朋友。对方也玩累了，想将马云扔掉算了。于是开车送到机场，说，去售票处说你叫马云，他们会将我已经买好的票给你。马云刚下车，美国人立刻绝尘而去。到售票处一问，哪有什么“马云的票”！马云再次上当，顿感气尽意绝。幸好，他身上还藏着美国人带他去拉斯维加斯游玩时，用25美分在老虎机上赌得的600美元。于是马云自己买票到了西雅图，结束了那段噩梦般的日子。

在西雅图，马云受到了真正的朋友式的款待。也正是在这里，马云第一次见到了互联网。这一刻，决定了他的一生。当时互联网在中国还是一片空白。有着孩子般好奇心的马云，坐在电脑前立即将烦恼抛到脑后。他学会了上网，并请朋友为自己远在杭州的海博翻译社做了个网页，他要在网上将它介绍出去，他想知道是否真的如朋友所说会获得“前所未有的惊喜”。上午10点，马云把网页发出去，中午12点，果真收到6个反馈邮件，4个来自美国，一个来自德国，一个来自日本。“哇，我很激动啊！这真的是天上掉馅饼啊！”现在谈起当时的感受，马云仍然眉飞色舞。

“这就是我想要的，这里有大大的生意可做！”马云意识到这是一口很深的井，这里有一座富矿，他立即决定与西雅图的朋友合作，他要把中国企业的资料放到互联网上去向全世界发布。一个全球首创的B2B电子商务模式，就这样开始有了创意。

1995年春天，马云带着一颗精疲力尽而又极度狂热的心，回到了杭州。马云的想法是，把中国企业的资料集中起来，快递到美国，由设计者做好网页向全世界发布，利润则来自向企业收取的费用。马云相信“时不我待，舍我其谁”！

找了个学自动化的拍档，加上妻子，一共三人，两万元启动资金，租了间房，就开始了。这就是马云的第一家互联网公司——海博网络，产品叫做“中国黄页”。当时，一位杭州的朋友曾在大排档里见过马云。据他形容，马云是个喝得微醺，跟一大帮人神侃瞎聊的小市民。在他身上只有手舞足蹈，看不到杭州人的安静和从容。说到这里，马云抬起眉头：“我有一副天生的好口才，为什么不可以在大街上宣传我的公司？”

马云就这样，每天出门对人讲互联网的神奇，请他们同意付钱并把企业的资料放到网上去。人们不相信他，马云只好动用自己还算优秀的个人资信，去说服朋友们把公司资料免费放到网上。不出所料，杭州望湖宾馆、杭州电视机二厂，还有一个律师事务所，都收到了国外电话和传真。马云高兴极了。但现实却是残酷的，因为没有人愿意付钱。这些企业根本看不到网页，更不知道载有自己企业资料的网页究竟存不存在，怎么可能仅凭几个越洋电话就付钱给马云？

在那段时间里，马云过的是一种被人视为骗子的生活。直到1995年7月，上海开通互联网专线。为了证明自己没欺骗客户，马云决定在杭州上网给客户看。他找来一台486电脑，然后从杭州拔长途电话到上海连接互联网，再通过互联网把望湖宾馆的照片和资料从美国传过来。结果花了三个半小时，照片终于一点一点出来了。焦躁得如热锅上的蚂蚁一样的马云终于欣喜若狂，为了记录这一历史时刻，马云请了电视台记者进行了全程录像。

从此马云挺直了腰，也开始有了收入。他们在全国27个城市一个一个地开拓业务，在所有没有互联网的城市，他们都被视为骗子。但马云仍然像疯子一样不屈不挠，他天天都先这样提醒自己：“互联网是影响人类未来生活30年的3000米长跑，你必须跑得像兔子一样快，又要像乌龟一样耐跑。”然后出门跟人侃互联网，说服客户，说服记者。业务就这样艰难地开展了起来。

1996年，马云的营业额不可思议地做到了700万元。也是1996年，随着互联网渐渐普及，全国各地.COM公司群雄并起，竞争对手步步紧逼。马云意识到另一个生存法则：背靠大树好乘凉。他决定同杭州电信合作，对方出资占70%的股份。但是这次他却失败了。对方急于做大赚钱，马云则认为，做.COM公司犹如养孩子，你不可能让3岁小孩去挣钱吧！双方分歧日深，以致马云的任何提议都被无情否决，最终马云不得不决心分道扬镳，放弃了自己的海博网络。

不过，遭遇了人生中第二次重大挫折的马云很快便重新上路了。以“中国互联网时代的先驱”身份，1997年底，马云带领自己的忠实盟友远走北京，加盟了中国外经贸部下属中国国际电子商务中心，出任该中心信息部总经理。一年内，马云和他的团队为政府建立了一系列网站，净利润做到了287万元。以致后来他敢于在任何场合口出狂言：“我做阿里巴巴网站不是不能赚钱，而是不急于赚钱！”还是他的“养孩子”理论，他说，等孩子长大了，他会赚大钱。

一年多的北京之行，马云学会了判断国家宏观经济发展方向。更重要的是，在中国互联网大潮风高浪急、人人争锋之时，马云却可以耐心地思考：下一个将要到来的浪潮是什么？互联网最有潜力的方向究竟在哪里？

1998年底，马云的B2B思路渐渐成熟：用电子商务为中小企业服务。他研究认为，互联网上商业机构之间的业务量，比商业机构与消费者之间的业务量大得多；前5年的经历，使他对国际贸易市场、国内生产厂家和进出口公司有较深的了解；而商业机构中最需要电子商务支持的，是大量的中小企业。马云选择为中小企业服务，他打了一个比方："听说过捕龙虾富的，没听说过捕鲸富的。"

1999年初，马云下定决心创办B2B网站，他灵机一动，为网站起了一个众所周知代表财富的域名"阿里巴巴"。然后他对团队说："我要回杭州创办一家自己的公司，从零开始。愿意同去的，只有500元工资；愿留在北京的，可以介绍去雅虎和新浪，收入怎么都不会低。"他说用3天时间给他们考虑，但不到5分钟，大家一致决定："我们回杭州去，一起去！"从此一段新的人生之旅一路铺开，最精彩的演出拉开了大幕！

1999年2月的一天，从北京回到杭州的18人创业军团，在马云家里召开第一次全体会议。马云则站在一张桌子后，发表了他激昂的演讲。

"从现在起，我们要做一件伟大的事情。我们的B2B将为互联网服务模式带来一次革命！"他掏出身上的钱放在桌上，"启动资金必须是Pocket money（闲钱），不许向家人朋友借钱，因为失败可能性极大。我们必须准备好接受'最倒霉的事情'。但是，即使是泰森把我打倒，只要我不死，我就会跳起来继续战斗！"就这样，18个人扛着小米加步枪上路了。

他们每天16到18个小时野兽一般在马云家里疯狂工作，困了就席地而卧。邻居们常觉得奇怪，这群人早晨六七点离开马云家，下午三四点又来了。他们日夜不停地设计网页，讨论创意和构思。马云的想法是，阿里巴巴应由网上论坛BBS按行业分类发展而来。其他人不同意，拍着桌子同马云吵。马云就拍自己的脑袋，还是觉得自己对。1999年3月份，他在外地发电子邮件要求同事立即完成这一程序，他们还是不同意。马云发怒了，他抓起长途电话，尖声大叫："你们立刻、现在、马上去做！立刻！现在！马上！"然后就有了今天的阿里巴巴。

经过几个月的筹备建设，www.alibaba.com在互联网上出现了，效果立竿见影。一个青岛商人，每年从韩国进口一种设备，他坚信设备的产地其实就在中国，但他绞尽脑汁也无法找到中国厂家。后来他偶然发现了阿里巴巴，然后在上面发了一条求购信息，不料几天之内就同该设备的中国厂家联系上了！令他惊奇的是，该厂家竟然就在青岛！另一个例子是，众所周知徽章等小商品多半出自浙江，如果这种企业在东北，哪有人理？但就有这样一家东北企业聪明地利用了网络，他们每年从网上搜集义乌、温州企业的最新产品图样，接着从当地购回样品照着生产，然后再到阿里巴巴上发布信息寻找买家。一年下来，他们46个买家中有44个来自阿里巴巴网站！

一传十，十传百，阿里巴巴网站在商业圈中声名鹊起。但马云知道，阿里巴巴面临着一个巨大的战略选择——国内电子商务尚不成熟，只有利用发达国家已深入人心的电子商务观念，为外贸服务，才是真正利润丰厚的大鱼。于是，阿里巴巴开设了一个专区"中国供应商"，把中国大量的中小型出口加工企业的供货信息，以会员形式免费向全球发布。此时，至为关键的是找到全球买家。

1999年至2000年，马云不断实施着一个战略行动。他像一只大鸟不停息地在空中飞行，他参加了全球各地尤其是经济发达国家的所有商业论坛，去发表疯狂的演讲，用他那张天才的嘴宣传他全球首创的B2B思想，宣传阿里巴巴。他相信自己就是一台永不停息的发动机，是一台促销机器！

他一月内可以去三趟欧洲，一周内可以跑七个国家。他每到一地，总是不停地演讲，他在BBC（英国广播公司）做现场直播演讲，在全球著名高等学府麻省理工学院、沃顿商学院、哈佛大学演讲，在世界经济论坛演讲，在亚洲商业协会演讲。他在哈佛与诺基亚总裁同台辩论，赢得台下上千人起立鼓掌！怪异的长相、雄辩的口才和超越全球的商业思想，竟然综合交融在这个枯瘦弱小的中国人身上，听众无不为之惊讶。

海外媒体开始对马云表现出极大热情。第一个来到杭州的是美国的《商业周刊》，当该刊记者在杭州一个居民区住宅里找到阿里巴巴，看到黑压压坐了几十个人，地上还满是床单时，惊讶得目瞪口呆！

很快，马云和阿里巴巴在欧美名声日隆，来自国外的点击率和会员数呈爆增之势！到2000年底，阿里巴巴会员数以每日增长一二千的速度发展，每天可收到3500条商品供求信息，700余种商品信息按类别和国别分类。一个想买1000支羽毛球拍的美国人可以在阿里巴巴上找到十几家中国供应商，了解他们不同的价格和合同条款；位于中国西藏和非洲加纳的用户，可以在阿里巴巴网站上走到一起，成交一笔只有在互联网时代才可想象的生意！

从此，阿里巴巴开始被业界公认为全球最优秀的B2B网站。但无论传教士一般的马云如何有魅力，风险投资商们都知道，阿里巴巴并没赚钱，而且缺钱，因为.com公司是烧钱的主，庞大的运营费用终会将马云压得喘不过气来。幸运的是，他在全球的巡回演讲，起到了一箭双雕的作用：一是吸引客户，二是吸引风险投资。

吸引客户是手到擒来，风险投资的到来却另有一番故事。台湾人蔡崇信是全球著名的风险投资公司InvestAB的亚洲代表，他听说阿里巴巴之后立即飞赴杭州要求洽谈投资。一番推心置腹之后，蔡崇信竟然出人意料地说："马云，那边我不干了，我要加入阿里巴巴！"马云吓了一跳："不可能吧，我这儿只有500元人民币的月薪啊！"两个月后，蔡崇信说服家人，高高兴兴地成了阿里巴巴的CFO。

蔡崇信在欧美风险投资界有着广泛的影响力，这一事件引起华尔街一阵惊奇和震动。随后以华尔街高盛为首的多家公司，毫不犹豫地向阿里巴巴投入了500万美元。高盛资金到位的第二天，马云马不停蹄飞赴北京见一位"神秘人物"。见面才知，是成功投资了雅虎网站的"全球互联网投资皇帝"、日本软银公司的董事长孙正义。面谈仅6分钟，孙正义就像蔡崇信一样坚决地投了资。2000年1月，双方正式签约，孙正义投入2000万美元。

到2001年12月27日，"中国供应商"会员达到100万人，成为全球第一个达到此数目的B2B网站，并在当月实现盈利。此后马云又开始向全球出击。

2002年，阿里巴巴推出中国站"诚信通"会员计划，更好服务于从事中国国内贸易的卖家和买家用户。

2003年，马云创办了淘宝网，2010年，淘宝网的销售总额超过4000亿人民币，成为全亚洲最大的网络销售商圈。

之后的事情顺理成章，2008年9月，马云获选美国《商业周刊》评出的25位互联网业最具影响力的人物，成为唯一上榜的中国企业家；2009年，45岁的马云个人净资产达80亿人民币，位列胡润富豪榜77位。

2009年9月，阿里巴巴集团庆祝创立十周年，同时宣布成立另一家子公司阿里云计算。

2011年6月，阿里巴巴集团将淘宝网分拆为三个独立的公司：淘宝网、淘宝商城和一淘，以更精准和有效地服务中国的网购人群。

然而这一举动却正如他在杭州的网商大会上所说的那样，彰显了未来十年他更大的雄心。

## 马云的“新电商”帝国

从2011年马云的在阿里巴巴的一系列动作来看，他似乎放弃了B2B的重心地位。然而，马云不会放弃他的“新商业文明”，相反，他将它从阿里巴巴转而嫁接到淘宝身上。

曾有人问马云，阿里巴巴究竟是什么？据说马云的回答是，“告诉你们，其实连我也不知道”。

1998年，马云会回答是，中小企业。而到了2011年，马云会告诉你，全球最大的电子商务生态圈。当年，马云和他的十八罗汉跟B2B没有半分钱关系，他只是偶然间一脚踩中了长尾理论的尾巴。但是B2B的理想专注而清晰，一直持续到2002年。在这几年间，马云三轮融资，推出诚信通，阿里巴巴B2B根深蒂固的“会员费模式”就此定型，一路走了十多年。直到它从革命者变成被革命者。卫哲也改变不了它，并因此而下课。

2002年到2004年，是马云“帝国梦想”的发轫期，那时的马云仍被视为说“大话”者，人们难以理解他进军C2C，推出支付宝，只是为了满足B2B帝国的信息流而布下的棋子。马云的惊人谋略已露寒光。

从2005年到2007年，马云逐渐形成了纵深产业链思想。围绕B2B商业模式的各种优势和短板，马云越出电子商务的雷池，四面出击：收购雅虎中国、收购口碑网、推出阿里软件、推出阿里妈妈，与建行工行合作为中小企业提供商业贷款，进入金融领域。他逐渐清晰地形成了“从信息流延伸到物流和资金流”的战略。理想的链条是这样：从雅虎进入、在阿里妈妈上推广、在阿里巴巴上获取信息、在支付宝上完成交易，然后以口碑模式考察信用，全程用阿里软件进行管理，此外支付宝和银行还提供全程金融服务。马云还设想过，为企业提供管理、人力资源培训、法律顾问以及营销等增值服务。一个“B2B2C”模型的“电商帝国”版图雏形已现。

这一梦想在2007年11月，阿里巴巴赴港上市首日30港元股价和1500亿市值神话中，达到似乎触手可及的高潮。然而上市融资而来的这笔高达数十亿的现金，却长期躺在银行账面上吃利息。因为马云甚至还来不及去收购，整个行业已陷入严重衰退。

在此后的大半年内，一向高调自信的马云消失了，深居简出，避公众而走。据阿里巴巴内部人士称，公司里争论不休，其中就包括淘宝网总裁孙彤宇与马云战略不合而突遭解职。

随后，马云激昂“新电商帝国”的理想从阿里巴巴转而嫁接到淘宝身上。并且更明确地将其上升到令业界激动而生畏的高度：他要逆势打造一个“全球最大的电子商务生态体系”。于是，2008年9月，马云再度复活。“大淘宝宣言”震撼登场。

马云说想要为中国甚至是跨国电子商务提供“水、电、煤、气”。通过打通淘宝C2C平台和阿里巴巴B2B平台整合“制造-营销-消费”电子商务全产业链，同时通过淘宝自建或引入外部合作伙伴，整合IT、渠道、服务、营销、仓储物流等电子商务产业链各个环节的服务，为所有的电子商务参与者提供基础设施服务，将淘宝打造成为能够影响整个经济链条的电子商务生态系统的核心。

于是，过去三年中，各种重组接踵而来：淘宝网和阿里妈妈合并，一年之后将口碑网从雅虎剥离并入淘宝网，“消费-营销-生活服务”三位一体；2009年4月，启动淘宝网线下实体店“淘一站”；2009年6月，淘宝推出开放平台，开放底层技术接口；2009年12月，推出“淘宝合作伙伴计划”，征集外部合作商为淘宝商家提供在IT、渠道、服务、营销、仓储物流等各个环节的个性化服务；2010年3月，淘宝网正式对外开放数据；4月8日，“淘宝联盟”正式启动，成为打通所有网站与广告主之间的营销平台。此外，2009年《淘宝天下》周刊、与湖南广电达成战略合作，推出淘宝手机布局无线互联网。

而对“淘宝网”，也就是“小淘宝”，马云期望“10年超越沃尔玛”。马云刚开始宣布投入20亿，2月后提高到50亿。不过，这显然不够“非常规”。

继马云注资星辰急便、打造淘宝物流宝后，2011年1月19日，阿里巴巴再次公布其物流战略野心计划，提出共同融资1000亿用于培育中国自己的UPS战略，以彻底解决电子商务的瓶颈问题。阿里巴巴及其金融合作伙伴承诺一期投资200亿至300亿元人民币，其中阿里集团自己出资100亿元，逐渐在全国建立一个立体式的仓储网络体系。

三年间，淘宝商城、淘花网、淘宝电器等相继上线或分拆。马云还开始做原来嗤之以鼻的生活娱乐，发力淘江湖。在交待淘宝2011年的五个必须中，第一个就是“必须SNS化”。也就是说，马云想让“大淘宝”成为一个各层次交易主体可以进行各种交易做各种外包，且能吃喝拉撒玩的巨型社区。

也许马云在向亚马逊致敬。亚马逊就是以庞大的物流仓储体系和IT信息数据系统，成为电子商务的整体外包商。但马云已经做、正在做和准备做的事情，亚马逊估计只能望洋兴叹。

除了“大淘宝”，马云还握有支付宝和阿里巴巴B2B两块战略资产。在“大淘宝”的烟雾弹下，马云暗渡陈仓推进“大支付宝”和“大阿里巴巴”，因这两个链条上所要猎取的资源，都极具稀缺性和战略性。

马云对支付宝期许相当之高，以至于即便邵晓峰将支付宝带到日交易12亿规模，仍然在2010年年会上被骂哭并解职。马云说，“今天的支付宝跟十年以后比，它才是1%都不到。”

10年100倍是什么样？一位第三方支付企业的总裁说，马云的野心是把支付宝作为支点，进军整个电子商务金融，包括：支付结算、信贷、银行卡、供应链融资，当然也包括银行。旁观者可以发现些许蛛丝马迹：此前低调推出的口碑卡，虽不成功，但已属信用卡雏形。而浙江银监局亦证实阿里巴巴确曾申请设立商业银行。不过知情人士透露，马云的银行梦“暂已出局”，他获得的仅仅是小额信贷公司牌照。金融监管的严厉，以及阿里巴巴与银行界的紧张关系，甚至一度波及支付宝，于是有了马云的“献国论”，以及第三方支付牌照发放一拖再拖。不过马云水面下的动作一直没有停下。

4月18日，支付宝宣布10家银行的信用卡可用于支付宝快捷支付。此前，支付宝已经进入电视支付、手机购物，推出社区营销工具微客。而在B2B平台上，卫哲推出网上批发平台1688、速卖通、无名良品等平台，陆续收购了提供网络平台建设的万网、美国B2C大型分销平台Vendio，另一步重要的棋是，收购专注提供出口报关、物流、兑汇和交易融资等服务的一达通。马云还敢于正面交锋百度，推出电商搜索平台一淘网。

“大淘宝”+隐形的“大支付宝”+“大阿里巴巴”，这才是“大阿里帝国”。

一个不精确但形象的比喻，马云未来的“大阿里帝国”=电商领域的沃尔玛+中国石油+国家电网+中国邮政+中国建筑，还可以加上中国银行。

在电商风云再起的过去三年，世人皆看马云，结果如一位分析者所说，“谁知马云退了一小步，然后又挺进了一大步。”

后来，马云在推销自己的生态哲学时候，说“我早就放弃了所谓的帝国梦想”。是的，他或许早已参透电子商务根深蒂固的不稳定性，马云要离开电子商务帝国，构建一个比原帝国背后更为庞大的线下帝国，它类似于未来电子商务的“处理器+服务器”。

这是逼近终极的商业模式和商业梦想。不仅是在电子商务领域，或许常规的商务行为中人们也无法找到这么大的圈子。纵观全球，也只有马云敢如此豪赌。

如果不考虑失败，那么一旦马云的理想成为现实，他必将开启一个新的时代。

## 繁荣与危机并存的中国电子商务

继2011年3月获凯鹏华盈注资2000万美元后，8月17日，电商企业走秀网又获美国华平投资集团1亿美元融资。随着资本聚集，电子商务行业将迎来最惨烈的竞争，资本不足的购物网站，将面临生存危机。中国电子商务研究中心的监测显示，2011年上半年，B2C企业在融资金额及数量方面，均刷新同期纪录，共有29家电商获得风险投资。

随着支付、物流等产业配套的成熟，电子商务的黄金时期已经到来。中国电子商务研究中心曾对100位业界领袖做了问卷调查，其中有87位认为，未来3年我国电子商务将呈高速发展态势。但是，我国的电子商务模式主要从美国移植而来，没有形成自己的特点。随着同质化问题越来越严重，以致很难适应消费者的个性化需求。

“现在，电子商务模式大体相同，这类企业在市场上竞争力不够。”有电商人士表示，随着越来越多的企业涌入，它们将不可避免地陷入价格战的泥潭。

外贸营销解决方案提供商四海商舟CEO顾牧琛则说：“电商目前大部分只提供一个交易平台，这种平台是包罗万象的，它们对企业了解不多，更别说为企业制定详尽的解决方案。”

目前，传统B2C企业前景堪忧。麦考林曾以“中国B2C第一股”的光环强势登陆纳斯达克，一度风光无限。但好景不长，截至2011年8月16日，它的股价仅为1.88美元，与IPO首日收盘价相比，跌幅接近90%，其大股东新浪与中国动向损失惨重。

2010年10月26日，麦考林在纳斯达克上市，受中国概念股热捧以及市场流通性较好等内外部因素影响，上市首日收盘报收17.26美元，比发行价上涨57.36%，总市值达到10亿美元。然而，不到一年时间，麦考林就经历从天堂到地狱的全过程。已披露的麦考林2011财年第一财季报告显示，期内公司净收入4810万美元，同比下滑2.4%；净亏损390万美元，同比扩大153%。

同样，在纽交所上市的当当网，由于受业绩不佳和官司诉讼的负面影响，表现不尽如人意。2011年8月23日，当当网收盘暴跌14.7%，报收6.87美元，创上市以来新低，与2010年12月的IPO发行价16美元相比，缩水达57%。8月16日，当当网公布了2011年第二季度财报，期内实现营收约1.2亿美元，同比增长53.3%。不过，由于市场竞争激烈，当当网大打价格战，导致毛利率下滑，净亏损约440万美元，同比扩大60%，毛利率降至14%，为两年以来的最低点。

电子商务可以帮助企业节省成本，带来商机，这在业内已成共识。从近两年来看，国内企业对电子商务已有深刻的认识，传统行业巨头频频“触电”，不仅有TCL、格兰仕这样的家电巨头，国美、苏宁这样的大连锁网上商城也已经上线。

纷纷上马电子商务的企业需保持清醒头脑——电子商务并不是万能的，盲目上马效果并不理想。要么企业管理水平跟不上，要么供应链不配合，导致花费巨大的电子商务系统，往往会成为一种摆设。

“传统的B2C的竞争，主要表现为产品的竞争、营销手段的竞争以及供应链的竞争。”四海商舟销售副总裁余阳指出，目前，前两个阶段的竞争在国内大同小异，而供应链的竞争对电商企业的要求较高，京东商城在全国各地大量建设物流、仓储，实际上是在演变成一家物流公司。在余阳看来，随着行业竞争的加剧，未来2~3年，传统B2C行业将面临洗牌，资金实力不雄厚，或者管理不到位的，将被淘汰出局。

# 第六章

# 陈天桥独辟蹊径打造盛大传奇
# 游戏视频新媒体崛起纷争四起

在这个娱乐至死的时代，互联网同样不例外。从传统媒体到新兴的网络传媒，娱乐已成为人们精神生活中必不可少的一道大餐。在资讯泛滥的今天，娱乐行业越来越占据了信息世界里举足轻重的地位，也由此带来了潜力巨大的商机，成为又一个竞争激烈的战场。

2004年，三大门户网站逐渐坐稳了中国互联网的老大地位。李彦宏的百度成功转型，依靠竞价排名制度一举开创了中国搜索引擎的先河，成为身家过亿的互联网新贵；马化腾也走出了低谷，腾讯在港交所成功上市；电子商务也呈现出复苏后的一派繁荣气象。很多人认为互联网将进入一个稳定的格局，但他们忽略了另一个重要的领域：娱乐。

原本只是一家名不见经传的网络游戏运营公司，却因为代理一款韩国网络游戏《热血传奇》而获得迅速发展，一举成为国内游戏行业的翘楚，陈天桥和他的盛大公司因此被誉为互联网界的神话。这一年，获得近亿美元盈利的盛大豪气收购了《传奇》游戏的开发商，韩国ActozSoft公司，跨出了由单纯运营盈利到资本运作盈利的第一步，将中国网络游戏行业带入一个新的整合期，也让人们认识到互联网娱乐游戏产业的巨大潜力。

陈天桥独辟蹊径，打开了网络娱乐时代的钥匙，随之而来的便是人们对互联网娱乐市场的竞相争夺。网络时代的传统媒体已经无法满足人们的娱乐需求，多媒体化成为必然的驱使，各类游戏网站如雨后春笋，而受到风靡全球的YouTube的影响，国内的在线视频网站也发展迅速，大有向传统的电视媒体宣战的意味。在这股娱乐浪潮的冲刷下，传统的门户网站也在不断向娱乐领域介入，推出各种新的服务以巩固自己的地位，当然其中做得最好的仍然要数腾讯。

资讯时代，一切都要靠眼球经济拉动，互联网更是如此，在娱乐的传统与现代的交锋中，胜出的始终是那些最懂得娱乐精神的人，但在这一切光鲜背后，竞争与生存的压力总让人都充满紧迫的危机感。

## 盛大的传奇故事

陈天桥，中国盛大网络的董事长兼CEO，从2004年起，就一直位居福布斯和胡润中国富豪榜前列。这位毕业于复旦大学的高材生和许多中国早期的互联网创业者一样，搭上了上世纪90年代末期的互联网浪潮，然而他走的却是一条截然不同的路，在并不被人们看好的时候，他却通过被许多学生家长们视为洪水猛兽的游戏产业，开创了自己在互联网娱乐行业的一片天地。

1973年出生的陈天桥，家乡是浙江新昌县澄潭镇一个叫东坑坪的小山村。出生的时候，爷爷奶奶觉得这个大胖小子有出息，加之陈天桥的父母在当时已经离开了山村，在城里工作，于是给他取名天桥，意为陈家登天的桥梁。

陈天桥的父母都是知识分子，父亲是上海导航仪器厂的工程师，母亲是新昌城关中学的英语教师。在东坑坪生活了不久，母亲就把陈天桥接到城关镇上幼儿园，陈离开东坑坪小村，在新昌大佛寺脚下度过了童年。

在新昌城关时，陈天桥经常回老家澄潭。有一次回去，陈天桥看见有两只大公鸡在争斗，便蹲在路边津津有味地看了半个多小时，直到公鸡们精疲力竭不想再斗了，演员和观众才郁郁而散。

回到城关，陈天桥迅速写了一篇观后感，并给了老师。城关南明小学的蒋惠球老师是陈天桥小学四、五年级时的班主任兼语文老师，看了文章后觉得很精彩，就把文章寄到《小学生优秀作文》杂志并发表了。

在整个学生时期，陈天桥都是一个品学兼优的优等生，按照当时的评价标准，这样的孩子无疑是和电子游戏绝缘的。

事实也是如此。后来毅然投身游戏事业的陈天桥接触网络游戏其实“纯属偶然”。据他大学时的同学介绍，陈天桥在读书时是一个典型的“乖小子”。他18岁进入复旦大学经济系，一年级时，是个埋头读书的书生，全系成绩排第一名，大二时还被上海市教委和团市委评为“上海市优秀学生干部标兵”。大三时，刚刚21岁的陈便修满学分，成为复旦大学18名提前一年毕业的学生之一。

在复旦大学，陈天桥风光无限，学业优秀，获誉无数。“那时候，感觉自己像这个世界的宠儿，被一种幸福包围着，似乎一切理想抱负唾手可得。”学经济的他因而放弃了出国深造的机会，留在了上海浦东新区。当时，浦东新区刚刚开始开发，很多上海市民那时还宁愿放弃今天在陆家嘴黄金地段分得的套房而选择位于浦西的单间，陈天桥却以自己的眼光做出了人生中第一个富有远见的选择。

1993年的盛夏，以优异的成绩毕业的陈天桥被分配到陆家嘴集团公司，然而他却出乎意料地迎来了被“雪藏”的命运——他的工作竟然是每天在一个小房间里放映有关集团情况介绍的录像片，一放就放了10个月。

10个月里，陈天桥根本无法去跟别人谈论自己的远大理想，也没办法在简单的放映工作中施展他的才智和抱负……他第一次体验了人生巨大的落差。“我从复旦毕业，是跳级生，又是全市优秀学生干部，过来就让我干这个……”这时候，年少气盛者或许会很快走人，去找个不会如此“委屈”自己的地方。但是陈天桥的过人之处在于，他很快就意识到落寞也是磨炼意志的绝佳机会。这段时间，他潜心读了很多书，形成了他后来独特的管理风格的基色。“我认识到，无论有怎样的抱负，首先是要社会接受你，而不是你去要求社会来适应你，这是当时一个很大的收获。”陈天桥说，“在我当时这样一个年纪，这样一个背景，我能耐得住10个月的寂寞，躲在一个小房间里放录像，我自己感觉这对后面的年轻人还是有所启示的。很多年轻人觉得自己怎样怎样，要干这个，要干那个，但无论干什么，首先要适应环境，而不是等着环境来适应你。”

10个月之后，正好集团下属的一家企业有个干部挂职锻炼的机会，集团选定陈天桥担任那家有着200多人企业的副总经理。后来陈天桥回忆说，如果那样的日子再延长10个月，他可能就坚持不下去了，而今天的人生道路可能也就变成另外一副样子了。

在挂职锻炼期间，他凭借出色的战略眼光和脚踏实地的作风在这家企业推行了一系列改革措施，并开始形成自己独特的战术和管理风格。不久，他被直接晋升为集团董事长兼总裁的秘书。

在陆家嘴集团公司4年的锤炼中，陈天桥的管理理念被深深地打上了传统的烙印。他非常推崇传统企业中严谨厚重、基础扎实的管理风格。这也使得后来他在创办盛大网络的时候，一反当时流行的网络公司(.com公司)热闹喧腾的企业文化，用颇具主流色彩的风格来框定自己。陈天桥曾反复告诫员工，盛大人要用传统企业的严明纪律和严谨制度来要求自己，要做一家主流文化基色的企业。就连盛大的logo也体现了他的这一理念——盛大没有选择一般网络公司所偏好的鲜艳色彩做自己的识别色，而是选用了沉稳的红色和灰色的组合。

离开陆家嘴集团，陈天桥加入了一家证券公司，同时，凭着对市场的敏锐感觉，陈天桥迅速积累起最初的资本。而这个时候，互联网浪潮不期而至。

1999年，证券业对陈天桥再也没有吸引力，他毅然离开，踏上.com的浪头。

1999年是资本疯狂涌向互联网的一个年份。当时的互联网模式就是建立一家网站，然后去赢取风险投资。陈天桥的弟弟陈大年当时在一家网络公司工作。他们依靠各自对互联网和资本市场熟悉，自然而然地冒出了创建网站的打算。

“直觉告诉我互联网是非常有前途的。”后来陈天桥回忆说。“但以往的工作经验让我觉得，一个公司要赢利需要的是资金流和物流，而物流是比资金流更难解决的问题，也就是说电话线不能代替物流与配送，只有数码娱乐产品比如卡通、游戏才可以通过电话线来传输。”于是，陈天桥找到了创业的方向。

1999年11月，陈天桥听说中华网在寻找可投资的小网站，认为机会来了。经过物色，他选中了当时由复旦的几个学生为主建立的一个社区，这个社区已有不少人气。陈天桥将自己的想法讲给他们听，让他们将这个社区改得更加吸引人，而由他去中华网联络。

谈妥之后，陈天桥迅速注册了一个资本为50万元的盛大网络发展有限公司，招了20几个人，开始运作stame.com。不同的是，这家公司成立的初衷并不是要成为大型的门户网站，而是打算另辟蹊径，成为中国最大的图形化虚拟社区。

这类社区建设在当时很有特色，不但有白天、黑夜之分，而且每一个社区中的用户都不能不劳而获，饿了就需要种地，然后再把收获的东西做成食品卖钱，而只有拥有钱才能在社区内生存。以今天的眼光来看，这实际上就是一种类似于网络游戏的互动社区。当然，这种思路是那时的许多网站所共有的，大家就是在比，看谁先能最快找到投资。

盛大创办之初，正逢互联网泡沫迅速膨胀。因此在最初几个月，盛大提出了要做“网上迪斯尼”的口号，员工数目也迅速扩大到50人，分成四个事业部，叫做对互动娱乐产业的“一鱼四吃”。陈天桥选择了网络卡通作为第一个突破口，推出中国第一个图形化网络虚拟社区游戏《网络硅谷》。短短几个月，依靠努力，盛大已经拥有了100万左右的注册用户，并在2000年1月获得了中华网300万美元的风险投资。

投资拿到了，但中华网认为，仅凭虚拟社区还不足以带来更高的浏览量，因此他们要求盛大改变经营方向。“面对投资方的意愿，我们很迷茫，最后提出了‘一鱼四吃’的做法。”陈天桥曾经讲述过这样一个例子，“一条鱼可以分为头、身子、尾巴和鳍，然后有不同的做法，比如娱乐产业中围绕着一个品牌——樱桃小丸子，可以运作有关她的动画、书籍、游戏，甚至服装等诸多周边产业。因此我们决定不做游戏社区，而做动画网站，这样既可以带来投资方所需要的浏览量，又不会离网络游戏社区很遥远。”

利用这笔资金，盛大购买了黑猫警长的版权，还办起了多期的卡通杂志，并陆续拿到为奥迪、飘柔等大牌厂商做网上动画广告的单子，此时的盛大一个月能有十几万的收入。

然而，天有不测风云，2000年下半年开始，互联网泡沫开始崩溃，网络股大幅跳水，投资者纷纷撤资，中国网络产业也出现了前所未有的萧条，大批网站开始倒闭。

面对危机，陈天桥开始反思盛大网络卡通的发展模式。“围绕一个品牌做动画卡通，是一个投入期长、回报期也长的过程。成功了就可以赚七八十年甚至更长时间的钱，失败了就一无所有。”

2001年5月，中华网投资盛大的300万美元中还有100万美元没有到账，这时中华网对盛大提出质疑。陈天桥的大卡通战略即游戏杂志Flash广告被迫删改，公司的员工从50人裁减到20人，所有非游戏部门的队伍被全部清除。

为了继续事业，陈天桥决定放弃网络动画，但是下一步的着眼点在哪里，他自己其实也很迷茫。正好此时韩国游戏开发商Wemade Entertainment到上海来寻找合作伙伴，准备推广自己开发的网络游戏《传奇》。Wemade最先找到上海市动画协会，不过动画协会也不知道网络游戏是干嘛的，于是把韩国厂商推荐给了陈天桥。

陈天桥拿到游戏，自己先动手玩玩。按照默认设置，他连接到韩国服务器上，可他看不懂韩文。他又连接到《传奇》意大利服务器，玩起了英文版。尽管网速很慢，并且陈天桥认为《传奇》包装很差劲，但还是觉得其内核相当不错。玩到后来，陈天桥欲罢不能了。

陈天桥向中华网请示运营《传奇》，《传奇》先期要交30万美元的安装费。陈天桥希望中华网将剩余的100万美元拿来用。中华网不同意，陈天桥却坚持要做网络游戏，双方"拗断"。最终陈天桥拿回了公司所有的股份，并且仍然保留了至少30万美元拿到了《传奇》的代理。

1981年，来自日本的街机游戏机出现在国内，并迅速漫延全国。1987年以任天堂为代表的家用游戏机进入中国，但盗版软件使任天堂们并没有从中国火爆的8位机市场赚到钱。1992年，单板机PC时代到来，欧美、日本先后有经典游戏进入中国，但他们都在盗版面前显得无能为力，市场规模始终也仅在3亿左右。

而到了陈天桥决心投身网游的2003年，网络游戏在全球电子游戏业所占的份额也仅为1%，像这种新兴的MMORPG，即大型多人在线角色扮演游戏，能在中国走红吗？

这一切都是中华网所忧虑的。

可是陈天桥看到的却是，1999年7月，全球第一款图形化网络游戏——网络创世纪——的民间模拟服务器在中国大陆出现，这是真正的图形网络游戏。2000年7月，第一款真正意义上的中文网络图形MUD游戏《万王之王》正式在大陆推出。而这其中包含了一个非常重要的信息：由于网络游戏采用服务器联机认证技术，因此可以基本解决长期困扰中国游戏行业盗版问题。在《万王之王》问世的一年以内，便有超过15款的MMORPG在国内推出。2000年网络游戏的市场收入为0.3亿，2001年已经增长到3亿，年增长率为900%，占据了国内电子游戏市场半壁江山。尽管如此，中华网在权衡之后依然决定撤资。

此时的陈天桥面临着严峻的抉择。经过反思自己创业一年以来的得失，陈天桥发现"一鱼四吃"这个概念还是太模糊了。他决定放弃原来的四个事业部的划分，集中所有资源和精力投入到网络游戏的经营中。在当时，韩国已经较早启动网络游戏产业，政府也投入巨大资金和资源给予扶持，在网络游戏的研发上有非常显著的先发优势，盛大难以在游戏开发部分觅得商机，想要成功就必须后发制人。回忆那时的打算，陈天桥说："对于盛大来说，动画在国外已经发展了二三十年，我们不会去和对手正面交锋。但我们拥有最大的网络游戏市场，这是我们进攻的机会。因此我们选择一开始从运营入手，寻找战略突破点。"

2001年6月29日，经上海动画协会推荐，盛大网络和韩国Actoz公司签订授权协议，盛大以30万美元的版权费和27%的分成，取得韩国网络游戏《传奇》的代理权。此时的陈天桥已是背水一战。30万美元是盛大最后的家底，交给韩国人作版权费之后，剩下的钱仅能维持一个月的运转，一旦失败，就再无翻身之力。然而，这破釜沉舟的最后一个月，却开创了盛大后来的新天地。

2001年9月，《传奇》投入公开测试，经过艰难谈判，盛大从中国电信取得了公测期免费的带宽和服务器。11月底，《传奇》游戏开始收费，第一个月就获得了赢利，并迅速登上各软件销售排行榜的首位!

经过这一仗，盛大成功地改变了游戏产业的格局。在2001年11月盛大公司进入网络游戏市场的时候，中国网络游戏80%以上的份额都在经营日本JSS公司的《石器时代》的华义和经营中华游戏网《金庸群侠传》的智冠等中国台湾游戏运营商手中。然而，仅仅用了一年半的时间，《传奇》便占到了中国网络游戏68%的市场份额。

2002年盛大的进账超过6亿元人民币，纯利润超过1亿元人民币，每天的收入超过100万元人民币。

但是与此同时，由于市场“私服”泛滥(私服指私设服务器，网络游戏都是付费登录，而私设服务器却是免费登录的，相当于盗版)，技术支持无法保证，导致用户频出怨言。于是盛大开始扣发Actoz的分成费，这导致其与Actoz的合作出现裂痕。2003年2月，韩国人宣布中止与盛大的合作，并找到另一家公司代理《传奇3》。消息传出，Actoz的估值立即缩水一半，据估计双方的损失总计超过1亿美元。

情势逼迫之下，盛大再一次对经营方向做出重大调整：从一家网络游戏代理商转变为主营自主产权产品的开发商。陈天桥认识到，自主开发游戏软件将提高中国网络游戏企业在产业链中的竞争地位。尽管许多人武断地认为网络游戏会让人玩物丧志，可在陈天桥看来，网游中的种种负面问题只是过渡时期的一种暂时性现象。毕竟网游作为一种新的娱乐形式，自有它存在和蓬勃发展的理由。对于其中的问题，最好的方法莫过于投入研发，占领产业链的最上游，从源头解决。

于是盛大果断放弃了已经驾轻就熟、以网络游戏运营为主的轻松赚钱的模式。2002年4月，投资4000万元组建研发部门。推出了《传奇世界》、《神迹》、《梦幻国度》、《三国豪侠传》等一系列游戏。2004年底，更以9170万美元的现金，收购ActozSoft公司约29%的股份，从而一举获得该公司的控股权，成功控制了整个游戏产业链。

在许多人看来，陈天桥独具慧眼、另辟蹊径地通过代理一款韩国网游一举将盛大发展成中国互联网行业举足轻重的公司，这件事本身就像他手中那款游戏的名字一样，足以成为一个“传奇”，但是在他的经历背后，体现得更多的却是他对互联网市场的卓有远见的认识和把握。谁都渴望成功，然而最终能够成功的，只有那些了解市场本质并懂得如何找准它的发展方向的人。

2004年5月13日，盛大在纽约纳斯达克上市，良好的赢利表现与业绩成长使得其股价一直维持在较高价位，也使公司创办人陈天桥在2004年一跃成为中国新首富。

2009年9月25日，盛大公司将盛大游戏（Shanda Games）分拆，在纳斯达克成功IPO，以每股12.5美元的价格总共发行了8350万股，其中1304.35万股由盛大游戏发行，7045.65万股由盛大网络发行，共募集10.4亿美元。

如今，盛大游戏共运营33款大型网络游戏，拥有973万活跃的付费玩家，在游戏行业取得成功之后，陈天桥又将触角伸向了更多网络娱乐行业的边边角角，包括文学、音乐、视频。陈天桥希望打造一个娱乐公司，他也正是这样做的，然而这条路却已不像几年前在游戏市场那般容易。

## 盛大的娱乐危机与整合之路

经过十多年的发展，在中国网络娱乐界，盛大虽确立了自己的地位，却依然不是一枝独秀。自2009年起，陈天桥雄心勃勃为盛大规划了“娱乐帝国”的愿景，并通过各种资本运作手段，迅速完成了以游戏为核心，覆盖文学、音乐、视频、影视等多业务的战略拼图。粗略统计，自2006年至2011年初，盛大直接或间接收购的公司达180多家。

然而，2011年5月忽然之间闹得沸沸扬扬的酷6裁员事件却为盛大的雄心蒙上了一层阴影。尽管事件激起的舆论漩涡已经平静，但这家视频网站并未摆脱后续的折磨：员工士气低迷、广告客户纷纷退单，股价跌至借壳上市以来的最低谷。虽然意外赚取梦寐以求的眼球效应，结果却注定是一场悲剧。

事件发生以来，盛大董事长陈天桥始终保持沉默。盛大通过华友世纪收购酷6之后，酷6董事长职位曾由陈天桥担任，2010年8月转由吴征接任，他也成为化解此次裁员闹剧的关键推手，替陈天桥遮挡了风雨。只是，在沉默背后掩藏的，恰恰是陈天桥娱乐战略的失利。酷6的连续动荡，包括创始人李善友离职、销售团队整体被裁、第一季度财报巨亏，揭开了盛大过去两年频繁收购却整合失败的乱象一角。

2011年初，华影盛视暨盛大影视业务的核心人物龙丹妮以“精力有限”为由离职，但双方理念不合的传闻不胫而走，紧接着视频平台的负责人李善友离职，随后爆发酷6裁员风波；盛世骄阳创始人徐蕾蕾也没有摆脱出局的命运，她被降职为副总裁，并淡出了日常管理；曾大谈“云旅游”概念的盛大旅游命运凄惨，据知情者称尚未大展拳脚就已夭折；至于专注移动互联网的盛大无线，陈天桥曾计划将其打造成为整个集团的无线业务出口，但因为内部利益纷争，其权限已大大缩小。

种种迹象表明，陈天桥正在重演过去十年中国互联网最经典的错误：为实现宏大的战略，快速扩张和并购，却埋下难以协同和文化冲突的隐患。类似的犯错者包括分众传媒江南春，他曾试图依靠快速并购和整合打造一个新媒体帝国，最终证明其终点是危机四伏的雷区，直到主动“瘦身”，回归主业，江南春才带领分众走出低谷。

新布局业务的接连动荡沉重打击了陈天桥的网络迪士尼梦想。创业初期经历挫折后，背水一战的陈天桥豪赌一款韩国游戏《传奇》成功，进而成就了自己的商业传奇。不过在陈天桥内心深处，他更希望将公司做大到整个娱乐产业，在盛大内部一向将“娱乐公司”视为品牌转型的目标。但随着围绕该战略的收购整合陷入混乱，从2010年下半年起，“娱乐”战略已越来越少被盛大强调。

在陈天桥谋划布局视频渠道时，曾看遍国内的主流视频网站，并圈定两个目标，一是酷6，一是激动网，最终急需大笔资金的酷6创始人李善友和盛大一拍即合。但双方都忽略了可能的文化冲突，一位知情人士表示：“酷6是销售文化，必须仰视客户，但盛大是一个内容公司，他的甲方气息非常浓，跟别人合作时永远都是很强势，这两种文化不可能融合。”随着李善友黯然离职，盛大文化浓厚的继任者朱海发等空降兵，与原酷6团队的高管愈发难以相处，一番激烈的对抗也逐渐凸显。

最终，糟糕的业绩和居高不下的销售成本成为导火索。酷6公司2011年一季度财报显示，其该季度总营收为660万美元，但运营费用高达910万美元，其中销售及市场费用达530万美元，为营收的80%。酷6被收购五个季度后交出的这份惨淡的成绩单，成为大规模裁员的最佳依据。

不过盛大并不会轻易对酷6放手，陈天桥解决酷6问题的出路仍是并购整合。2011年4月，酷6宣布用全股票形式收购皮皮网，后者是盛大投资的P2P视频客户端软件。与酷6大客户此前多为品牌广告主不同，皮皮网的盈利模式是流量广告：通过影视剧资源吸引大量用户，然后从网站广告联盟那里将流量变现。随着皮皮网与酷6的合并，加上陈天桥认为视频行业应尽早建立可持续、可拓展的商业模式，流量广告模式也成为酷6未来的方向，而酷6的品牌广告转移给了第三方广告公司，很可能将是盛大旗下的盛越广告。

整合后的酷6正艰难转型，它在业务重点上已经做出了多项调整，包括合并皮皮网播放器客户端，开发视频分享平台“围观”，以及将内容侧重点由影视剧逐渐向资讯和娱乐类节目转变，目标是希望通过产品增强酷6的用户黏性，但在竞争激烈的视频市场，这些措施的效果可疑。

过去两年，陈天桥迅速完成了互动娱乐帝国的完整拼图，其为人熟知的动作包括收购华友世纪、酷6，控股影视版权分销商盛世骄阳，合资创办影视制作公司华影盛视，整合成立盛大音乐、盛大无线、盛大旅游等。但以游戏产业为基准的盛大与这些新鲜血液的融合远远不像想象的那样简单。

在视频媒体板块除了酷6，盛大还低调投资了版权分销商盛世骄阳。这家公司成立于2009年7月，拥有的新媒体节目影视版权占国内渠道的80%以上。“有些独家剧的版权，卖一两家就能收回成本，再卖就是纯盈利了。”前盛大投资部门人士如此分析这笔投资。

不过与直接收益相比，陈天桥更希望盛世骄阳能与酷6协作。但盛大集团并没有成功理顺一套关于采购和分成的利益分享机制，盛世骄阳长期背负着酷6的版权采购成本，有限的资源要优先满足酷6的要求，这对盛世骄阳来说并非长久之道，其创始人徐蕾蕾也缺乏十足动力来配合，这就导致2011年4月，强势的陈天桥派空降兵接替了徐蕾蕾的盛世骄阳CEO职务，徐转任副总裁，并淡出公司运营。

华影盛视CEO龙丹妮的离职也是如此。尽管公开理由是“精力有限”，但真正令陈天桥不满的还是双方的思路分歧。按照他的规划，华影盛视应与盛大游戏、文学联动，形成“文学-影视-游戏”的产业链。“如果盛大影视剧不是来自盛大文学原著的话，不符合商业逻辑。”接替龙丹妮掌管华影盛视的赵雨润表示。可是兼管天娱传媒的龙丹妮恰恰却更愿意引入天娱的资源和品牌做事，对盛大方面寄予厚望的网络小说改编电影反而推动不大，这自然招致了陈天桥的不满。

龙丹妮离职后，华影盛视调整了策略，将重心转入电视剧制作。在赵雨润看来，电影如同“单机游戏”，讲求密集、一次性的票房收入而容量有限，而电视剧更像“网络游戏”，集数多、内容丰富，更能与拥有大量原创小说的盛大文学产生协同效应。

曾经被陈天桥高度重视的盛大无线是失败的项目。盛大整合华友世纪以及其他一些收购的公司后，组成了盛大无线，这是家押注Android开发的公司，类KiK产品“有你”即盛大无线开发。陈天桥曾经认为自己能拿到中国最好的内容就行，但在中国互联网环境中，靠内容很难赚钱而且很辛苦，于是陈天桥开始对渠道格外重视。他最初规划将盛大集团所有的相关业务都交给盛大无线，包括云中书城、盛大游戏等Android的客户端，但很快发现效果不好，沟通成本过高，又拨回各家做各家的，改革的效果大打折扣。

至于盛大旅游，这个试图将虚拟和现实结合的项目太过超前。该项目最初计划与4A景区合作，通过无线设备运用，将网游、小说或视频中的好友关系转变为线下关系。但是，“操作起来发现目前还难以实现，所以暂时搁置了。”一些知情者透露。

只有盛大音乐是少数新业务中较为成功的。这家公司主要由原华友世纪收购的几家音乐公司，加上盛大自己的音乐公司，整合相对容易。如果其是单纯的唱片公司，在盗版严重的中国市场也很难盈利。但盛大音乐的独特性在于拥有音乐类网游《巨星》以及耗时五年开发的因特莱斯音乐系统，通过运营《巨星》以及授权代理等方式，盛大音乐并不难赚钱。

2004年，陈天桥曾高调推出盛大盒子战略，希望打造迪斯尼那样的互动娱乐王国，从而“占领中国人的客厅”，可惜这项战略最终失败。从那以后，陈天桥就很少在公众面前发声。一是他不愿抛头露面的性格，二是身体欠佳。相比依然习惯深夜给下属回邮件的马化腾，陈天桥每天现身办公室的时间通常只有三个小时，其余时间均在陪伴妻儿。

外界对陈天桥的评论褒贬不一，他是个精明的商人，谙熟资本运作，2005年收购新浪尽管受阻，最终仍赚到9000万美元。同时他又是个富有想象力的战略家，其布局往往令人叹为观止。但他对产品的感觉不如马化腾或者丁磊。盛大的核心游戏业务先后被腾讯和网易超越，游戏之外又缺乏重量级的业务创新，至今大多数收入仍来源于网游。酷6裁员事件更是给他带来了巨大的负面影响。

陈天桥是一个喜欢看数字的管理者，重视投资收益回报。

如果他对某人的战略设想感兴趣，会给予大量资源支持，但如果短期内无法取得回报，他又会毫不手软走马换将。盛大的“讲道理”文化也体现了他的性格：即用准确的数据、严谨的逻辑、规范的民主、负责任的独裁去做事，凡事不讲空话。“陈天桥非常惜才，重战略和逻辑甚于执行。”

然而陈天桥在收购中的强势作风却常常令人不快。只要他认定的事，没人能够改变。这种控制导致的结果是，没有足够人才可用的情况下，陈天桥只能将自己身边核心权力圈的高管派驻收购整合的企业中。但他并不能只靠自己或者亲戚、同学、老乡组成的核心圈子来解决这一切布局后的现实问题，这对38岁的陈天桥是个考验。

另一方面，陈天桥对互联网产品的理解是他最大的短板。他在高位呆得太久，加之又并非马化腾那样搞技术出身，所以很难客观地看待互联网市场，例如他依旧不认可电商，觉得那东西太累太重，许多太有主见的人往往难以兼容于盛大的体系。

不过即使如此，盛大仍是一家优秀的公司，氛围很好，人员之间合作很单纯，有着良好的运营和管理机制，这也保证它虽然推出了许多不成功的产品，但整体而言还是能保持盈利的。

在经历的一系列的娱乐危机之后，盛大的整合之路却并未停止。善于构思大战略的陈天桥已经着手重新出发。2011年以来，陈天桥迅速推行盛大向社区化和移动互联网的战略转型，其先后发布基于网游的社交平台糖果社区、位置服务社区（LBS）切客、轻博客网站推他，推动盛大游戏等核心业务进行社区化改造，并投资了N多网、安智网等一批移动互联网初创公司。从行动上看，陈天桥依旧目光独到，看准了社区网站在新娱乐产业中的地位，只是这些新的整合能否成功，还要靠时间检验。

## 视频网站的生死劫数

如今，视频网站可谓集万千宠爱于一身，它们是互联网界继门户、搜索引擎、电子商务等应用模式之后的又一大热门，风险投资对其趋之若鹜。然而，在迎来收获之际，也是发展瓶颈显现之时。

生存还是毁灭？对今天的视频网站来说，是个紧迫的现实问题。

据风险投资研究机构China Venture最新统计显示：2005年，共有8家企业获得第一轮融资，1家企业得到第二轮注资；2006年，有6家企业获得第一轮融资，4家企业获得第二轮融资，其中1家在2006年度完成两轮融资。截至目前，国内有16家视频网站获得风险投资，融资总额近1亿美元。在VC的追捧下，视频网站一下子成为众人关注的香饽饽，也宣告着他们的春天已经来临。

视频网站的崛起来得悄无声息，但一面世却给平静的互联网带来了巨大的冲击。

2005年2月。当时，28岁的陈士骏和29岁的查德·赫利成立了第一家互联网公司——YouTube。仅仅21个月之后，这家公司竟以16.5亿美元的高价被收购。而这时，他们依旧青春袭人。

获得成功的两位年轻人于是成为2006年的风云人物，整个世界都在谈论着他们。在美国《GQ》杂志为他们俩专门举办的一次晚会上，美国前副总统艾尔·戈尔(Al Gore)拍着史蒂夫(陈士骏)的肩膀，对YouTube的成功表示祝贺，而查德则与《泰坦尼克号》的男主角莱昂纳多·迪卡普里奥交谈着，尽享来自各方的赞誉。

YouTube风靡于2006年是有多种原因的，其中一点是“既方便又全面”，能同时做到这两点并不容易。你可以在网站上欣赏任何视频内容而无需下载软件，甚至无需注册。此外，网站上的视频资料可谓是应有尽有。你想观看舞蹈家巴兰辛尼可夫1977年在芭蕾舞剧《吉赛尔(Giselle)》中的精彩表演吗？你想看看一名女孩如何将面条从鼻子吸进去，然后再从口中吐出来吗？这些都可以在YouTube上找到。

YouTube是一种新的媒体形式，也有利于吸引广告商。这也正是Google投巨资并购YouTube的原因所在。在未来几年内，在540亿美元的电视广告中，如果有10%流向视频网站，相信任何一个人都要替他们出售YouTube感到惋惜。

基于视频网站YouTube的成功，一向擅于模仿的国内互联网精英，于是也将目光瞄准了视频领域。

2005年4月，一个来自福建，拥有多国教育背景的31岁小伙子王微和他的朋友们也创建了一个视频分享网站——土豆网，这是中国最早创建的视频分享类网站。随后，更多的人涌入这个行业，优酷、我乐、六间房、酷6等一个接一个地出现在人们眼中。

其实，在视频分享网站出现之前的两年中，P2P网络电视类就已经出现，只是由于当时技术还不是十分成熟，所以并不为人所知。但随着YouTube被收购，越来越多的视频网站被广泛关注，P2P网络电视类的网站也借着这个东风开始了新一轮的发展。此时的UUSee(悠视网)、MYsee以及PPlive等网络电视也获得青睐，并率先获得融资。

仅2006年一年的时间，中国的视频网站数量就从年初的30多家迅速增长到了300余家，而且增长的势头依然强劲。据数据公司统计，2005年中国观看过网络视频的用户有3200万人，而2010

年时，网络视频用户规模将达到1.8亿人。

视频网站为什么这么火？这是因为此时在中国的互联网用户中，宽带的用户已经超过了窄带，占据了总用户的三分之二，为视频网站的出现和发展奠定了基础。而视频分享网站由于技术门槛相对较低，主要的费用即带宽投入。带宽的多少只能决定播放速度，并不会影响网站平台的搭建。因此有很多创业者很快就将视频分享平台搭建起来，等待风险投资的进入，以便在中国复制一个YouTube。

但模仿终究是模仿，没有自己的商业模式，终究不会成长为参天大树。

如果将互联网看成一只会下金蛋的鸡，那么网络电视就是继门户网站、网络搜索、网络游戏、电子商务之后，互联网的下一颗金蛋。

YouTube的成功，更让VC看到了希望！而国内视频网站的兴起，满足了投资者寻找下一个“YouTube”的愿望。

事实上，P2P流媒体和视频网站的投资高峰发轫于2004年至2005年。其间，极光创投牵头投资了MYsee(美视网)，日本软银投资了CoolStreaming，香港软银投资PPlive，悠视网获得的首轮融资亦是在这个时期。统计数字显示，短短两年间，国内已催生了200家以上的视频网站。

但是，尚处于市场导入阶段的视频社区市场显然无法容纳如此多的市场参与者。自2006年始，多数实力较弱的视频网站先后退市——MYsee、光芒国际旗下的磊客网等一批呼声甚高的视频网站，在第二轮融资计划失败后走入低谷。

转机出现在2007年春天，悠视网的第二轮融资就像是一声春雷，把投资者冰封的热情重新唤醒。

随着Web2.0技术的飞速发展，带宽的迅速扩大，网络视频，特别是以直播和点播为主要播放形式的网络电视似乎在2007年里壮大。同时，2007年网络电视在内容上和盈利上的“大跃进”，正对传统电视、互联网新闻门户甚至DVD产业都造成影响。

搜狐公司董事局主席兼CEO张朝阳坦承，他看好网络视频行业。张朝阳说，来自传统行业的广告客户由于长期习惯投放电视广告，而网络视频的诞生恰好给这些客户提供了投放网络广告的前提。搜狐公司积极研发网络视频技术也已成为网络视频市场的重要部分。

视频网站渐渐展示出的盈利前景，让VC加大了风投的力量。继2005年10月获得了红杉资本1000万美元风投的悠视网，在2007年3月再次获得了来自海纳资本、德丰杰创业投资基金、高原资本和思伟投资等2350万美元的投资。而另一家视频分享类网站酷6网的融资速度几乎创造了VC投资史上的奇迹。仅仅13天的时间，酷6网CEO李善友就得到了来自德丰杰和高盛上千万美元的投资。2007年11月19日，优酷更是完成了2500万美元的第三轮融资。2007年12月7日，我乐网也完成了两轮总计3000万美元的投资。

资金的充裕为视频网站的发展奠定了坚实的基础，很多网站甚至开始筹备新一轮的融资为上市做准备。

然而，2008年，随着政府部门的一道指令，视频网站的生存状况竟然发生了彻底的改变。

3月20日，国家广播电影电视总局(以下简称广电总局)网站公告区一篇题为《互联网视听节目服务抽查情况公告(第1号)》的公告引起了业内的广泛关注。这是继上一年12月29日，广电总局与信息产业部联合出台《互联网视听节目服务管理规定》(以下简称

《规定》)后，首次对视听类网站做出的抽查。

抽查结果显示，25家网站被责令停止视听节目服务，32家网站被给予警告处罚，5家网站被指出没有从事互联网信息服务资质而擅自开办互联网视听节目服务。而作为中国最早的视频分享网站，土豆网一直处在中国视频分享行业的首要位置，这次遭罚更是让很多人不解!

在VC的参与下，视频网站虽然一度风光，但监管甚难的视频内容为其埋下了隐患。被国内视频网站尊为鼻祖的YouTube网站，也一度因为内容和立场问题在泰国、土耳其、叙利亚等国遭到封杀。

对于众多以恶搞和涉黄为卖点的国内视频网站而言，监管问题实则是一种无奈。低级趣味的视频往往能拉动网站流量的增加，而流量的飙升会使风险投资商对视频网站抱以更大的兴趣，从而融入更多的资金，获得更大的发展。

然而由此引发的侵权等一系列违法行为却恰恰反映了中国视频网站混乱缺乏合理市场规范的现状。广电总局的规定无疑带动了整个行业的一番洗牌。众多的视频网站不得不开始严格地自我监管，以期适应新的生存法则。

以土豆网为例，规定颁布之后，其用于内容监控的人力已经增加了一倍多。同时升级了硬件和软件，以及监控中心数据库。另外，土豆网还在与国内外顶级的技术服务商进行研讨和开发，并发动用户来进行有效监管。

然而，政策方面的制约并不是唯一的问题，对视频网站来说，带宽的制约同样是一个大的问题。

目前视频网站的运营成本支出主要有三部分：带宽、服务器、推广，其中以带宽最甚。有专业人士计算，如果国内有网站达到YouTube的流量，它每年的带宽成本就要2.4亿元。

视频网站所占用的带宽远远高于传统的互联网网站，目前国内电信运营商的带宽承载量不得不每六个月扩容一倍。以每个视频20M计算，若每天有1万个上传量，则每天需要消耗大约200G的磁盘空间，这对于一般网站来说无疑是一笔庞大的开销。

据来自视频网站的官方数据显示，土豆网每月的不重复用户数已到达6000万，占中国宽带用户的1/3。目前，土豆网上的视频节目总数超过930万，每天的视频播放量超过一亿，网站总浏览量平均达到1.2亿。

如此巨大的用户人数，对于视频网站的带宽是一个考验。由于带宽成本太高，很多网站被迫破产。而业内更是有人声称，如果要把一个视频网站做大，必须要投入1亿元以上。

据China Venture(投中投资咨询有限公司)的统计数据显示，除了悠视网等几家获得第二轮风险投资资金注入的网站外，大部分视频网站都已被市场淘汰或者面临被淘汰的危险。在看不到盈利的前景下，风投正在逐渐退出。著名风投公司Legend Capital的高层直言："我们最近投资的是非技术领域，那里的价格相对合理一些。"而最具代表的例子是美中经合在中国投资的几十家公司中，无一家视频网站。该投资集团董事总经理张颖认为，没有清晰的盈利模式，而中国用户还未形成对网络视频的使用习惯，要培养起来需要很长时间，视频网站今年底将很快死掉。

BDA中国的首席分析师刘兵说："如果视频共享网站凭借自己的资源和能力去发展，我认为它们没有什么'钱途'。"

为解决带宽问题，各视频网站除了购买大量带宽资源外，还另辟新方以求获得更多用户。目前，酷6网站采用了新的H264编码方式，一方面大大降低了视频的存储空间，而且视频画面清晰度比以往还会提高，更重要的是带宽成本也会降低。

不过问题还不止于此。版权问题是视频网站又一道迈不过的门槛。

“可以毫不夸张地说，广告一直掌控着互联网的命脉，而内容又是互联网的生命。”互联网专家刘海涛认为，作为视频网站主体的视频内容，绝大多数都没有版权，很容易引起版权纠纷。

以前视频网站上有很多央视的栏目，但现在只有上央视国际网站才能看到这些节目。原因就是广电总局对全国的私自盗用央视版权的网站进行过检查，而央视也特地成立了版权处进行版权问题的处理。

李竹介绍说，“中国的视频媒体基本上是靠广告生存。视频网站的广告形式既跟电视广告有共性，同时又有个性，所以在广告上要有所创新。其次，收入来源不能单一化，因为互联网视频广告还没有成熟，因此要创造相对多元化的收入模式，这样才能保持行业的领先。但现在，大多数视频网站都在摸索，还没有一个能算得上靠模式赚钱的成功视频企业。”

现在，悠视网与全国各大电视台及电影商展开了合作，解决了版权问题。而土豆网和酷6网在鼓励用户上传原创作品的同时，也加大了与各大机构协商合作，谋求共赢。现在，这一做法已经收到成效，网络视频的广告形式获得了很多公司的认可。微软、英特尔、三星等国际厂商已经向视频分享类网站递出橄榄枝。

土豆网为此成立了一个销售团队，英特尔已经在土豆网上投放了20万美元的广告。并且还和微软达成了合作协议。此前，微软、美国电影协会和土豆网共同发起了“正版风暴”运动。通过用户创造的深具感染力的作品，去引发“正版”和“盗版”的比较和思考。“从土豆网目前的营收状况来看，已经在朝着盈利的方向迈进，一年也收获了数千万人民币的收入。”土豆网副总裁邓薇说，“其实传统的电视行业也主要是靠广告收入在支撑。但互联网视频平台作为新的应用模式的存在，必然会带来不同于传统行业的营收模式。”

英特尔全球副总裁、大中华区总经理杨叙说，“通过视频分享平台，我们获取了很多优秀的视频作品，有些作品的水平已经超过了我们聘请的专业广告公司。”英特尔已经与土豆网缔结互动营销战略合作伙伴关系，在广告营销、活动、技术等各方面进行深度的合作。

经历了查处风波后，不少风险投资机构开始从观望转向撤退，但已经投资了较大视频网站的风险投资机构反而稳定下来，前景看似还算比较乐观。

不过，摆在视频网站面前的路依旧不好走。2011年初，国内最大的两家视频网站优酷和土豆纷纷在美国IPO，然而表面风光的背后，却总是难掩盈利的短板。优酷每月来自家庭和办公室的独立访客数量达到2.03亿人；以用户观看视频总时间计，在2011年第二季度，优酷占有中国在线视频市场40%的份额。而土豆的注册用户量已达7170万人，比2007年增长了4倍多，不论在视频内容或是版权上都有了长足的进步，但是面对竞争日渐激烈的视频网站市场，始终不确定的盈利能力，带宽的制约以及不知何时便会打你个措手不及的政策条例，注定中国的视频网站不得不在各种生死劫数间苦苦挣扎。

## 社交游戏：娱乐化的互动体验

Facebook成功诱惑了中国SNS社交类网站的风生水起。跟风多年之后，同质化严重的SNS社区网站常被业界诟病，但却不能掩盖它们之间你死我活的竞争局面。尽管SNS已经不是现今最火的互联网现象，但从“踩一踩”刷页面的浪潮，到引领“偷菜”的疯狂，SNS网站总有办法浮出水面引人关注。这次，它挟网页游戏，以互动娱乐化趋势，一开始就摆出了PK网页游戏门户的姿态。

日前，SNS网站的互动娱乐化势头再次成为业界和网民关注的焦点。在做好用户交友和自我展示服务之余，SNS网站瞄准了网页游戏领域，冀望能够完美诠释SNS网站从单纯的交友社区向互动娱乐化网站的转型。

中国互联网络信息中心CNNIC发布的《2010年中国网页游戏调查报告》显示，截至2011年4月份，国内网页游戏的用户总数量已经达到了1.05亿。按照游戏类型来看，单机网页游戏的用户数量为3791万，大型网页游戏用户数量为2384万。而依附在SNS网站上的网页游戏最为火爆，达到了9209万，占网页游戏总规模的87.7%。

SNS正是利用了积累的大量人气，并将人气导入社交网页游戏。这样一来，每天都有无数用户在线上与好友“交换食材”、互相“采摘”、“雇佣打工”。用户在游戏中娱乐自己，也在互动中与好友“尽在不言中”地彼此沟通。

与普通网页游戏相比，SNS游戏具有简单明快、娱乐搞笑的风格；与FLASH小游戏相比，SNS游戏借助社交平台，使用户与朋友们密不可分地进行互动。家喻户晓的“偷菜”、“餐厅”等游戏，无不是既注重个人趣味又拉拢“好友”互动进行的。有很多用户因为热衷于社交网站的网页游戏，而将朋友们吸引过来，而朋友也因网页游戏的互动和娱乐性，而开始接受SNS。

互动性和娱乐性，成为社交网页游戏风靡的核心关键。正是这一因素，使得社交网页游戏不仅成为SNS网站用以黏住用户的一项应用，更异军突起成为SNS网站的“标配”和杀手锏。“偷菜”、“餐厅”等社交类网页游戏，成为网页游戏的主力军，既在意料之外，却又在情理之中。

事实上，SNS网站风靡，创新是其制胜的关键。而海纳百川的开放平台战略，则是它们坚持不断创新的重要方式。

顺应时代发展，把社交游戏搬到移动互联网平台上是SNS网站互动娱乐化进程的重要砝码。数据显示，手机已经成为第二大游戏设备，用户比例仅次于台式电脑。SNS网站的互动娱乐化策略虽然起步晚，但在应用终端上却是先行一步。众多SNS网站相继推出无线平台战略，既包括基于浏览器的手机上网服务，又包括针对不同手机操作系统研发的多种SNS网站无线客户端。使得用户可以随时随地享受SNS社交网游的乐趣。调查显示，有39%的用户是在路上或等待的时候用手机玩社交网页游戏。

抢占先进的应用渠道之外，SNS网站投身社交网游还要坚持“内容为王”。在千橡互动集团首席营销官江志强看来，坚持开放平台战略，致力开发与第三方共赢的生态圈，使用户享受更好的网页游戏和应用，是SNS网站保持生命力的关键。除了与第三方应用伙伴保持良好的合作与沟通，各SNS网站也在不断地进行网页游戏等互动应用的自我开发和尝试，如果能打造出一款领先的网页游戏，必将在推动SNS网站互动娱乐化大势中抢得先机，并能促进社交游戏产业的创新与发展。

据了解，用户在人人网等SNS网站上，可以享受到数千个社交类网页游戏，而每隔一段时间，都会有类似于“餐厅”和“农场”这类的“明星”游戏，成为用户追捧的社交网游。CNNIC的分析师表示，SNS网站将会越来越重视社交类网页游戏，未来的发展也将会更重视提升社交类网页游戏的质量和互动性，以达到对用户更大的吸引力。

对于庞大的互联网产业来说，哪里有人气，哪里就有财气。SNS网站的互动娱乐化进程，迫切需要寻找合理而有效的盈利模式。但是，如果用户停留在“踩好友页面”、“留言”以及“分享日志和相片”层面上，几乎不会去关注网站上的广告。而SNS网站也会担心“惹恼”用户，只能将广告放在页面的边边角角，营销效果极差。致力于互动娱乐性的SNS网站当然不甘于重演门户网站的“广告尴尬”，它们在网页游戏上嗅到了“财富商机”。

业内人士表示，社交类网页游戏的商业价值主要体现在嵌入式广告中。这种植入式广告更容易引起用户的关注，比普通网页广告的效果和影响力要强大很多。据调查，有2.2%的社交网游用户会通过此类广告进行消费。

来自CNNIC的数据显示，SNS网站上的社交网页游戏用户的有收入人群比例较大，达76.8%。其中以月收入在1000~3000元的用户为主，占整体用户的45.8%。社交网页游戏用户的有收入人群比例高于大型网页游戏。较大比例的有收入人群为社交网页游戏奠定了良好的付费基础。这样看来，社交网页游戏合理而健康的商业应用性，无疑是SNS网站在互动娱乐化进程中选择从它着手的重要原因。

种种迹象表明，以人人网为代表的SNS网站，已经将社交网页游戏作为发展的核心动力之一。而社交类网页游戏搭上了SNS的动力快车，最终受益的将是用户及整个产业链上的参与者。

# 第七章

# 刘强东后来居上转战图书网购
# 传统书市没落图书网乱战江湖

或许在未来某天，曾经书店里顾客熙熙攘攘的情景将不复存在。按照近几年的趋势，实体书店的消亡似乎只是时间的问题，因为在互联网时代，人们更愿意通过网络来消费，图书只是其中之一，只是相比于其他的商品，它所受到的冲击更大而已。

正是因为网上书店越来越不可忽视的影响力，越来越多的电子商务公司开始将触角伸向这一全新的文化商业领域。毕竟不论何时，阅读始终是人类不可或缺的活动之一，因而其中蕴含的商机显而易见。

在这个互联网愈发紧密与人类生活相关的时代，阅读从未如此地多元化。这也给图书市场带来了无数的新变化。当人们不再满足于卓越和当当两大巨头继续把持这个庞大的网上图书销售市场时，新的竞争者便纷纷进入抢滩。从百货起家的京东商城便是最积极的挑战者。刘强东正以他独有的方式实现自己打造中国亚马逊的理想，而腾讯以及为数众多的中小书商，甚至从实体书店抽身而来的人，都在让国内的网络图书销售现状变得更加扑朔迷离。

## 刘强东的京东：做中国的亚马逊

2004年销售额为1000万，2007年过亿，达3.6亿；2010年过百亿，达102亿；至2013年，准备突破千亿规模——京东商城这样的“野蛮生长”，着实惊艳！

不管是2010年在图书网售领域与当当拼了一下价格战，还是今年在又一波融资中纳入15亿美元，京东商城在B2C领域已经渐展宏图了。B2C渐渐展开的混战局面，以及京东的成长逻辑，让人聚焦于京东这个企业，以及这个行业的未来。

在过去的几年中，京东商城遇到无数次品牌厂商或代理商的抗议、打压和封杀，原因很简单，品牌厂商担心京东的低价冲击它既有的渠道价格体系，而对传统渠道商而言，京东的出现甚至威胁到了自己的生存。

2008年11月14日，IT企业明基对外发布了一份声明，反对“个别企业以3099元的非正常低价销售BenQ投影机产品”。尽管没有明说，但所有人都知道，这个“不法分子”就是指京东商城。京东的价格究竟有多低？以此次涉及的BenQ MP512投影仪为例，当时的市场报价为3999元，实际成交价也保持在3600元以上，而京东的价格仅为3099元，便宜了至少500元，这种价格优势对于消费者无疑有着极大的吸引力，而对传统渠道商则是致命的杀伤力。

在明基发布公告之后，京东毫不示弱。比如立即将BenQ MP512投影仪价格降至2999元，最低甚至降到2873元。2009年3月6日，一位用户在京东上对这款产品上评论说，“我南京珠江路的朋友，调货都比这个贵，价格很实在，赞一个！因为这个，我开始喜欢京东商城了。”可以想象，明基看了心里会是什么感受。

“我们也会不断给企业打电话，说你堵了半年价格反而更低了，为什么？刚开始人家不愿意理，但半年之后发现堵不住货源，我的价格会更低，确实是焦头烂额，那只能合作，但合作之后往往都觉得很好，就越来越紧密了，其实大部分产品都经历过这个过程。”京东商城创始人、董事局主席兼CEO刘强东说。

2008年以后，与京东合作的IT企业越来越多，到2009年，近80%的主流IT品牌厂商都已经和京东直接展开合作，其中值得一提的是英特尔。

2007年英特尔CPU在京东的月销量不过几十颗，最高也不过138颗，对于全球电脑处理器的霸主而言，这样的数量几乎是九牛一毛，但是英特尔中国区总裁杨旭居然亲自拜访了京东公司，并主动提出战略合作。

“英特尔公司确实是一个很牛的公司，公司这么大，但是对市场的灵敏度依然非常高，它知道网络销售模式将来会成为一个很大的渠道，所以现在就开始来培育，五年、十年都没关系，但关键是五年十年之后，我们卖CPU肯定会努力推英特尔”。刘强东对英特尔的远见赞不绝口，当然，夸英特尔其实就是在夸京东自己。

中国的家电行业早已是个微利的行业，平均利润率只有1%，苏宁国美这样的家电连锁渠道已经处于很强势的地位，所有品牌都要交进场费、装修费、促销费甚至过节费等各种费用，而且给厂商的返款周期往往长达3个月，家电企业叫苦不迭却无可奈何，而京东完全不需要交任何费用，且返款周期只有20天，家电厂商怎能不怦然心动？京东由此顺利地拓展到了家电领域。

“我有这么多终端用户，而且以每年3倍多速度增长，有用户就有销量，就不愁找不到供货商。我们的低价虽然对传统渠道有冲击，但他们也有出货量的压力，因为有量才有返点，所以只要能卖掉，有时候他们不赚钱都愿意给我供货。”刘强东十分了解传统渠道的江湖规则。

做美国的亚马逊，一直是刘强东心底的一个情结。

他研究过很长时间关于亚马逊的年报和资料，起初他百思不得其解，贝索斯将那么多钱用到哪里去了，直到京东商城遭遇第一次物流瓶颈，刘强东才意识到，需要在物流上重金投入才能保持企业的核心竞争力。

京东原先只通过邮局邮寄货物，之后才开始与圆通等快递公司合作。但到了2007年6月，京东的日订单量超过3000个，第三方快递公司的时效性和服务品质又成为了新的瓶颈。2007年8月，京东在北京、上海、广州三地建立了自己的配送队伍，其余地方继续采用第三方快递。

2009年春节，是刘强东创立京东商城以来过得最艰难的一个春节——2008年底以来京东商城订单暴增，远远超出了物流的配送能力，这使得大量订单延误。那段时间，刘强东正和京东商城的高管们轮流去库房加班，给物流人员当帮手，做打包、拣货等重活儿，每次都工作到夜晚12点。花了好几个月时间，京东商城通过招人、扩大仓储物流，渐渐缓解了物流压力。

这次遭遇之后，京东的配送再次升级，成立全资快递子公司，在全国20多个城市建立物流配送中心。

而自建物流平台，也是京东商城构建稳定的供应链的重要一环。国美、苏宁销售额已突破千亿，相较而言，京东商城在后台采购时还难像国美和苏宁一样通过规模优势去打动供应商拿到好价钱。何况在消费电子和家电行业，渠道商的毛利在3%~5%之间，没有规模优势，进货成本将居高不下。

刘强东以另外一种方式打动了供应商，那就是效率。他做过测算，如果品牌商自己做电子商务的B2C平台，自建物流、配送和货到付款的支付体系的话，每卖100元的货，它需要为后端物流体系支付12~18元的成本。也就是说，品牌商自建电子商务的后台体系的成本是销售额的12%~18%。京东商城却能把成本压到6%左右，这对于消费电子和家电企业来说无疑具有极大的诱惑，因为这行业里很多企业的净利润只有3%~4%。

实际上，供应链效率的提升往往意味着对技术的充分应用和巨额的投资。以亚马逊为例，创建于1994年的亚马逊用了超过10年的时间建仓储、物流、丰富产品线、完善服务器、数据库架构，其总投资可能超过20亿美元，这种在初创期的巨大投入让亚马逊长期处于亏损状态，贝索斯一直是华尔街最不受欢迎的人，直到2003年，亚马逊成立8年之后才开始盈利。而亚马逊的基础架构搭建完毕之后，就进入了一个爆发性的增长阶段，现在，其巨大的计算和物流能力甚至成为了亚马逊的一项极具潜力的新业务，而贝索斯则被认为是对电子商务最具战略远见的人。

而除物流之外，京东第二块大的投资是研发。刘强东表示，公司研发人员超过1760人，已经相当于一个中大型软件公司的规模，员工工资每年就有几亿的投入。工作目标主要是京东的信息系统。京东所有的信息系统都是自主开发的，包括ERP、仓储配送等所有的管理系统。京东希望通过自行开发信息化系统控制更多的流程，实现技术可扩展性，真正让信息系统“唯我所用”。“经过这个系统，我们成本降低了，运营效率提高了，这是京东的核心竞争力。”

刘强东认识到，亚马逊的另外一个特点是，当年从图书类的垂直B2C做起，在获得大规模的用户数量和积累起资源后，亚马逊开始向百货、云计算等其他领域拓展，从而成为全美最大的在线零售网站。

从某个垂直领域切入，获得行业的深度后，通过积累起来的用户规模以及后台供应链资源，进行横向拓展，获得行业的广度，这是互联网B2C通常的发展路径。

2004年1月网站上线时，京东商城只有98个产品，都是在团购阶段已经被证明在互联网上很畅销的产品，然后产品不断丰富，2008年2月，产品扩展至家电。2009年年初，京东开始销售百货商品。

而2010年底刘强东和李国庆的口水战，毫无疑问让消费者意识到了在京东商城也像在当当网一样可以买到图书。

这只是刘强东庞大计划中的一小步，他希望在未来的一两年中能集中精力向1500多万京东商城注册用户(其中约70%为活跃用户，即在一年内至少购买过一次产品)推销越来越多3C以外的产品，按计划，未来3C产品的业务在全部销售额中的比重将下降到一半。虽然图书业务的每个客户一次的销售额可能只有几十元，而京东商城原有3C产品的这一指标则超过1000元，但他希望图书可以帮助京东商城增加用户的黏性(很大程度上也是出于这一目的，京东商城随后又宣布推出团购业务)。

2009年，京东商城的百货只有几千万元的销售额，2010年则达到了7亿元，刘强东的目标是2011年做到百货销售额30亿。刘强东甚至做过测算，当注册用户超过2000万时，京东商城就有了足够的用户基数推出自有品牌的产品。

它已经开始自有品牌的尝试。刘强东在自己的老家江苏宿迁租下近千亩土地种植大米。“自有品牌就是自己的孩子，我们永远不追求速度，而是更强调品质。”

而在2011年2月底，京东商城正式收购了日韩服装网站千寻网。这是京东商城创始以来的第一次并购，也标志着在垂直领域做到一定规模、获取相对多的用户后，京东商城转型为综合类商城的一个开端。

不过，百货与3C是完全不同类型的商品，无论是供应商渠道、库存管理、物流配送都有不小的差异，但在商品种类做到“大而全”的同时还要保持供应链的高效率，这对京东显然是个新的挑战，做到并非易事。这也是京东极其重视后台建设的原因。

刘强东认为，电子商务本身就是卖的服务，卖的就是消费者的体验。在赢利、上市的道路上，他选择了一条艰苦的道路。其他B2C公司的模式，通过搜索引擎、网址导航等拉流量，然后带来销量，有了销量之后，获得风投，然后上市套现。但刘强东先从用户体验、物流基础设施开始，走了一条“电子商务社会工程”的路子。刘强东说这条路“很难、很痛苦”，但成功后会有巨大的价值。

在他的逻辑中，京东商城能够从电子商务类公司中脱颖而出，原因在于对用户体验的坚持，包括品质、价格、服务这三大项。

这几年，随着业务量的增大，最让刘强东闹心的是物流。“每次看到用户投诉，对我都是种煎熬。”因此，京东三次融资近2亿美元的钱，起码有一半用来改善物流、客服、售后的服务能力。2011年4月初，京东商城完成被称为中国互联网史上最大一笔融资的15亿美元融资，根据规划将几乎全部投入到物流和技术研发的建设项目中。京东商城计划2011年同时开工建设7个一级物流中心，未来3年共投资50~60亿人民币进行物流建设。

甚至，刘强东计划未来把其所有的物流中心都增加功能，提供上门售后的服务，产品出现任何问题，京东配送快速把问题产品拿到维修中心，通过京东自己的维修工程师维修好，当日服务。“在未来，所有的前500个大城市中，任何一个消费者的产品出现了故障问题，我们的配送员15分钟之内到达你的家里，当天晚上夜里11点之前我们希望把故障解决，第二天上午给你送过去，24小时之内整个过程完成，都是免费上门”。这是刘强东的愿景。

在刘强东看来，过去10年是电子商务跑马圈地赛，而2011年则全面进入淘汰赛。他预测：“2011年和2012年会是电子商务血战的两年，到2012年年底，电子商务巨头不会超过5家，不过我希望京东能活到2015年。”

根据易观国际发布的《2010~2013年中国C2C网上零售市场交易规模预测》，C2C市场规模2010年实现4150亿元销售额，但今年增速将放缓，预计2013年市场规模为7450亿元。而同期B2C市场规模，预计将从2007年的468亿元增长至4150亿元，增幅接近8倍。

“从市场规模上看，2~3年内B2C并不会超越C2C，但B2C商业模式将会成为主流，在盈利及发展空间上更有优势。”艾瑞市场咨询产业研究部副总监王芳指出：“B2C是一种走规模效应的商业模式，尽管目前仍处于抢占市场份额、提高管理能力的阶段，但京东、当当等已完成初步规模建设。”

目前，京东商城正稳坐B2C领域的头把交椅，2010年其完成102亿元销售额，占当年艾瑞咨询统计中国B2C市场规模的1/6。

但与此同时，竞争者亦没有闲着。当当在美国上市；淘宝分拆淘宝商城、成立“无名良品”；腾讯将“QQ会员官方店”更名为QQ商城；百度与日本乐天合资建设乐酷天；国美、苏宁涉足电子商务；以及一系列垂直B2C商城的集体发力，使中国B2C市场正式进入群雄割据的战局。

## 传统图书实体店销售走向没落

对于刘强东这样一个极具商业眼光的人来说，强势进入网络图书销售市场绝不是一时的心血来潮。当网购越来越多地占据了生活中愈加重要的部分时，人们的阅读以及对文化产品的消费习惯也在潜移默化地发生着重大的改变。一场波及整个图书市场的巨大变革正在发生，它所带来的结果，或许将导致传统的地面实体书店彻底走向消亡。

近年来，众多的实体书店或许正越来越多地感受到来自网络的冲击。这几年几乎可以说是国内民营实体书店最黑暗的时期。2007年，拥有13万会员的上海明君书店各家门店关门；同一时间，中国第一家也是最大的民营书店，拥有遍及30个省市600余家加盟店的席殊书屋，旗下众多店铺也纷纷倒闭或者改换门庭；2008年，上海陕西南路地铁站独特标志的季风书园一度面临关闭的命运，至今仍在苟延残喘。2010年，一度以倡导生活、读书、新知而著名的广州三联书店无奈宣布关闭；2011年，在广州开业已有16年，由已故北京大学教授王炜携一批文学学者创办的人文学术书店风入松停业，而像广州市北京路的联合书店这样的不少独资书店，往往开业才不过一两年就宣告倒闭。

2007年以来，中国国内的民营书店已经减少了1万家；过去十年间，更有超过一半的民营书店倒闭。《成都商报》在调查了成都的民营书店经营状况后披露，2010年成都市域内出版物经营单位总数为1776家，而2009年度则为1905家，短短一年就减少了5%，如果不算国有的新华书店，减少的百分比将更高。即使成都这样生活节奏偏慢，极富人文气息的城市，书店经营仍然举步维艰，在上海、广州这样节奏快生活压力又大的城市，实体书店生存显然更加不易。

然而，更令实体书店经营者沮丧的是，这种现象并非只在中国发生。2008年7月，德国图书业巨头贝塔斯曼宣布终止其在中国书友会的运营，并且关闭了其在上海的八家门店；2009年，占据着英国图书市场5%份额的英国第三大连锁书店鲍德斯集团宣布破产。最近两年，全球实体书店的倒闭潮更是汹涌而至，2011年，美国连锁书店博德斯宣布倒闭，导致万名员工失业；英国waterstone的经营也陷入困境，随时在倒闭的边缘徘徊。由此不难看出，实体书店的困局早已是一个世界性的话题。

毋庸置疑，网络图书销售的兴起是这一现象背后最大的推手。一份全球范围内的调查显示，实体书店倒闭的根本原因是网络书店的价格优势和数字阅读的读者分流。如今，发达的互联网使得读者可以方便地从网上购买图书，同时，亚马逊kindle，苹果iPad以及包括众多智能手机的电子阅读功能让数字阅读变得更加便捷舒适，从而大大改变了人们的阅读习惯。这都让人们对传统书店的兴趣大大降低。

不过在中国，实体书店倒闭还有一层原因就是由房地产泡沫而引发的租金上涨压力。从倒闭潮涉及的企业来看，欧美以大型连锁书店为主体，例如是博德斯；而在中国多产生于民营书店和中小书店。这一差别的根本原因在于国内新华书店系统为国有企业，重要利润来源是教材发行，而且经营场所多是自有产权。所以，图书市场萎缩首先导致没有教材利润支撑、没有国有资本扶持的民营书店陷入困境。同时近两年的房租上涨，成了压垮民营书店的最后一根稻草。

在国内，这一景观在高校附近体现得尤其明显。

以往，高校书店常常被看成高校的文化景观，然而，即使在这些最富文化学术气息的地方，书店的生存依旧艰难，也成为中国实体书店困境最好的体现。2011年来，在上海的复旦等高校附近，书店因经营不力而生意惨淡、关门的事情接连发生。

2011年3月初，复旦大学北区学生公寓附近，一家名为“三人行”开张近八年的书店挂上了“七折清仓”的通知，打算从复旦校区迁往上海财经大学附近一条马路边。

“实在没生意，这里租金又贵。”店主老王说，这是“三人行”搬迁的主要原因，搬去财大对面后，书店的业务重心将从文史哲类转为财经管理类。而七折的清仓价，接近成本，老王说，“算上租金和人力成本，几乎没有利润。”

然而，即使打上“清仓甩卖”的招牌，“三人行”仍然乏人问津。整整一天，老王只做成了一笔生意，卖出了一本标价为33元的书。“现在学生都爱上网买书了。”老王把这归咎于网上书店的冲击，他常向来书店看书的学生询问：“这本书网上卖多少钱？”得知最高不过六五折的价格，老王长叹一声：“网上卖书成本就是低啊，六五折也有赚头。还不用担心资金周转，屯着总是能卖的。不像这里，每个月的租金总得交。”

“三人行”默默盘踞于复旦学生的记忆中已有八年之久。八年前，店主在复旦、财大附近各盘下了三家店面，分别名为“三人行”和“国风”，前者主营经济管理类书籍，后者主营文史哲。几年前，因盈利缩水，“三人行”和“国风”并为了一家。没过多久，财大的总店也关门了。如今仅剩一家店面的“三人行”，依然面临着无奈搬迁的结果。

“三人行”的结局不是孤例。近年来，复旦周边的大小书店几乎都面临着关门或缩水的状况。两年前，著名书店“左岸”的关门，在日月光华BBS上引起了复旦师生一片哗然。左岸店主陈立雄是上世纪80年代末复旦历史系毕业生，多年来，这家书店因择书的高雅趣味闻名复旦。而到了2008年年中，“左岸”却因亏损而关闭。

“近几年来，复旦周边书店倒闭的新闻不绝于耳。2007年罗素书店打烊，一年后，开明书店步其后尘。此外，企鹅书店，淘吧书店，三味书屋，生乐书店亦关门。而剩下的书店也多已缩水，曾经盘踞两层楼面的大学书城，如今店面缩小了三分之二，主营书籍也转向了教辅书和二手书。”知情人士说。

入不敷出，是大学周边书店关闭或缩水的最大原因。一名出版界人士表示，一本书的成本中，出版社要占到60%左右，包括印制成本、给作者的稿费、编辑费用等；批发商占8%左右；到零售商手里为25%~30%，除去租金成本和人力成本，书店大约有5%~10%的利润空间。小书店由于进得少，要比大书店多付5%~10%的成本。这样的经营成本面对网络购书的竞争只能一败涂地——网购的书目种类丰富，价格低廉；何况，随着信息化时代的进一步深入，许多学生已经转换了阅读方式，开始投向电子书的怀抱。

面对这种现状，许多读者的心情其实是很矛盾的。在不少以往经常光顾书店的学生来说，他们一边喜欢实体书店的环境，一边又担心相比网店，这里的书价“不够给力”，未必对师生产生更多吸引力。一位上海交大文科学生说：“交大也有书店，卖教辅书的居多。我平时一般去图书馆借看人文社科类的书籍，图书馆里什么书都有。碰上爱不释手的，一般就去网上订购了——也省了逛书店找书的麻烦。”她同时表示，如果路过书店会进去看看，但现在书店在价格上不吸引人。而许多理科生平时的阅读范围就主要集中在专业书和休闲类书籍，网上下载电子书是他们最常见的方式。

虽然已有不少人努力在挽救实体书店的颓势，但是解决之道仍局限于传统出版的视野，综合起来不外乎三点：第一，政策扶植，尤其是对实体书店减税；第二，实体书店降价，从节约成本或者压低进货折扣出发，想方设法缩短与网络书店的价格差；第三，走高附加值、高文化内涵、社会化(或沙龙化)运作的道路。这三点，虽可解决一时之困——前提是政策能否落实——但都无法解决实体书店在未来知识文化传播体系中的尴尬地位。

年长的出版人都知道一句业内行话，说当年北京王府井书店，就算是一包卫生纸加上个封面，都能卖出去。在知识稀缺时代，书店成为了知识的集散地；同时，由于知识(或者说内容)与载体是合二为一的，客观上需要一个物流中心，一个图书货品的分发中心。由于图书内容具有不可预知性，读者需要在书店预览部分内容，来做出购买决策，这也使书店作为一个经营实体、一个物理场所，具有存在的绝对价值和意义。

但是，在信息社会，人们面临的是一个知识过剩的环境，是一个知识的供给远远大于需求的环境。在这样一个环境中，读者的注意力、时间成为宝贵的资源。同时信息技术一方面使图书的预览、比较、选择、购买、配送等等可以完全脱离物理场所而实现，甚至更加便捷；另一方面，使知识以数字内容，脱离纸质载体而存在，这些非图书承载的知识正在成为人们阅读的重要渠道。

正是这种变化使图书的购买消费发生了根本性变化：逛书店、浏览图书成为日益繁忙的都市白领的一种奢求，而众多时间资源丰富的学生等则成为书店里只看不买的“白读族”；图书购买的目的性更强，读者不再大海捞针一样地寻找好书，而是经由各种宣传广告途径获知某书，而有目的地直接购买，通过书店了解图书信息、在书店冲动购买的行为在减少；图书购买由“love to”(意愿)的阅读向“have to”(必须)的阅读转变，这是由于浅阅读、碎片式阅读的替代产品日渐增多，人们对图书的购买更倾向于功利阅读，这一变化实际上缩小了图书的整体需求。

此外，也有人认为，房租上涨带给书店的困境其实更加严重。众所周知，图书零售利润太薄，房租等销售成本的增加，会给不少没有政策扶持的中小书店带来极大的压力。租金压力曾使季风书店旗舰店难以续约，上海文化界和众多读者甚至发出了“保卫季风”的呼声。虽然最后保住了季风地铁店，但租金翻番使其经营更加困难了。广州风入松书店则长期承受来自租金的压力。不单社科人文类书店，连一些经营得不错的专业书店，也有同样的困境。如广告人书店的徐智明，最近在MSN上的签名就是“房租连年上涨，无力承担，上海店最近要搬家”，并因此而请上海的朋友帮忙寻找店址。

徐州先锋书店总经理沙剑锋在谈到民营书店的困难时说：“如果要和国营书店比规模，绝对是民营书店的误区”。由于在资金、规模和渠道上难以与新华书店抗衡，民营书店无法发挥规模性的效益。除了没有网络书店低廉的折扣优惠以外，没有自己的地产的民营书店遭受的冲击远远大于国营书店。面对房价的上涨、房租的攀升，一旦房租上涨过快，就有可能入不敷出。

为了生存，一些书店开始拓展一些新的业务来寻找赢利点，甚至计划在未来买书将不再是最主要的盈利手段不。广州购书中心已经将铺面出租给其他的商家来维持经营，而北京三联书店干脆将二楼门店出租给咖啡吧。

对于那些怀揣理想主义开书店的小书店老板来说，书店转型是不得已而为之，经营成本的上升使书店纯度不再，光靠图书零售无法支撑。广州中山大学附近二楼书店小古堂老板就表示："书店要盈利靠卖书是不够的，得有其他方式相辅相承互相支撑。因为书店有出售字画，于是我便可以一边卖字画一边经营书店，万一书店亏空就可以从另一边补充。"

不过种种措施其实都无法真正改变实体书店走向没落的趋势，在书店"一月收入不及饭店一天"的大环境下，让位于网络销售或许是迟早的事。吴晓波、余华、易中天、麦家等著名作家学者在接受采访时也表示，自己的"大多数书都是通过网络购买的"，"去书店只是一种生活方式"，就不难看出大势所在。

不少媒体预言，未来80%的民营实体书店都将倒闭，在这种未来的趋势下，北大文化产业研究院副院长给出他对实体书店未来的看法。

"文化交流俱乐部是个很好的创新，"陈少峰说，"以后看纸质图书的人越来越少，但文化的交流和互动还是需要的。传统书店可以更多地融入文化的交流，成为一个综合的文化交流中心。比如举办一些讲座，和新媒体也能有些结合，又或者和企业一起举办些公益活动，赞助文化艺术活动，作为发布平台，成为一个综合的文化交流中心。”

## 网络图书销售的兴起与纷争

据统计，在目前国内每年300亿元的图书零售市场中，主要网上书店已占据中国整个图书市场份额的20%，并且这一数字还在继续增长。目前，卓越亚马逊有150多万种中文图书和近50万种进口英文原版书，“这是一个书店的店面能容纳的书量无法比拟的”，卓越亚马逊媒介负责人姜蕊介绍说。然而，相比于欧美国家电子商务渠道在图书市场销售占比30%以上的数字，国内电子商务渠道依然有着较大的增长空间。

因此，为了扩张市场，各大图书销售网站间的竞争正变得愈发激烈。国内最大的两家网上书店卓越亚马逊与当当网在2008年和2009年展开了图书价格大战。据估算，价格大战给当当网带来近千万元的损失，而卓越同样损失惨重，但对于具体损失数字，卓越并未透露。

伴随着激烈的竞争，中国网购图书市场份额继续增长，幅度达到了96%。但从业绩看来，2011年前9个月占当当网整体业务84.2%的图书业务，毛利润率却仅为22%，为几乎同时起步的主营服装的网上商店麦考林的一半。更令人尴尬的是，当当网在2009年才首次实现盈利，净利润率为1.2%。

以价格优势打赢实体书店的同时也意味着烧钱。强势进入图书网络销售市场的刘强东表示，由于眼下图书市场盗版猖獗，线上图书销售行业利润率极低，“甚至不足以抵消经营的成本”。为了转化压力，卓越亚马逊与当当网在潜移默化中已开始了转型的步伐，先后走上了百货化道路。

2009年底，卓越亚马逊的百货销量首次超过整体销售的50%，这意味着卓越亚马逊真正步入了网上百货商城道路。2010年4月，给予了百货类更大权重的新版当当网首页正式上线，也凸显出当当网从网上书店向百货商城转型的全新定位。

业内人士表示，在线零售书店作为B2C的一种方式，其利润的主要来源仍然是进销差价。随着国内新兴电子商务的崛起，垂直细分类企业终究逃不过利润不断被摊薄的困境，转变为综合百货商城实为大势所趋。

有趣的是，之前曾大肆批判过国内图书网络市场没有前途，甚至放言“五年之内不涉足图书业”的刘强东，半年后便高调进入网上书店。一位接近京东商城的人士表示，“其实京东商城在年初已决定涉足在线图书销售市场，刘强东当时的表态就是向对手释放了一个大大的烟幕弹。”

老牌网上书店卓越亚马逊和当当网先后从“专一图书产品”转型到“百货杂烩”，京东商城却大举涌入利润率极低的在线图书市场，其实自有他的用意。兴长信达副总裁及垂直B2C事业部CEO李墨林解释说，“京东进入这一市场，不仅可以扩充品类、扩大营收规模，图书巨量的SKU（最小存货单位）数量所对应的商品页面和关键词，对获取更多的搜索引擎流量和用户更是帮助巨大。”而最重要的是，“低价图书策略带来的巨量用户，能够对关联销售起到明显的拉动作用”。

然而在目前为止，京东商城10万左右的图书品种还无法对卓越亚马逊和当当网造成威胁。从图书行业的供应链、运营经验、用户接受程度等几个指标上来看，当当网、卓越网依然占据明显的优势。因此，初入图书市场的京东商城，要想获得一定市场份额，只有用低价这个杀手锏。

经过十余年的发展，中国网上书店已形成清晰的竞争格局。当当、卓越亚马逊作为行业巨头，以综合能力见长，占据网购图书市场的半壁江山。不过如今看来，无论是卓越亚马逊，还是当当网都已不再是单纯的垂直类B2C企业，而是朝百货化方向发展。同时，两企业间从免运费、价格战到品种的战争也日趋白热化。加上大量的资本投入于市场推广和基础设施建设，利润可谓少之又少。

事实上，国内的图书网络销售虽然一片繁荣，但盈利状况其实并不像表面看来的那样风光。如今京东加入战局，如果为了抢夺市场一味打价格战，这种竞争其实没有意义，最终反而会导致两败俱伤。不过京东方面表示，他们从未打算与卓越亚马逊和当当网进行价格大战。

京东商城指出，由于目前图书市场呈现供求不平衡的局面，产品定制将成为京东图书品牌发展策略的一部分。“例如已经过版或断版的图书，如果还有相当好的市场销售量，京东会去和出版社商量定制。”它同时透露，鉴于市场上存在选题失误的情况，如果发展顺利，京东图书也会向上游渗透，例如跟出版社去讨论一些选题方面的合作。以市场为导向，京东商城已经走出了图书与电子商务结合的第一步。

事实上不只京东，越来越多的小型网上书店也在挑战卓越和当当两大巨头的地位。2010年夏天，一家名叫“快书包”的网上书店悄然上线。这一由知名书业人徐智明创办的书店，以“一个小时送货上门”为卖点，销售经过精选的200种图书，很快引起了业界关注。

“快书包”的上线使中国图书网上零售格局开始真正发生变化，形成了一方面当当网、卓越网继续凭借规模化优势，保持快速增长，占据市场大半壁江山；另一方面，更多有特色的网上书店开始兴起，与之抗衡的现象。随着互联网的普及，电子商务的兴起，中国网上图书零售市场交易规模的不断扩大，网络图书销售总额仍在不断增长。当当网、卓越网等B2C电子商务企业品牌市场表现、品牌影响力和品牌满意度始终在提升，且拥有大批高黏性的优质用户，整个行业可以挖掘的市场空间还非常大。

于是，从淘宝到百度到京东，诸多知名电子商务企业也纷纷涉足图书业。目前，除当当网、卓越亚马逊这两家传统B2C网络书店外，京东和淘宝也已大举攻进了网络图书销售领域。

尽管如今网络书店纷纷开张，但它们毕竟难以与当当网、卓越亚马逊这些网上书店“大鳄”拼规模，并非所有的网上书店都有京东这样的实力，依靠背后的资金支持能够打得起价格战，于是不少小书店开始选择细分的特色服务，以期提升竞争力。

在“快书包”的页面上，每本图书信息的最上端都附有“快书包”的推荐语。寥寥数语，却精到点出本书的内容、卖点，颇为引人注目。事实上，依据开卷数据、出版社推荐和“快书包”团队的专业经验，书店提供精选商品，帮助读者节省时间，节省精力，是“快书包”的又一特色。这与专用送货包、蓝花布包裹、放画的塑料桶等微小的细节以及热情而专业的工作人员一起，让“快书包”有了一种与众不同的格调。

而文轩网则提供了网上书店的另一种生存方式。文轩网是四川新华文轩连锁股份有限公司旗下的网站，新华文轩强大的物流配送和众多门店的优势，为其在淘宝网、腾讯拍拍、百度有啊网站等开设的网店提供了有力支持。“完全有理由相信，随着网民人数的激增以及网络购物人群规模的持续扩大，也有赖于消费者网络消费习惯的建立和稳固，图书网络零售市场在未来的两三年内，仍将保持强劲增长的势头。而当当网将继续加大与竞争对手的差距，后来者如想追赶，需在模式和服务上有更多突破和创新。”一名业界人士这样评价网络图书零售市场。

不论如何，在如今中国的图书市场，网络销售的兴起是不争的事实，而它们和许多其他网上商城一样，面临着诸多的挑战和竞争。虽然实体书店已经在最初的竞争中败下阵来，但是互联网世界没有永远的赢家。要真正开拓出一个成熟的可以长久繁荣下去的图书网络销售格局，还有很长的路要走。

# 第八章

# 扎克伯格惊艳开启社交E时代<br>互动加微博谁主宰网络新战场

马克·扎克伯格无疑是2010年互联网世界最引人瞩目的人物。不仅因因为他年轻，以26岁的年纪当选《时代》杂志年度风云人物，成为IT界又一位身家过亿的富豪，更因为他创建的Facebook成功改变了人们在互联网时代的交流方式，让所有人都切身感受到Web 2.0时代的到来。

20世纪90年代，美国影迷和大学生中有一个很流行的叫“凯文·贝肯”的游戏。游戏的玩法是找到“贝肯数”(Bacon number)，即给当时的影视明星们寻找到与贝肯之间发生连接需要的中间人数量。贝肯之所以成为游戏的出发点，是因为他在许多影视作品中出现过，但他同时又不饰演主角。如此一来，在由大大小小的演员组成的网络中，贝肯成为了与其他人的连接点，这个游戏的结果让人们惊讶——整个影视网络竟然联结得十分紧密。

不过，如果用“六度分割理论”来看这个游戏，就能理解再复杂的圈子，也能通过几笔直线勾画清楚的道理。因为六度分隔理论告诉我们，世界上任意两个陌生人之间平均只需通过6步（5个中间人）就能联系到一起。

这些游戏与其理论实践最终演变为互联网的一种新的运作模式，也就是后来的SNS社交网站。美国的SNS始于2003年3月创办的Friendster.com，而马克·扎克伯格的Facebook则使之发扬光大，成为全美国甚至全世界网民的又一种生活方式。

在有着巨大网民群体的中国，SNS无疑比美国更有市场。就在Friendster诞生的同一年，斯坦福大学毕业的中国海归立刻在8月份创立了它的中文版本。

不过真正让社交网站在中国火爆起来的还要归功于王兴创立的校内网，比扎克伯格在哈佛寝室里鼓捣出Facebook只晚了几个月。随后，校内网成为最大的中文社交网站。

此后的事情无需多言，校内网被陈一舟收购后改名人人，其后开心网又虏获了都市白领的心，偷菜养牛成了许多年轻人关注的话题。社交网站仿佛一夜之间以其不可阻挡的魅力成为互联网生活中重要的主题。

基于SNS概念发展起来的还有twitter，意识到这股风潮的国内各大门户网站，新浪、网易、搜狐和腾讯也不失时机的推出各自的SNS服务，从新浪微博到QQ空间，到处可见SNS的影子。但是在Web 2.0时代，一切处在探索的阶段，在机遇与挫折中成长的社交网站离真正走向成熟还有一段距离。

## 扎克伯格和Facebook的故事

从外表上看，马克·扎克伯格和刚刚走出校园的普通年轻人没什么不同。他穿简单的T恤、松垮的牛仔裤、阿迪达斯运动鞋，讲起话来甚至有点腼腆。几年前，扎克伯格还是一名默默无闻的辍学生，而现在他已经成为互联网界的风云人物。

作为社区网站Facebook的掌门人，在2010年《福布斯》评选出的十位最年轻的亿万富翁中，26岁的马克·扎克伯格以69亿美元的身价排在首位，他也因此成为世界上最年轻的亿万富翁。

扎克伯格的人生就像一部电影剧本。他出生于纽约的一个富人区，他的父亲是一名牙医，母亲则是一位心理医生，他是家里唯一的儿子。10岁时，扎克伯格得到第一台电脑，从此激发了他对计算机的巨大兴趣。

扎克伯格从小天赋异禀，6年级时就开始编程。高中时，他为一款MP3播放器设计了插件，这个软件可以识别用户的收听习惯，自动创建符合用户口味的播放列表。扎克伯格把这款软件上传到互联网上供人免费下载。

他的才华很快得到了一些大公司的赏识，包括美国在线和微软等大公司都向他抛来橄榄枝，但扎克伯格最终决定以学业为重，进入著名的哈佛大学，修读心理学。不过他最痴迷的仍然是电脑。

正是在哈佛的宿舍里，扎克伯格写出了Facebook的网站程序，不过这件事的契机却像2010年风靡一时的电影《社交网络》中描述的那样，是一场不大不小的黑客风波。

当时哈佛大学不像其他学校那样提供附有学生照片和基本

信息的花名册。扎克伯格想为学校建立一个网络版的花名册，但学校以各种理由拒绝提供相关信息。“我只是想证明这事可以办成。”扎克伯格说。

于是这位哈佛大一新生在某个夜里入侵了学校电脑的数据库，获取了里面存储的学生照片。扎克伯格把这些照片放在他自己设计的网站上，这些照片的点击量超过了2.2万次。这件事引起了校方的不满，扎克伯格也因此获得了一个“留校察看”的处分。

事后扎克伯格向他的校友表示了道歉，尽管他一直认为自己没错。“我只是认为这些信息应该是公开的。”扎克伯格争辩说。

黑客事件后不久，扎克伯格与他的两个室友莫斯科维茨和休斯便一同创建了Facebook网站。他们花了一个星期编写程序，把网站定位为哈佛校友的联系平台。或许当时他们做这件事仅仅是因为好玩而已，如同入侵学校数据库，谁也没有想到，几年以后，它竟然能像谷歌那样，成为互联网世界的一种颠覆。

2004年2月，Facebook正式对外推出，立刻便横扫哈佛校园。当月底，就有超过半数的哈佛本科生成为它的注册用户。两个月后，Facebook的影响力已经遍及所有常春藤院校。到2004年底，它的注册人数便突破了100万。

到2005年，很多其他学校也被加入进来。最终，Facebook决定对所有的学校开放，在全球范围内任何一个有大学后缀电子邮箱的人（如.edu）都可以注册。不久后，Facebook开始像中学以及公司中的更多用户开放，从2006年9月11日起，任何用户只要输入有效电子邮件地址和自己的年龄段，就可以加入。用户可以选择加入一个或多个网络，包括学校、公司和地区。

2007年7月的统计数据显示，Facebook在所有以服务于大学生为主要业务的网站中，拥有最多的3400万活跃用户（包括非大学网络）。从2006年9月到2007年9月间，Facebook在全美网站中的排名由第60名上升至第7名。同时它还是美国排名第一的照片分享站点，每天上载量达850万张，甚至超过其他专门的如Flickr这样的照片分享站点。

2008年初，Facebook的全球访问量超过MySpace，成为全球第一大社区网站。

尽管不可思议地创立了迄今为止全球最大的社交网站，私底下的扎克伯格却是个极为低调的人，他不喜欢也很少和媒体打交道，甚至可以说，他不是个懂得社交的人。2008年夏天，在硅谷的电脑历史博物馆，扎克伯格应邀参加活动并发表演讲。在后台准备的时候，一位工作人员对他说："你不怎么参加这种活动吧？"扎克伯格简短地说了一个"不"字，随后便喝了口水，双眼放空，望向远处。

这种个性看似与"社交"沾不上半点边，不过对于一个技术天才而言，专注于自己感兴趣的事才是成功的关键。而在这样一个漫长的创业故事中，就像人们所认为的，一个以扎克伯格为核心的团队是必不可少的基础。

除了莫斯科维茨和休斯，硅谷的传奇人物肖恩·帕克也是Facebook创业早期扎克伯格身边最关键的人物。虽然在大卫·芬奇《社交网络》中，贾斯汀·汀布莱克扮演的肖恩不那么讨人喜欢，但他却实实在在为Facebook的建立立下了汗马功劳。

帕克为Facebook拉来了最早的一笔投资，并且修改了董事会的制度，即使他最终被投资者赶出了公司，也依然保证扎克伯格能对公司拥有完全的掌控。

2008年，Facebook获得了微软和李嘉诚总共3亿美元的注资，一跃而成为前途无限的互联网新宠，他们搬进了帕罗奥图的新总部，成为众人眼中又一家实实在在的新兴高科技企业，在硅谷占据了举足轻重的一席，人们相信又一个微软或者是谷歌已经在扎克伯格这个年轻的CEO手中诞生。

同一年，扎克伯格请来了原谷歌广告业务的高管谢莉·桑德伯格作为自己的首席运营官，这一明智之举最终解决了Facebook的盈利问题。在扎克伯格将Facebook打造为一个开放的社交平台之后，互动式广告以及游戏和软件开发的多种项目让Facebook在2009年获得了5.5亿美元的收入，而在2011年，Facebook的全球用户人数达到6亿，如果将其看成是一个国家，它将仅次于中国和印度，是全球第三人口大“国”，而且这个数字还在不断增长中。

在2011年的福布斯全球富豪排行榜中，Facebook的创始人马克·扎克伯格资产飙涨238%，以135亿美元排名蹿升至第52位。

他是全球有史以来最年轻的依靠自己创业成功的亿万富翁。

对于扎克伯格本人而言，Facebook是他的梦想所在，是他实现自己“开放全球”的希望的工具；对于全球互联网市场来说，Facebook更是一个划时代的创举，它重新定义了人们利用网络交流的方式。互联网从一个陌生的虚拟环境，变成一个和现实世界并无二致的社交场所，我们可以在上面结识新朋，找到旧友，将日常生活中的社交习惯一丝不差地搬到网络上去，这都是社交网站的功劳。

在Facebook的带动下，虚拟的网站第一次成为真实世界的写照，人们可以随心所欲地通过网络进行社交互动，并且知道网络另一头的对象是谁，虚拟和现实世界的差异正变得越来越小，这不能不说是一种颠覆。

尽管不能忽略早期的社交网站，例如friendster、myspace等对SNS做出的贡献，但人们依然不得不承认，扎克伯格和他的Facebook用一种全新的方式开创了网络社交的E时代。

如今这阵风潮已经蔓延至全球各地，Facebook的6亿用户就是最好的证明，而国内仿照Facebook模式而诞生的人人网、开心网也令社交网站在中国积聚了大量的人气。与此同时，不甘寂寞的互联网老大谷歌也适时地推出了google+，试图从Facebook手中夺回互联网的主动权。

于是，在互联网世界，一个全新的领域：社交网站，正在成为无数企业竞相抢夺的新战场。

## 社交网站的前世今生

10年前，人们或许无从想象交流会变得简单。随着社交媒体和移动技术的出现，只需轻点按钮，我们就能与网络上的朋友进行互动。人们在网络上分享，沟通以及交谈，双向沟通如今再简单不过了。

1971年，网络对话形式第一次通过电子邮件完成。不过从那以后，网络媒体的定义却一再被更改。直到Web 2.0概念的确定，Facebook和Twitter的出现和风靡，社交网站一跃而成为这个时代互联网世界的新宠。

虽然社交网站起源于西方，但这场Web 2.0的革命如今已经蔓延到地球上每一个角落。在社交网络的普及率方面，亚洲的发展势头已经超越欧美。印度尼西亚在Facebook用户数量上排名全球第二，台湾地区、泰国和越南也正在奋起直追。

需要说明的是，尽管Facebook、MySpace和Twitter开创了社交网络的新时代，但人们同样不应该忽略中国的人人网、新浪微博，Google的社交网站Orkut以及日本的社交网站GREE和Mixi，正是它们和Facebook、Twitter一起，构成了全球社交网络完整的版图。

## 社区网络的起源

网络社区是伴随网络新媒体及网络行为的扩展而出现的人类社会活动的新型空间，它是一种全新的人类生活共同体和生存模式，也是人们购物、休闲、咨询、发表言论的物质与精神双平台。值得一提的是，近几年网络社区在作为舆论传播的新平台、人际互动的新承载方面，凸显出了越来越大的价值和影响力。

虚拟的网络社区与现实社区并非毫无关联，从某种程度上说，网络社区与现实社区不仅互补互动，而且密不可分。例如，现实社区中人们的生活形态、交往模式为网络社区提供了模板和示范，而网络社区将现实社区中的不可能转变为可能。可以说，网络社区是现实社会在网络空间的“镜像”。因此，要追溯网络社区的发展史，首先要了解传统社区。

“社区”这一概念由来已久，社会学家通常把它作为研究社会的起点。1887年，德国社会学家滕尼斯首次把“社区”引入社会学的视野。在滕尼斯的定义中，社区被视为基于亲族血缘关系而结成的社会联合，在这种社会联合中，情感的、自然的意志占优势，个体意志被共同意志所抑制，人与人之间形成的共同的文化意识以及亲密无间的关系是社区的精髓。社会学家怀特则从社区成员内在联系上指出："社区"一词一方面有一种情感上的力量，另一方面它还是一种对于发生在身边的和熟悉的社会环境的归宿感。随后，在社会学界，社区的构成要素被界定为：特定的地域、特定的人群、相应的社区组织以及社区中人们的各种社会活动和互动关系等。虽然社会学者的这一界定是针对传统的现实社区而言，但对于网络社区来说，仍然具有相当的借鉴价值。

在现实社会中，社区是人们生活的基本区域。人们在社区中生活、交往、休闲，从出生到成长直至终老，始终生活在社区的范围内。为满足社区成员的需要，每个社区都有一定的制度、机构和设施，用以规范社区成员的行为并为整个社区服务。同时，通过互动，人们在社区中形成了各种关系，并逐渐产生一些共同的行为规范、价值观念以及生活方式，生活于其中的成员均须遵循这些制度与规范。

现实社区的基本特征在网络这一虚拟社会中均有所映照，其中最典型的形态莫过于网络社区。随着互联网技术的发展和计算机的普及，人们不仅可以在现实社区中休闲、交往，还能在网上虚拟空间中发表言论、娱乐休闲甚至结交天涯海角的朋友，体验数字化的生存。当然，这个虚拟空间并非是完全的"自由乐土"，在其中亦有着无形但不容忽视的制度与规范。在这些基本特征的基础上，传统社区的形式在网络中得到了对应，网络社区随之产生了。

从全球范围看，伴随计算机的迅速普及和互联网技术的突飞猛进，网络社区经历了不同形态的演变与拓展——从最初的BBS电子公告板、新闻组、电子邮件，延伸至公共论坛、在线游戏和电子商务，再拓展至各种贴吧、博客、SNS、微博等新媒体形态，网络社区的表现形态越来越多样。目前，无论是在国外，还是在国内，网络社区尤其是其中的互动代表着网络应用的发展方向这一观点已经得到业内的广泛认同。

网络社区的雏形是BBS电子公告板，即通过网络来传播和获取信息的公告板或论坛。BBS诞生于20世纪70年代的美国，1978年在芝加哥地区的计算机交流会上，克里森认识了意气相投的罗斯，之后他们经常进行项目合作。但由于两个人不住在一起，而电话又只能进行语言的交流，加之当时芝加哥的暴风雪肆虐，因此，他们就借助于当时刚上市的调制解调器将彼此的苹果电脑通过电话线连接在一起，世界上第一个BBS就此问世。随后，BBS从两个人的联络平台发展为令人瞩目的全球公共话语空间。

中国的网络社区也是从BBS起步的。通过BBS，网民可以实现一对多或多对多的在线交流，体验从未有过的新鲜交往方式。1983年，BBS传入中国台湾地区。中国大陆最早的BBS站点是1991年在北京创建的长城站，由于互联网尚未开始普及，当时用户访问量每天只有十几人，且大部分用户为海外的中国留学生。1994年5月，国家智能计算机研究开发中心开通曙光BBS站，这是国内第一个真正意义上的网络BBS站点，尽管服务内容单一，界面稍显单调，但它聚集了国内最早的一批网民，并使国人逐渐认识了BBS，因而成为中国网络社区文化的开端。

在这一阶段，BBS尚未大规模普及，用户规模很小，多为国内的科技人员、计算机爱好者以及国外的中国留学生，其功能应用以发布新闻和交易信息、发表个人感想、互动式问答为主，且主要用于成员之间的信息交流与网络通讯。对于BBS的早期用户来说，尽管他们面对的只是单调粗糙的界面和曲折的交流方式，但毕竟突破了单向传播的界限，使得他们开始了真正的社会化互动交流，这种新鲜的交流方式在当时风靡一时。之后，随着互联网技术的发展，BBS如雨后春笋般涌现，且力量日益强大，其许多特性亦被后续出现的网络应用所借鉴。

当然，这一时期出现的新闻组、电子邮件等网络形态也具备了网络社区的基本特征。以新闻组为例，它可以通过一些软件，将不同的用户连接到一个基于网络的新闻服务器上，使得用户可以自由阅读他人的消息并参与讨论，可以说新闻组实现了网络社区的传播理想——网民的完全交互式传播。但由于种种原因，新闻组后来在国内并未大规模推广开来，用户仅局限于一些IT界人士或高校师生。电子邮件也是当时备受青睐的网络交流方式，它通过电子通讯系统进行信件的书写、发送和接收，是当时乃至今天使用最广泛的网络人际传播方式，也是网民进行离线交流的最重要手段之一。

## 第一代网络社区

世界上第一个真正的网络社区的出现，要追溯到1984年创建全球电子讨论链，它首次实现了“虚拟邻里关系”的交互式讨论和协商，1990年引进Cyberspace的名称，在当时成为世界上最著名的网络社区之一。

在中国内地，成规模的应用意义上的网络社区的出现，是以1998年3月大型个人社区网站西祠胡同的创办和1999年6月“全球华人虚拟社区”ChinaRen的登陆为标志的。其中，西祠胡同成功地发展了以讨论版组群为主导的社区模式，而ChinaRen则第一次以聊天室为核心，开发了游戏、邮件、主页、日志等一系列的以用户为中心的服务内容。之后，讨论版组群和聊天室成为各大社区网站的核心应用。以聊天室为例，它将天南海北的网民在线聚集，通过公共聊天室这一平台，为网民提供了一种极为方便快捷的沟通途径，从而成为最早出现的网上聊天方式。这一时期，中国国内较早出现的聊天室是“163网易聊天室”，在网易聊天室的黄金时代，同时在线的网民数最高曾达8万人，对于早期的聊天室网民来说，其上网的主要目的就是聊天，而聊天的平台便是聊天室。然而随着网络沟通方式的多样化，尤其是即时通讯工具的出现，聊天室逐渐失去其优势，再加上聊天室内容的变质，不健康、不文明、不安全的内容充斥其中，原来较为纯净的聊天室格调变得乌烟瘴气，这都使得聊天室逐步走向没落。

在这一阶段，另一个知名度较高的网络社区是1999年3月成立的天涯社区，其自我定位为全球华人网上家园。自创立以来，其以开放、包容、富有道义与人文气息的特色受到了全球华人网民的追捧。有数据显示，2000年3月1日天涯社区注册用户仅为104人，而到2010年3月，用户数已达3500多万，天涯社区逐渐发展成为以论坛、博客、部落为基础交流方式，综合提供个人空间、相册、音乐盒子、分类信息、站内消息、虚拟商店、来吧、问答、企业品牌家园等一系列功能服务，并以人文情感为核心的综合性虚拟社区和大型网络社交平台。从天涯社区短短十多年的发展历程可以看出中国互联网乃至网络社区用户群的变迁——由社会精英人士向普通大众的过渡，越来越多的普通网民掌握了话语权，开始参与到网络社区的话题讨论、情感交流、解疑答惑等活动中去。当然，网络社区用户主体的变化也带来了社区相应的变迁——从社区的结构到社区功能、从社区文化到社区价值等的变迁。

从2000年开始，中国网络社区获得了蓬勃发展，特别是2005年随着Web2.0时代的到来，国内网络社区的数量开始出现成倍地密集式增长。一些针对专门人群、专门领域的专业网络社区开始出现，如以书籍、电影和音乐评论为主体内容的豆瓣网、顶级摄影发烧友的聚集地——色影无忌、汇聚军事爱好者的铁血军事社区等。这一阶段，以天涯社区、西祠胡同、百度贴吧等为代表的大型综合社区以及以豆瓣网、铁血军事社区等为代表的专业社区成为众多网民的必经之地。

根据互联网的发展历程，这一时期的网络社区可以被称作第一代网络社区。第一代网络社区是当前网络社区发展的中坚力量，它聚集了数量巨大、特征迥异的网民，这些网民成为整个互联网网民群体中极为重要的一支。第一代网络社区的主要功能是实现信息分享与交流互动，例如，相对自由公开的BBS讨论和信息发布、在线即时聊天、在线游戏、电子邮件以及电子商务等，具有相同兴趣爱好或相关行业、领域的网民聚集其中，进行数字化的沟通交流以及信息的共享和汇集。

第一代网络社区的特性主要体现在两个方面：前所未有的开放性和亦真亦幻的虚拟性。首先，它充分体现了互联网开放性的特点，即没有固定的中心，也没有严密的管理机构和繁杂的规章制度，只有作用十分有限的社区管理员，网民可以跨越地域、身份、阶层、行业等的限制，与现实生活中不可能遇到的人交流交往。同时，网民也不会受到现实社会的各种约束，可以自由地发起话题，还可以很方便地加入、参与或者退出社区。总之，网络社区将社会特征迥异的群体纳入其中，实现了各种资源的共享，消解了传统中心化传播的控制，为网民自主性的发挥创造了平等、自由的空间。其次，它使得网络的虚拟性特征得到淋漓尽致的发挥，在第一代网络社区中，网民的相貌、年龄、身份、职业、阶层乃至性别等特征均被隐藏，惟一存在的是数字、图标和符号，鲜活的人在网络上被转换成各种代码，这种虚拟性在一定程度上避免了因相貌、身份、利益等诸多因素导致的交往局限。可以说，在第一代网络社区中，网民在享受快速信息传播与互动服务时，感受到更多的是自我隐匿、自我满足的快乐。

## 第二代网络社区

在第一代网络社区中，网络社区的开放性和虚拟性得到了充分体现，这不仅表现在互联网的无远弗届上，还表现在社区成员“见面不相识”的网上虚拟交际中，所以第一代网络社区通常被称作“虚拟社区”。然而，第一代网络社区虚拟性的交际方式一方面给人们带来了巨大的新鲜感和前所未有的自由，另一方面也因其过分注重商业化而略显冷漠。同时，成员的虚拟身份使得虚拟社区存在言论规制难、不真实等方面的问题。因此，强调实现“真正的人与人对话”、以人和社区为中心的第二代网络社区在21世纪初逐渐兴起，新型的社交网站（SNS）便是其中的典型代表。

SNS是英文socialnet working service的缩写，从内涵上讲，就是社交型网络社区，即现实社交关系的网络化。它将现实中的社交圈子搬到网络上，再根据不同的条件建立属于自己的社交圈子，以某个网民为例，以他为一个网络结点，在其相识的人之间形成了网状连接，就此组建了各种各样的网络小团体。SNS被视为Web2.0时代的六大主要形式之一。

2003年，SNS网站从美国兴起，短短5个月就风靡整个北美地区。成立于2003年3月的美国SNS网站Friendster被视为全球社交网站的鼻祖。

通过借鉴Friendster模式，中国SNS网站随后不久开始出现。2003年8月，海归精英刘健和饶磊创立了中文SNS网站“友友觅”UUme，其核心服务为“通过朋友认识朋友”的第二代在线约会交友。2004年1月，马云和其搭档刘勇推出了面向全球华人的社交娱乐网站“亿友”YeeYoo，并将自身定位为基于社会化网络的交友服务提供商。随后不到一年的时间内，国内涌现出了十几家类似的社交型网站。

然而，Friendster出现不久便遇到了发展瓶颈，2004年，由于注册人数超过了服务器负载的规模，致使网站运行缓慢甚至无法登录，这使得用户极为不满，由此导致Friendster在美国的用户大幅流失。与此同时，SNS的寒流在国内也开始出现，由于当时中国SNS的概念和市场远未成熟，“友友觅”UUme和“亿友”YeeYoo面临严峻考验，随后两家网站逐渐转型，其他SNS网站也基本未能存活，国内第一次SNS浪潮就此终结。

Friendster面临的困境很快被后来者Myspace打破，成立于2003年9月的Myspace是目前全球第二大社交网站，截至2007年已拥有超过2亿的注册用户，它为全球用户提供了一个集交友、个人信息分享、即时通讯等多种功能于一体的互动平台。2005年7月，Myspace被新闻集团以5.8亿美元收购，随后发展成为广受欢迎的SNS网站。

Myspace在美国的成功掀起国内新一轮的SNS风暴，2005年前后，大大小小近百家“中国Myspace”开始涌现，比较知名的有碰碰网、51.com、猫扑等。但是，如同第一次浪潮中“中国的FriendSter”们一样，2006年底，“中国的Myspace”也几乎全面遭遇滑铁卢，51.com、猫扑等网站纷纷转型。

Myspace出现不久，其超越者Facebook便诞生了。Facebook创建于2004年2月，是目前全球第一的社交网站，其创办者马克·扎克伯格当时为哈佛大学的学生，最初Facebook网站的注册仅限于哈佛的学生，随后扩展到美国的大部分高校，之后，在全球范围内有一个大学后缀电子邮箱的人（如.edu、.ac等）都可以注册，最终，Facebook向全球所有网民开放，任何用户只要输入有效的电子邮件地址即可加入。2008年5月，Facebook首次超过Myspace，成为全球最大的SNS网站。2009年12月，Facebook的独立人次达到4.69亿，从而取代AOL成为世界第四大网站。

伴随Facebook的神话以及国内市场的成熟，中国SNS网站进入真正的成长期。这一时期中国的SNS网站大都借鉴Facebook而来，2005年12月，中国内地最早的校园SNS社区校内网成立，2009年8月，校内网正式更名为人人网。校内网目前在中国大学生市场中处于垄断地位。创办之初，校内网为了保证注册用户的在校大学生身份，对注册信息进行了相关的限制，如必须具有特定大学的IP地址或大学电子邮箱才可注册，同时还鼓励大学生用户实名注册，上传真实照片。之后，校内网的用户逐步向已经毕业的大学生过渡，越来越多的白领通过校内网去寻找老同学，建立新关系。

真正将SNS概念推广到中国主流网民群体中的网站是开心网（kaixin001.com），2008年2月，程炳皓成立北京开心人信息技术有限公司，创建开心网，将市场目标锁定为都市白领人群，并很快受到都市白领的热捧。截至2009年12月初，开心网注册用户已近7000万，在Alexa全球网站排名中，它位居中国网站第八位，中国SNS网站第一名。

SNS网站能在国内推广开来，其最大的价值来源于SNS的真实性和实用性上。SNS网站一般要求用户使用真实的姓名和头像，为了在网上找到现实中的朋友，用户往往会主动注册自己的真实信息，通过这种相对真实的信息，用户可以向朋友分享自己喜欢的东西，转发自己喜欢的帖子，或者通过其他用户提供的资源解决问题。同时，SNS还可以将用户现实中的人际关系资源完全挖掘出来，从而在网上轻松地认识“朋友的朋友”，扩展人脉。

然而，如同FriendSter和Myspace，Facebook模式也有它的局限，尤其是中国的社交网站一直以模仿为主，创新能力和速度都无法与国外相比，因而导致国内如若邻、海内等网站在功能设置、服务模式、应用等方面十分相近，SNS市场同质化现象泛滥，创新严重不足。

尽管目前社交网站仍然处于发展蓬勃的阶段，但失败的例子同样多如牛毛，对于中国的SNS网站来说，危机和困局已然呈现。

## 社交网站的兴衰之路

在更新换代如走马观花的社交网站领域，兴衰更迭是不变的规律。人们固然对Facebook的成功津津乐道，但也不能忘记，在这个战场绝不可能只有赢家。在一个行业的发展历程中，胜败永远是互补的，因此人们才能从中深刻感受到互联网世界竞争的激烈，任何一项决策都可能影响一个企业的生死存亡。

Myspace：从社交中心到无人问津

2006年时，美剧《生死海滩》的童星杰尔米·杰克逊不能想象生活在没有Myspace的世界里。作为演员他急需观众的关注，而Myspace满足了他所有的需求。那时的Myspace是流行音乐的集中地，莉莉·艾伦、“我的另类罗曼史”都用它进行推广。杰克逊有1000多个朋友，他在Myspace上卖棒球帽，和女性朋友们眉来眼去，是Myspace生活的典型代表。但如今，“如果你在Myspace上做些什么，只会让自己看起来很可怜。”杰克逊依然需要为人气而战，只不过自2009年起就不再上Myspace，Facebook和Twitter是他的新平台。

2008年10月，巅峰时的Myspace在美国每月吸引7.59亿的访问量，但2011年5月这个数字已经降到了3.48亿。过去两年，它平均每月流失100万以上美国用户。由于Myspace近乎所有盈利均来自广告，用户流失直接影响了收入。2009年，它的广告收入为4.7亿美元，但到2011年，预计广告收入只有1.84亿了。

新闻集团2005年斥资5.8亿美元买下了Myspace和它的母公司Intermix公司。2011年2月，新闻集团却希望以1亿美元将Myspace出手。尽管如今社交媒体大热，Myspace却无人问津。直到6月底，网络广告公司specificMedia才以3500万美元低价收购Myspace。“Myspace成了新闻集团的眼中钉，也是很多用户的眼中钉。很多Myspace主页上充满了最烂的广告。”BTIG调研公司的分析师理查德·格林菲尔德说。

混乱的管理，错误的合并，以及数不清的战略错误，让

Myspace从最受欢迎的网站变成了如今的无人问津。飞速发展的科技、反复无常的用户行为和公众观念，再加上几亿用户让这家网站傲慢而缺乏创新，造成了它今天的衰败。

微软研究院社交媒体方面的资深研究员达娜·博伊德认为，社交网络公司会大起大落，原因在于用户们会根据种族、阶级、品位和审美自动集结，但社交网络对此无力改变。有影响的人会带走其他人。“用户的到来和离去并不稳定。就好像，你在织围巾，越织越长。然后有个人突然拉了其中一头松开的线，围巾就这么解体了。”

2003年时，45岁的德沃夫和40岁得安德森创立Myspace，当时两人都在互联网营销公司EUniverse工作。他们希望Myspace能比早期社交网站Friendster更随心所欲。Friendster一度很热，却也最终被用户抛弃。

Myspace一度有着命运之神的眷顾。网站的首批突破就由意外带来。2003年8月问世后不久，Myspace的开发人员意外允许用户们加入网络加成码，这让他们可以自由选择主页的背景颜色，个性化主页。万花筒般的审美，最终成了Myspace的标志。

德沃夫和安德森邀请有前途的乐队如“亿万少年俱乐部”和提拉·特基拉这样的人气少女加入Myspace。一开始，只有Myspace的用户才能看Myspace主页，及其上面的音乐和照片，但2004年Myspace取消了这个要求，所有人都能看Myspace主页。窥探隐私者剧增，网页浏览量猛涨，工程师们加班工作以应对增长的点击量。

2005年夏天，默多克突然买下了Myspace，任命福克斯体育网的罗斯·列文森领导这个社交网站。德沃夫和安德森也被保留。几个月后，Myspace的员工被转移到了贝弗利山的福克斯互动媒体的总部。理论上，德沃夫和安德森应该向列文森汇报工作，但实际上他们经常绕过列文森。

德沃夫当时的压力之一是让网站赚钱。当新兴的Facebook、Twitter的开发人员可以依托风投，更自由地开发产品，没有急迫的广告压力时，Myspace的经理们必须完成季度广告收入目标。2006年夏天，Google以3亿美元一年的价格成为Myspace未来3年的独家搜索引擎提供商，但条件是Myspace的访问量必须进一步提高，这使员工们压力陡增。

事后德沃夫认为，赚钱的紧迫阻碍了网站的发展。“广告的大小、质量和位置成了我们和新闻集团关系紧张的另一个原因。”有一则减肥广告，内容是一条短裤上面的一个褶皱的肚子。Myspace曾一度让福克斯互动媒体的销售团队停止出售画面令人不悦的广告，尽管这些广告点击率很高，砍掉它们意味着收入损失。“从长远来看这么做是对的，但通过新闻集团层层管理层需要很多工作，我们不得不百般讨好。”

“对赢利的要求使得很多本可以便利用户的措施却被缓行，因为那可能减少网页浏览量。”Myspace的前营销和内容主管肖恩·戈尔德介绍。

2007年，新闻集团曾打算把总部搬至曼哈顿西区，未来总部建筑图是以Myspace为核心。但那座大楼从没建成，Myspace对新闻集团的重要性也逐步消退。新闻集团收购Myspace的6年间，这个一度主导的社交媒体把市场和财富拱手让给了Facebook。根据两名前新闻集团管理人员透露，默多克在2007年收购《华尔街日报》后就对Myspace这个数字玩物失去了兴趣。

网站用户数量的增加掩盖了人们对其未来的担忧。在安德森的领导下，产品开发部门开发了很多插件：即时消息、自助广告平台、音乐播放器、虚拟卡拉OK机、用户个人资料编辑器、隐私过滤器、Myspace书单，等等。

当Facebook致力于开发能让外来程序员开发应用程序的强悍平台时，Myspace却什么都自己做。一些想法，如分类广告，蕴含着真正的商机，Myspace却没有足够的人力开发。

Myspace的产品检测也成了问题，新产品总是问题多多，让整个网站变慢，难以驾驭。“Myspace在产品开发上涉及过广，但不够深入，”戈尔德说，“我们推出了很多粗浅的产品，它们不是最好的。”

新闻集团高层并不是没有注意到Myspace的问题，它持续的成功掩盖了隐患。“在你每天增加30万用户的时候，很难想象自己做错了什么。”戈尔德说。

社交网络不稳定的一大原因在于它对公众意见非常敏感。2006年，美国康涅狄格州的检察长对Myspace上的色情图片展开调查，由于很多用户为青少年，该调查引起媒体轰动。Myspace在公众心中也变成了一个十分危险的地方。很快全美的检察官们都对Myspace展开安全方面的调查，疲于开发基础安全和隐私措施的Myspace只能暂停产品创新。

而就在这个时候，Facebook、Twitter以更精密的社交方式抢夺Myspace的用户。

Myspace没能建立一个有效的垃圾信息过滤系统加深了公众对它的坏印象。微软的伯德认为，这造成了一批白人中产阶级孩子离开Myspace，转投看起来更安全的Facebook。

2009年2月，Facebook不断增长的用户量直接威胁Myspace。其两个创始人克里斯·德沃夫和汤姆·安德森上了《查理·罗斯秀》。德沃夫解释道，Myspace不只是一个社交网站，它是人们能发现新朋友、新音乐和新电影的门户网站，它是年轻人居住的地方。“我们有世界上最大的音乐目录。”德沃夫说。安德森预测2015年时，Myspace的市值将达几十亿美元。罗斯提到默多克收购Myspace。

“对这个收购你们开心吗？”罗斯问。

“呃……”德沃夫说，安德森则笑得很难看：“那挺难的，对吧？”

然而此时，他们已经被新闻集团孤立。默多克曾很喜欢他们，他们和福克斯互动媒体的所有争执都能得到默多克的支持。但2007年默多克加紧收购道琼斯和《华尔街日报》之后，他们彻底失宠了。当年3月，Myspace和Google的合同即将到期，首席运营官，及两位分别负责工程和战略的资深副总裁宣布辞职开公司，Myspace的全球战略也已经失败。4月，德沃夫和安德森出局。在德沃夫离开后，Myspace美国员工裁员30%，海外裁员66%。剩下的员工随着福利的减少士气低落。

德沃夫不再为新闻集团工作。他依然有Myspace主页，但也不经常登录。每次登录他都会感到厌恶：“我对音乐产品有些失望，我们花了那么多时间，搞来的音乐许可比其他网站都多。”但Myspace的走向并不如他们的构想。“我想新兴公司被收购时总会有些文化冲突，”德沃夫说，“大公司每天开的会更多，有三层财政你必须经过，你要和其他部门的人合作，还要遵守工作礼仪。从那个角度来看，你的注意力基本不在产品上了。”

2010年2月，Facebook的前首席运营官欧文·范纳塔在就任Myspace CEO一年不到的时间就辞职。Myspace在默多克眼里早就成了明日黄花，他的新宠是只面向iPad的新闻终端《TheDaily》。

最终，Myspace难逃被草草卖掉了事的命运。或许曾经在这家网站花费了许多时间的用户仍会对它心存怀念，但不可否认事实就是这么残酷，Myspace终将被人遗忘，未来属于Facebook和那些更有竞争力的社交网站。在互联网世界里，从辉煌到落寞只是转瞬之间的事。

51.com的败局

51.com是中国最大最早的社交网站。创始人庞升东曾在1998年加入马云创办的中国第一家网络公司——中国黄页，那时他不过是个底层员工，连马云的面都见不上。

2005年，庞升东创办了51.com。此前他已经在互联网上赚了不少钱。51.com是一个起步相当早的社交网站，2008年，51.com注册用户数突破一亿，月独立用户超过2500万，总体流量仅次于腾讯，位居全国第二。这样骄人的业绩也为它赢得了大笔风投注资。

然而正是从51.com最辉煌的2008年开始，这家社交网站却并未如人们预期的那样再创新高，反而陷入了一连串的混乱，致使大批高层流失。

孰是孰非？或许庞升东自己也很难理清。

2011年3月，51.com发表声明称：51.com的共同创建人、高级副总裁张剑福“因健康原因住院治疗，手术后需要休养较长时间，所以无法继续担任公司首席战略官和51.com事业部总经理”，他的职务由51.com首席执行官庞升东兼任。

不过健康似乎更像一个体面借口，据张剑福自己表示，他的健康绝不像外界所称的那样的严重，不过他也承认，伤病痊愈后，他也不会再回51.com了。“我不想重复过去做过、而且别人现在已经做得很好的那些事情了。”张剑福含蓄地解释道。

在51.com所有员工中，张剑福无疑是身份最特别的一个。这不仅是因为他职务很高，更重要的是，他也是51.com的缔造者，从2003年起，张剑福就始终亲历着这个国内知名SNS公司的每一步成长。很多人都说，张的资历甚至比庞升东还老。

然而张剑福最终选择离开。不过，就在过去的短短三年中，51.com共计有超过20位中高层离职而去，似乎正印证了这家SNS网站的落寞。

从2008年开始，尽管连续获得红杉资本、海纳(SIG)、英特尔投资、红点投资、巨人集团等机构共计7600万美元的投资，但51.com却经历了最坎坷的三年奔波，至今元气大伤。

高层流失最早在2008年下半年。一位前51员工透露，当时51.com在投资方要求上市的压力下，开始大量招聘中高层管理人员，大肆扩张业务。这期间，由于公司事业部频繁调整，导致大量原有员工流失。

更大规模的高层流失发生在2009年。由于冲击业绩受挫，再加上金融危机导致预算减少，大批高管被迫离职。这其中既包括老员工，也包括庞升东从腾讯、网易、百度等上市公司高薪挖来的人才。

据一份不完整名单显示，从2008年至今，51.com离职的中高层超过20人。其中核心管理团队流失率高达80%，名单包括张剑福、谢孝平、邵辉、程悦、姚永和、张鹤、崔金峰等人；总监级别员工流失率也非常惊人，尤其是IM事业部和网站事业部，三年超过10位总监先后离职

另据多位知情人表示，由于过去三年时间漫长，且51公司内部职务经常变化，公司内部员工对管理机构认知混乱，中层团队

甚至经常出现“上个月才提升，下个月就离职”的情况，如今要完整描述出51的人事变革已经很难。

一些前51员工透露，当初很多人加盟51时都是为期权而来，“如果51上市的话，很多人身价超千万”，不过，这些人中的绝大多数人很快都选择了离职——“业绩高压和上市无望的情况下，大家走得都很彻底。”

巨人网络CEO史玉柱当年曾公开表示：51.com将于2010年上市。但直到如今51.com距离上市显然遥遥无期。甚至董事长庞升东本人——这位互联网最年轻的“新贵”，在历经三年人事沧桑后，也开始刻意保持低调。

虽然到2011年，51高层流失现象暂时告一段落，但公司却已元气大伤，挫折之后，只能在低谷间徘徊。

当然，如果简单地将51.com的三年挫折归咎于资本方，显然有失公允。不过，庞升东和他的51.Com战略挫折和动作变形，却和资本方的压力密切相关。

自2006年开始，51.com以收获7600万美元投资，成为中国互联网企业融资最多的企业之一。不过，大量资本的入驻也使51.com沦为资本控制的平台，创始人的话语权被大幅削弱。

2008年底，为了实现投资方要求尽快上市的目标，51.com所有管理层开始背负更大业绩指标压力，业务扩张也在紧锣密鼓进行。当时，51.com每日独立用户数量持续上升，一直到600-700万左右开始减缓，最高时曾达到800万。“当年公司内部都很盲目乐观，业绩目标就是要冲破每日1000万大关，结果这个数字一直没过，高层倒是逼走了很多。”知情人士回忆说。

实际上，在2009年之前，51的营收状况一直不错。2008年年底，“51币”（51.com推出的虚拟货币）每月销售高达300万元，全年广告收入有几千万元。“这些钱当时主要用于扩张，公司有了投资，自然暂时也不用担心这些钱。”知情人士表示，51.com当时并不缺钱，缺的是更高速的增长。

但正是为了“更高速的增长”，庞升东却在战略扩张方面犯了两个重大错误，并为此付出沉重代价。

首先，2008年庞升东决定全力做开放平台。所谓开放平台，就是通过引入第三方伙伴，使生态链得以延长，同时实现收入快速增长。为此，51连续推出商城、51群组、51秀、51问问，以及彩虹QQ等多个项目。不过，这个庞大的开放平台计划，最终却无疾而终。“开放平台的投入成本非常高，2008年大概就有1000~2000万元左右。如果一直亏下去，或许能扭转败局，但后来公司却决定放弃了。”

其次，庞升东过于轻率地进入了网游行业，并为此投入大量人力和心血。由于资源过度倾斜，甚至导致网站事业部资源缺乏和大量员工抱怨。他当时并未注意到，网游市场格局其实已定：盛大、腾讯、网易牢牢占据第一集团军队列，后来者的饭碗并不好抢。

2009年51公司组建的网游团队超过100人，并从腾讯等公司高薪挖了很多人。一些人回忆说，那时“声势非常大，可惜后劲不够，方向也没看准。比如2008年流行网页游戏，我们却在做客户端；比如社区游戏我们开发过一些，却基本不成功。作为几千万用户的平台而言，我们的网游收入其实很差。”当时红杉资本和海纳等投资方还提出“用户太低端，必须提升档次”的荒谬意见，也给51.com原先保持优势的SNS业务造成不少困惑，不少用户由于得不到重视开始出现流失。

于是，由于扩张太快和战略思路不清，加上原先业务受挫，

51公司不同部门之间矛盾开始日益激化，管理瓶颈随之凸现。

就在庞升东计划逐渐收拾乱局的时候，席卷而来的金融危机加速了51公司扩张计划的破产：由于担心未来经济形势不妙，51投资方红杉中国的母公司甚至发出“现金比母亲更重要”的呼声，51公司内部也被迫大幅削减开支预算，不少扩张项目被迫腰斩，大量员工心灰意冷选择离去。

纵观51.com的失败，深刻地体现了资本在商业运作中的两极作用：企业发展需要资金，但大笔资金的注入如果意味着掣肘，那么融资究竟是福是祸就很难说了。在这个方面，做得最好的是刘强东：不论如何融资，创始人都必须牢牢控制董事会，所以京东才能一路向前。

51曾以其迅猛的发展被称为行业黑马。对于它的结局，当时普遍有三种预测：一是企业获得巨大成功；二是企业取得了小成功；三是庞升东自己赔上800万。

对此，庞升东说希望看到最好的那一种结局，但如今，他或许不得不做最坏的打算。

## 国内社交网站的集体困局

相比起51.com的落寞，坐拥4.3亿美元的千橡人人网（原校内网），以及从2010年崛起的开心网（kaixin001.com）要幸运一些。虽然在过去三年他们避开了盲目扩张的失误，却也面临着同样的增长困境。

2010年8月，一家媒体撰文声称，千橡互动CEO陈一舟在ChinaJoy表示：“今年SNS网站整体用户没有上涨。他同时坦承：公司的营业额在这个月首次出现了下降。”这引起了千橡集团的不满。

千橡集团公关部对此更正说："陈一舟先生的原意为：'中国游戏行业首次出现营业额下滑。千橡集团所有的营业额都在成长'。"

不过，这样的回应并不能掩盖国内SNS网站发展滞缓的现实，业内用户也很难相信千橡增长速度如旧。易观国际发布的最新报告提醒说，SNS投资者需更加谨慎。因为其数据显示，2009年中国SNS市场同比增55.9%，用户规模增68.3%。这比起2008年中国SNS市场规模和用户规模高达344.6%和138.4%的增幅，增势已经明显萎缩和放缓。

近年来奇迹般崛起的开心网（kaixin）也在面临巨大的困难。据《环球企业家》报道，由于MSN传播到头、后续社区游戏缺乏、新鲜感出尽等因素，开心网活跃用户数量已经出现下滑。它更大的问题在于：过去通过火爆一时的社交游戏积累起的用户基础和关系，必须得到快速巩固和提升。

强烈反差还在于中外SNS网站对比。与美国Facebook一家独大局面不同的是：国内SNS长期由51.com、人人网、开心网等多个巨头瓜分市场，这导致任何一家都无法像Facebook一样保持用户和收入的持续增长。

从Alexa排名来看，在过去两年，Facebook流量稳步增长到全球第二名，但人人网和开心网增长却几乎停止，近期数月还出现下滑势头

CR-尼尔森相关人士分析说，Facebook是美国校园社团文化的在线延续，但在中国并不具备这样的环境。社区用户群的年轻化以及浓郁的乡情或地域情节使得国内社区网站更趋向于同城交友平台，而并不是个人社交圈的扩展。

在2008年尼尔森评选的国内十大SNS网站中，第九名的360

圈已经宣告关闭，尽管它曾获Koolanoo集团3300万美元投资；第五名的MySpace聚友网已经转型音乐垂直交友网站。除了开心网、人人网和51.com外，前十名SNS网站如今大多被边缘化或衰败。

一些小型SNS网站更是濒临死亡边缘。曾获200万元投资的蚂蚁网近日宣布停止运营，韩国SK投资2700万美元的赛我网已与粉丝网合并，几乎等于消亡；此外的众多社交网站如一起网、天际网、占座网、亿友网、亿聚网、同学网等，其实都已名存实亡。

互联网分析师刘兴亮表示，SNS行业进入萧条期是“正常轨迹”，因为最早SNS网站因为很新奇，能吸引眼球。但如今传统SNS网站如51和校内网（人人网）热度已经过去，自然会开始下滑。

而导致下滑最主要的原因是急功近利，不能踏实的运营，资本回报的压力太大；另外，整个行业比较混乱，很难有稳定有效的盈利模式，大家都在争夺游戏，也使得投资者和运营者都难以看到希望。

一些专家认为，SNS未来必须走整合信息的道路。刘兴亮认为，雅虎时代是通过人工整合信息，谷歌时代是通过技术整合信息，未来将是SNS时代，是人工+技术的整合。但在中国，SNS要真正摆脱困境，还需要探索更多的发展思路。

来自微博的挑战

对于绝大多数网民来说，微博这种东西与博客几乎没有任何实质上的区别。按照最流行的解释，这无非是人们打发自己碎片化时间的一种方式而已。因为都是碎片，所以满足的要求即为

“随时随地”。

如果把人们消耗在微博上的碎片时间拼接起来会有多长？艾瑞网络用户行为监测的数据显示，在SNS类网站中，微博客的月度有效浏览时间比例从2010年的1.5%上升到10.0%，实际月度有效浏览时间从760万小时上升至7700万小时。这其中绝大多数零散片段是在新浪微博上挥发的，与之对应的用户数增长速度的想象力：微博客鼻祖Twitter全球范围内达到5000万的用户规模花了两年时间，2009年8月28日正式启动对外公测的新浪微博只花了14个月时间。

千橡互动集团产品技术高级总监黄晶承认新浪微博的发展速度“超乎我们的想象”。超乎想象的原因中，黄晶认为相当一部分是新浪微博“能把很多明星放上去”。而活跃名人的数量是衡量一款Twitter类产品是否具有吸引力的重要指标，在这点上中美趋同，而超越Twitter的增长原因，则是新浪对新浪微博“媒体属性”的强调。

比如Twitter尽管在孟买恐怖袭击、纽约哈德逊河迫降等新闻事件中大放异彩，但Twitter摆脱一般性社交网站身份还是最近的事。大半年前，Twitter的CEO迪克·科斯特洛（Dick Costolo）还处于“试图确定什么是Twitter长期宗旨”的阶段。2011年1月初的CES国际消费电子展上，迪克·科斯特洛才明确了Twitter要做“地球脉搏”的内涵：“随时随地连接世界各地的人们和对他们而言最重要的事情”。

不同于微博鼻祖的“长期茫然”，2009年新浪CEO曹国伟发展新浪微博之初就笃信：“微博会成为非常重要的媒体平台”。“转发”、“评论”等功能以Feed(一种按特定格式和订阅关系的信息分发系统)的形式，确保了一条信息可以自动流传至微博这个平台的每一处末梢，而“普通大众将提供与分享他们本身的事实、本身的新闻”这个“自媒体”的定义，最终引爆了微博的热度。根据新浪的数据，新闻类话题占微博用户所讨论话题总量的1/5以上。

因此互联网观察人士洪波认为这鲜明反映了中美文化之间的差异:“中国人缺什么，互联网就弥补什么。我们缺新闻媒体，而新浪微博则是全新的信息渠道”。

就在这两年新浪微博以其传播功能红遍全国时，前两年大行其道的社交网站(SNS)们则开始走向边缘地带。根据艾瑞咨询的数据，微博的月度有效浏览时间增长8.5个百分点自不待说，连最老牌的社区网站月度有效浏览时间都从23.2%上升到了26.2%，独独社交网站的月度有效浏览时间占比从74.1%下降到62.2%。

提到社交网站，在中国的代表者是开心网。但如今业内人士提及开心网，接下来十有八九跟着这么一句话，“它流量下滑得特别厉害”。开心网的流量曲线在排名网站Alexa的统计图上，也几乎在做自由落体运动。

开心网的崛起开始于社交游戏，“朋友买卖”、“争车位”等游戏组件通过MSN链接的“病毒式营销”迅速蹿红于白领人群，其后推出的“偷菜”更是将开心网的流量和用户数推上SNS网站的头把交椅。公开资料显示，作为一家2008年3月创立的网站，2009年底开心网已经拥有超过7000万用户。

遗憾的是，游戏组件能带来用户和流量，其短暂的生命周期也成为开心网的致命软肋。“偷菜”、“抢车位”红火了一年半载之后，开心网再无同等级别的游戏组件问世。截至2010年9月，开心网注册用户仅突破9000万，增速相较前两年只能说是平稳增长。“前两年属于可遇而不可求的，碰上就碰上了。”开心网品牌战略总监、高级广告架构师孙璐评价开心网的游戏组件时说道。

自2010年春节前后，开心网的社交游戏便慢慢不能满足用户需求了。

社交游戏势落，开心网的应对步伐却显得沉重。国内大型SNS网站中，开心网推出开放平台的速度是最慢的。2007年5月，Facebook即开放平台打造专属于自己的生态系统，而51.com成为谷歌OpenSocial的合作伙伴，于2008年6月推出了开放平台，一个月后人人网也宣布开放，等到2010年5月，开心网第三方组件平台才正式上线。对此开心网的解释是，不希望第三方组件开发者将开心网平台打造成捞钱工具从而破坏用户体验，而且打造平台开放耗费的投入很大，开心网需要时间。

遗憾的是，用户的兴趣转移不会留出多少时间，国人的实时信息网络需求已经开始左右SNS行业格局的走向。社交游戏疲软之后，“相当多的开心网用户转移到转帖上”，结果正好撞上了新浪微博用户数的狂飙突进。从2010年4月28日到8月28日，新浪微博平均每月新增500万用户，从8月28日到10月底，新浪微博平均每月新增1000万用户。“开心网的用户行为跟新浪微博的用户行为目前有较高的重合性，分享信息的需求可以被微博很好的替代。”洪波说。

开心网显然意识到了微博的巨大冲击，再无应对举措，近亿ARPU(每用户平均收入)较高的白领用户的巩固都会成为一个难题。程炳皓决定推出开心微博，让其内容分享依托于开心网的真实关系用户。他谈到，“白领们就同一件事更容易产生共鸣，微博的互动价值会很高”。于是，在2010年10月下旬，程炳皓对外公开宣称已筹划两个月的开心微博将开始公测。

与开心网等待开心微博公测相比，千橡互动董事长兼CEO陈一舟说是自己压住了2010年上半年已经完成开发的微博产品没上。陈一舟表示："就像当年放弃做视频网站一样，千橡是小公司，放弃了(微博客)也不觉得可惜。"

"如果什么都做，则萝卜不是萝卜，青菜不是青菜。"在陈一舟眼里，"人人网是萝卜，新浪微博是青菜，微博客的DNA中80%是博客，20%是社会化网络，SNS跟微博客之间没有多少竞争关系。"

尽管受过游戏组件的影响，但"写日记、贴相册"等相对具有独特优势的用户行为，帮助千橡互动的人人网躲过了开心网的命运，2009年由"校内网"更名为"人人网"后的市场宣传还拉动了大批新增用户涌入人人网。

但洪波对人人网并不看好，"人人网很难成为Facebook那样的社交基础设施，它可能会走向边缘化。"理由也很简单，人人网最初的起点差不多就是终点。与互联网在美国更多作为商务用途、生产力工具的性质不同，交流手段、公共空间匮乏的中国人进入互联网之初的"交流意愿极强"，腾讯填补了这个空当，QQ、QQ群的相继崛起已经最大范围满足了一对一、一对多的沟通需求。后来者想做关于人的市场时，发现只剩下细分市场了。人人网的创始人王兴回顾当时还叫校内网的人人网时说，大学生相对封闭，整天忙着约会，毕业后他们又自然的把关系向工作圈辐射，这是SNS最好的切入点。

尽可能快的占领学生市场后，人人网也桎梏于这一群体内。"我们在大学生中的用户群很多，在大学生之外的用户群很少。"2009年8月校内网更名的新闻发布会上，陈一舟承认，名字在某种程度上成为校内网拓展多元用户群体的瓶颈。为配合这次改名和用户拓展，千橡互动推出了一系列广告宣传。从2009年10月到2010年10月，人人网新增用户6000万。黄晶表示，目前4.2亿网民中有1.6亿是人人网用户,“大部分是白领”。

不过洪波认为，人人网也已触摸到了成长的边界。“它的市场空间也就那么大，再往外走会碰到腾讯用户的制约，社会交往是通过QQ运行的，人家不需要你。”他说，人人网的任何扩张冲动,“都会遭到腾讯的棒喝”。

不过人人网似乎也没有像51.com那样挑衅QQ的意图。“我们做的很多用户调研显示，比较草根一点的网民使用人人网是有障碍的，他们目前确实不是我们的目标用户。”黄晶认为随着网民素质的慢慢提高，白领+学生的市场规模会慢慢变大。

2010年10月，人人网推出了“人人喜欢”、“人人报到”、“人人爱听”、“人人派对”、“公共主页”等5款产品，囊括了移动平台、娱乐产品、LBS(位置服务)、跨平台整合这些社交网站最被看好的发展方向。同时人人网中已经出现了一些微博客的元素，比如人人网的“状态”功能可以让用户及时修改自己的状态。而事实上，自从2007年之后，人人网用户就从千字文级别的写作转向了更新状态,“写的频率非常高”。

不过黄晶否认“状态”与微博客之间的竞争关系,“人人网是一个真实的社交平台，在这里可以找到老朋友、发现新朋友，我们会是一个工具性的平台，而新浪微博是一个媒介品。”

但新浪显然不同意这一观点。其微博白皮书中引用DCCI互联网数据中心的观点认为:“把微博理解成媒体是狭隘、短视的，人际实时交互关系网络是微博逻辑的核心”。其发展脉络的第一步即是“多站之间的分布式服务，作为一种标配服务将变得无所不在”。

不过，对于网民来说，在不同平台上厚此薄彼是必然的现象。微博终将挑战社交网站。

当然，这种挑战未必是你死我活的激烈交锋，毕竟二者在许多方面就有着本质的不同，或许某天，不论社交网站或是微博都无法完全占领市场的时候，将两者融合或许是最好的解决之道。

# 第九章

# 乔布斯魅力独具领袖硅谷传奇<br>深陷创新瓶颈中国创造力堪忧

半个世纪以前，硅谷还只是一个不知名的小地方。虽然那里有着美国西海岸著名的斯坦福大学，但是许多学生毕业后仍然选择去东海岸工作。直到1951年，威廉·肖克利在一间车库里创建了惠普公司。这一事件也成为硅谷向高科技产业中心演变的滥觞。

纵观IT行业尤其是互联网发展的这数十年时光，硅谷在其中一直扮演着重要的角色。对于任何企业和个人来说，创新永远是成功的唯一动力。人们或许会感到奇怪，自第三次科技革命以来，尤其是最近二十年，没有任何一个行业发展与创新的速度能与互联网相比。对比我们今天所享用的似乎是理所当然的技术成果，放到十年，甚至五年前都是不可想象的。或许正是摩尔定律揭示了IT行业的规律，也充分证实了相比起其他传统的产业，互联网的确是这个时代最好的创业平台，由此，我们也目睹了一个又一个由互联网造就的成功故事和财富神话。

在这些故事中，史蒂夫·乔布斯无疑最令人津津乐道。他独具魅力的个人风格，天才的创新思想，对美学与设计的执着，大起大落的人生经历以及给全世界用户带来的颠覆性体验，都是硅谷创新传奇的典型。

然而很多事情仅仅关注表面是不够的。虽然互联网给人们搭建了优越的创新平台，但在这个没有硝烟的战场上，竞争的残酷同样可想而知。它交织了技术、资本以及多方势力间的博弈，想要真正获得成功，绝不是将别人的经验轻而易举的复制过来那么简单的事。

不过，对于任何一个在互联网世界里生存的公司或个人，创新始终是不可动摇的精神，它将最终决定你是否有资本赢得未来。

## 乔布斯式的新奇迹

2011年10月5日，苹果公司创始人史蒂夫·乔布斯在帕洛奥图的家中与世长辞，享年56岁。在与胰腺癌抗争了八年，苹果新一代iPhone 4S发布仅仅一天之后，乔布斯结束了他富有传奇色彩的一生，然而，他那充满想象与创造力的人生，却正是硅谷强大而不懈的创新精神最好的证明。

世界上或许从未有过这样一家公司，与一个人的命运联系得如此紧密，或者说，一个人就等于一家公司，但是乔布斯和他一手创建的苹果公司却正是如此。不论比尔·盖茨的微软，拉里·佩奇的谷歌，拉里·埃里森的甲骨文还是马克·扎克伯格的Facebook，硅谷的大多数互联网或是IT公司都带有浓厚的工程师文化，领袖的力量固然重要，却并未到不可替代的程度。即使当年比尔·盖茨宣布从微软退休，所带来的影响也很有限——它们都无法与乔布斯和苹果的关系相比，因为极端注重技术与工业设计并重，美学与创新至上的苹果，没有乔布斯天才的大脑指路，是无法获得如今这般成就的。

1972年，乔布斯从加利福尼亚州洛斯阿图斯的Homestead高中毕业，进入俄勒冈州波特兰的里德学院读大学，然而由于养父母无法再负担他的学费，不得不于六个月后退学。因而乔布斯又成了一位中途退学型天才的典型，只不过他并非像盖茨和扎克伯格那样出于自愿，而是迫于无奈。

早在读初中时，乔布斯就在一次同学聚会上与斯蒂夫·沃兹尼亚克（Steve Wozniak）一见如故。当时沃兹尼亚克是学校电子俱乐部的会长，对电子有很大的兴趣，两人一拍即合，也由此奠定了后来苹果公司的基础。

退学后的乔布斯成为雅达利电视游戏机公司的一名职员。借住在沃兹尼亚克的车库里，常常到社区大学旁听书法课等课程。1974年，他前往印度灵修，随后又返回雅达利公司，升职为一名工程师。

出于兴趣，乔布斯和沃兹尼亚克经常在车库里琢磨电脑技术，希望能拥有一台个人电脑。然而在当时所有的计算机都是商用的，体积庞大，价格昂贵，于是两个人产生了自己动手制造PC的念头。

制造个人电脑最必需的是微处理器，但当时的8080芯片零售价要270美元，并且不出售给个人。乔布斯和沃兹只好不断地寻找，最终在1976年度旧金山威斯康星计算机产品展销会上买到了摩托罗拉公司出品的6502芯片，功能与英特尔公司的8080相差无几，但价格只要20美元。

紧接着，两个狂喜的年轻人便回到他们的车库，开始了一项伟大的创新。他们设计了一个电路板，将6502微处理器和接口及其他一些部件安装在上面，通过接口将微处理器与键盘、显示器连接在一起，仅仅几个星期，电脑就装好了。

见过这台电脑的人都惊讶于它无比伟大的创意，不过他们并不清楚这个东西会带来多大的影响，毕竟他们只是一群技术天才。于是这个时候，乔布斯体现出了他过人的商业天赋：他立刻意识到个人电脑的巨大市场价值，决定将其批量生产。

为了筹集资金，乔布斯卖掉了自己的大众汽车，沃兹·尼亚克也卖掉了他的惠普65型计算机。凑出了作为启动资金的1300美元后，1976年4月1日，乔布斯、沃兹及乔布斯的朋友龙·韦恩（Long Wayne）三人签署了一份合同，决定成立一家电脑公司。

就这样，21岁的乔布斯与26岁的斯蒂夫·沃兹尼亚克在自家的车房里成立了苹果公司，公司的名称来自乔布斯偏爱的苹果，他还一手设计了那个后来全球最令人惊艳的著名商标——一只被人咬了一口的苹果。他们将第一台自制的电脑命名为“苹果I号”，最先开创了个人电脑的时代。

起初苹果电脑卖得并不好，直到保罗·特雷尔（Paul Jay Terrell）独具慧眼地发现了苹果的价值，一口气订购了50台，这也是苹果公司的第一笔生意。

从那以后，苹果电脑一下子名声大振，开始了批量的生产。1977年，乔布斯花费巨资在美国西海岸展览会上展示了自己的苹果电脑2号样机。它一改过去个人电脑沉重粗笨、设计复杂、难以操作的形象，以小巧轻便、操作简便和可以安放在家中使用等鲜明特点，立刻虏获了众人的目光。

1980年，《华尔街日报》用全页广告写道“苹果电脑就是21世纪人类的自行车”，并刊登了乔布斯的巨幅照片。同年12月12日，苹果公司股票公开上市，在不到一个小时内，460万股全被抢购一空，当日以每股29美元收市，瞬间苹果公司高层产生了4名亿万富翁和40名以上的百万富翁。

如同他的前辈，也是偶像的惠普公司联合创始人大卫·帕卡德，乔布斯在一间车库里打造了一个硅谷的传奇，靠的正是他出众的创新精神和独到的商业眼光。

然而初尝胜利果实的乔布斯却忽略了隐藏的危机。他的苹果电脑虽然卓越，但价格过于昂贵，不适合大多数美国家庭，于是IBM趁虚而入，推出了廉价PC，抢占了市场，而比尔·盖茨的微软也偷师乔布斯独创的图形界面操作系统，推出了著名的Windows，占据了操作系统的大半江山。一时间，苹果在最具优势的两大领域败走麦城，董事会将此归咎于乔布斯的决策失误，不得已，乔布斯只得黯然离开苹果，开始了人生的第一次大起伏。

离开苹果的乔布斯创立了next电脑公司，虽然在操作系统方面依然保持领先，但业绩始终乏善可陈。在90年代离开苹果的这段时间里，真正值得称道的反而是皮克斯动画工作室的建立。当时乔布斯和卢卡斯致力于通过电脑技术打造3D动画，皮克斯就是这种构想的产物，最终，它成为了全球动画产业的泰山北斗，在创作与制作方面几乎无人能出其右。

另一方面，失去了乔布斯的苹果则一落千丈，不得已在1996年收购了next公司，乔布斯也得以重返苹果。经历过一番波折，乔布斯再次站到了世界之巅，这一次他对传统的颠覆更甚以往。

在上世纪90年代末到本世纪最初的10年间，事实上苹果总共只发布了3款全新的产品：iPod、iPhone和iPad，但是每一次发布都成为一场彻彻底底的颠覆。正是这3款理念超乎想象，外观美到极致的产品改变了人们对于便携式播放器、智能电话以及电脑的认识。人们藉由苹果的产品第一次意识到，原来MP3可以储藏上万首歌，并且能够通过在线商店购买音乐，由此彻底抛弃了由唱片和CD构成的传统音乐模式；电话原来不仅仅可以用来通讯，更可以变成一台便携式的个人信息处理终端，将办公、音乐、游戏等各种功能集合于一体，并且通过最简单的触控方式轻松实现；而电脑再也不会沉重，可以轻松地随身携带，成为移动生活的一部分。这些都源于乔布斯独到的创新理念。他霸道地认为，公众并不知道自己需要什么，因此要由设计者来引导他们，让他们了解自己的需求。尽管这种观点令许多人不爽，但不幸的是，事实就是如此，乔布斯做到了，因此苹果超越谷歌、微软，甚至超越老牌石油公司埃克森美孚，成为全球市值第一的公司，造就了一大批“果粉”，书写了一个只要有新品推出便会引得世人争相追捧的奇迹。

这就是乔布斯和他的苹果的传奇，不但烙印着深深的硅谷特色，甚至凸显着独到的乔布斯特色。

不过，剔除乔布斯个人魅力的部分，苹果的成功其实依然是硅谷传统的体现，那就是不懈的创新与追求，以及对个性极端的崇尚。

马云曾说，中国永远也出不了一个乔布斯，哪怕乔布斯生在中国，他也成不了乔布斯。虽然显得偏激，却相当在理。硅谷的创新土壤和深植于骨髓间的理念是其他任何地方都不具备的，它能诞生乔布斯、盖茨、佩奇、杨致远、扎克伯格等一众天才绝非偶然，甚至在中国大放异彩的李彦宏等人也多少受到了硅谷文化的熏陶。这足以证明，以创新为动力的硅谷精神在这个创意为王的年代是多么重要。

当国人慨叹为什么中国打造不出硅谷那样的传奇时，我们首先应该弄明白的是，硅谷的创新之魂究竟来自何方。

## 硅谷的成功秘笈

美国硅谷被全球很多创业者看成是“把最疯狂的梦想变成现实”的地方。“硅谷”一词为人所知不过40年，却不断有成功者的传奇故事上演：英特尔、思科、甲骨文、苹果……几乎所有这些大牌企业都是靠创新赢得了天下。

然而在创新的背后，那些从硅谷摸爬滚打出来的高人，在总结他们的成功时，提及最多的却是失败。一位硅谷资深软件开发工程师说，在位居全美房价前列的硅谷，没见哪家高科技公司急着投身房地产，也没人像华尔街银行家那样只顾贪婪赚钱，“交流点子，解决问题”是硅谷上到公司领袖，下到开发员工长久坚持的热情。这一切都是硅谷的魅力所在。

为什么要去硅谷

马特·桑切斯(Matt Sanchez)曾是个狂热的移动办公拥护者，他认为互联网能让企业设在任何能接上网的地方，所以人们不必再拘泥于某个办公区域。但后来他的观念改变了。

在桑切斯和两位朋友成立VideoEgg Inc.公司两年之后，这位耶鲁大学电子工程专业毕业生发现，自己在硅谷度过的时间要比在公司总部的时间多得多。于是，他和他的四名雇员在2004年12月份将服务器、白板以及台式电脑打包装入一辆箱式货车中，奔向硅谷。

在搬到硅谷的这些年间，这家网络视频技术公司获得了不少风险投资，日渐发展成熟。并在2010年收购博客平台six apart后，更名为Say media。“硅谷具有其他地方所没有的独特资源。”桑切斯说，“如果你准备成立一家技术公司，硅谷就是正确的。”有业内人士早在网络热潮的初期就曾预言，互联网会让企业家摆脱地域的牵绊，迁徙到成本更加低廉的地区办公，这将使得硅谷的孵化优势逐步淡化。

但事实却正好相反，大批像VideoEgg这类公司正在涌入硅谷及其周边地区，这说明旧金山湾仍然具有独特的综合优势——风险投资资金以及熟练工人，这些正是科技公司无论如何也不能错过的发展条件，对那些中小企业尤为重要。

当然，分布在美国其他地带的科技园区也十分活跃，备受瞩目的有微软公司西雅图总部的周边地区以及波士顿地区等。但这并不能阻止更多的公司直奔硅谷，特别是那些由20多岁年轻人领导、雇员数不超过5人的科技初创企业。

这其中不只有美国公司。几年以前，互联网视频公司Metacafe Inc.就将其总部从以色列特拉维夫搬到了帕洛阿尔托。

Box.net公司21岁的CEO阿隆·列维(Aaron Levie)说，我们在西雅图时曾想进行一些融资，但发现硅谷的风险投资企业更能接受年轻的创业者。根据Thomson Financial的数据显示，虽然Box.net从西雅图投资者那里也获得了一些资金，但却从加州门洛帕克风险投资企业净获得了150万美元的大笔融资。

中小企业的到来推动了硅谷的复兴。2000年互联网界第一轮泡沫破裂后，许多办公室闲置下来，如今全部被这些新加入的公司挤得满满的。他们不断招聘员工，创造了大量就业岗位。

帕洛阿尔托风险投资机构Accel Partners公司的合伙人之一凯文·埃法西(Kevin Efrusy)称，他会在全球寻找潜在的投资机会，但当一家公司达到需要构建一流的管理团队和获得更多资金时，如果公司不在硅谷就会麻烦得多。当然，搬到硅谷后也并不是就万事大吉了。这里的经营成本依然居高不下，特别是劳动力成本。美国电子业协会在最近的报告中称，根据最新数据，硅谷员工2004年的平均年工资为126700美元，而美国全国高科技员工的年平均工资为72400美元。

尽管成本偏高，但企业表示，他们别无选择，搬到科技人才更为集中的地区更有利于公司发展。圣何塞自称为硅谷之都，根据美国电子业协会的报告，据说圣何塞每1000人中就有284名科技人员，而全美的平均数据为51人。

埃法西说，这里是雅虎和eBay等互联网巨头的所在地，也是为数不多的能招聘到优秀互联网管理人员的地区之一。“这里更容易招聘到我们需要的科技人员。”

对不断壮大的中小企业而言，身处硅谷可能意味着招聘时间上的节省。Mobius Microsystems公司的首席执行长大卫·赛克斯(David Sikes)在2005年将公司从底特律搬到桑尼韦尔后，他仅用了4个月的时间就招聘到了曾在柏士半导体、德州仪器等公司工作过的高级管理人员，如果想在底特律招聘到类似的管理团队，估计需要一年甚至更长时间。

同样，VideoEgg公司的桑切斯也表示，在创业之初，他用了一年多的时间让公司成为纽黑文地区生机勃勃的企业，前景似乎一片光明。2005年4月，VideoEgg获得宾夕法尼亚州一位前eBay管理人员的投资。桑切斯及其团队用这笔资金聘用了几位工程师，开发了自己的互联网技术，让人们轻松地将视频传到网络上。

但桑切斯很快就发现难以在康涅狄格招聘到优秀的开发人员。而且，当他开始会晤潜在的合作伙伴和风险投资家时，他发现几乎每周一早上6点都要飞到硅谷，然后坐周五夜里的红眼航班飞回东海岸。他说：“在搬去硅谷前那一年10月和11月，我在加州呆的天数比在东海岸还多。”

不过，向硅谷搬迁却并不顺利，桑切斯和他的团队被迫在旧金山机场附近的一个旅馆中凑合了三周，每个房间每晚花费达52美元。搬进硅谷后不久，该公司获得了August Capital的风险投资。

如今桑切斯每周至少都与公司的风险投资家和顾问见一次

面。他和他的团队还频频同附近其他创业公司的企业家共进午餐。对此他表示说："我并不怀念纽黑文。以前为了会面，我需要提前两周安排计划，并预订机票。而现在我能约人边喝咖啡边谈事情。太方便了！"

风险投资对科技企业的重视与巨大的人才优势，或许这便是在一个互联网无处不在的时代，人们依然愿意搬去硅谷创业的原因。

无处不在的创新与包容

上世纪50年代，美国西海岸旧金山以南大约65公里处的狭长谷地还是盛产樱桃等水果的"心灵欢乐谷"。没有人能想象，到了70年代初，它成了多家半导体行业的集中地，也使得"硅谷"这个名字就频繁出现在美国的媒体上；再后来，硅谷成了这里最著名的称谓，也成为全球最高科技的代名词。

1939年，毕业于斯坦福大学的休利特和帕卡德在加州帕洛阿尔托市爱迪生大街367号的一间狭窄车库里创建了惠普公司，声频振荡器是他们的第一个产品。后来有人把这里称为"硅谷诞生地"。37年后，斯蒂夫·乔布斯和搭档成立苹果电脑公司，同样，他们的第一台微型计算机就诞生在乔布斯家的车库里。除惠普和苹果外，硅谷地区还造就出英特尔、思科、太阳、甲骨文、硅谷图像、雅虎、eBay、谷歌等一大批知名企业。硅谷地区总面积约3800平方公里，在大小40座城市中生活着260万人，其中有1/10的人从事IT、计算机等高科技行业。据2008的统计，硅谷地区创造的GDP占美国总GDP的5%，而人口不到全国的1%。硅谷人均GDP达到8.3万美元，在全美也居第一。在硅谷，企业把自己当成最强的竞争对手。很多人都会重复seagate技术公司董事长舒格特的一句话："有时候我在想，没准哪一天你早晨宣布一个新产品，晚上就会宣布淘汰它。"

硅谷的成功有很多因素。提到硅谷，不能不提始建于19世纪末、校园面积全美第二大的斯坦福大学。正是一项不经意的"创新"让硅谷与斯坦福大学紧密相连。1959年，斯坦福大学将1000英亩的校区以非常低廉的价钱长期租给工商业界或毕业校友创建公司，这不仅成为斯坦福大学的转折点，也使当地逐渐形成科技尖端、精英云集的"硅谷"。硅谷的成功，不仅斯坦福大学功不可没，也与加州地区数十所大学在相互竞争中为硅谷造就新鲜血液有关。

《硅谷传奇》等美国电影都热衷于讲述苹果、微软等企业的崛起和成功。但很多人也许没有注意到，其实让整个硅谷成名的是无数人的失败。英国广播公司曾报道说，"失败是硅谷成功的钥匙"。美国知名科技博客网站"风险节拍"也说，"对硅谷的企业家来说，失败是个可选项"；甚至美国科技新闻网站"连线"形容说，"在硅谷，失败是必修课"。百度总裁李彦宏则在他的《硅谷战争》一书中对硅谷模式的成功经验进行了总结：除了强调当地"民主的管理结构，高质量的人力资源，密切的公司与公司间的关系，极其快速的应变能力和艺高人胆大的工作作风"外，还"要允许失败"、"要容忍有创造性的混乱"。曾在硅谷打拼多年的李彦宏说，"要让那些敢于冒险的人得到回报，而不能惩罚敢于冒险却失败了的人"。

从苹果公司到惠普，从甲骨文公司到雅虎，许多成功的硅谷企业，当年都经历过形形色色的艰辛与失败。为了彰显失败与创新的重要关联，首届硅谷"失败大会"于2009年10月召开，会上的主讲人都是愿意讲述自己如何吸取失败教训的成功人士。美国用户最多的互联网支付工具———贝宝（Paypal）的创始人之一麦克斯·拉夫琴就在会上谈起他坎坷的成功之路。在来到硅谷以前，拉夫琴就有过多次失败创业的经历。他在硅谷创立的首家公司本来拥有领先的核心技术，然而，就在他推出主打产品的同时，另一家名为“双击”的企业也推出了极为相似的服务。拉夫琴的公司在竞争中失败，他本人也负债累累。拉夫琴不是怨天尤人，而是认真总结教训。他发现：自己之所以失败，是因为创业团队中没有能够帮助他适时调整公司发展方向的合作者。他毫不气馁，终于与他人合作创立贝宝。美国国务院国际信息局主办的《美国参考》评论说，硅谷人学会接受“失败是成功之母”的道理，他们不是为一连串失败的创新感到羞愧，而是把这种经历当作荣誉勋章，并知道他们会不达目的决不罢休。

一些在硅谷的华人工程师说，在硅谷的大多数公司里，一个人只要技术足够强，善于创新，就能赢得饭碗和尊敬。除了敢于承担风险，勤奋也是硅谷人成功的基本要求。10年前，德国洪堡大学一位计算机科学系教授在对硅谷进行追踪调查后说，硅谷成功的一个秘密在于硅谷人辛勤甚至疯狂的工作，很多人可以每天工作12到18小时，每周工作7天。

对创新的无上追求以及对失败的包容，始终是硅谷最看重的精神，融进了每一个人的血液。也正是这种精神几十年如一日地维持着硅谷的活力。

难以复制的硅谷模式

硅谷在过去几十年，不仅是美国青年向往的就业地，也是来自世界各地人才的竞技场和淘金场。据加州硅谷俄罗斯商人联盟预计，大约有6万名俄语人才在硅谷就职。而据德国媒体报道，硅谷这些年挖走了5000多个德国精英人才。在硅谷，华人控制的公司曾达到2000家以上，占公司总数的1/5。

正如一些人喜欢把中关村比作“中国硅谷”一样，印度人也把本国高科技公司聚集的班加罗尔称为“印度硅谷”。此外，俄罗斯等国也在积极打造本国的“硅谷”。俄总统梅德韦杰夫访美时头一站去的就是硅谷，他将硅谷视为俄罗斯可以效仿的一个榜样，并期望在莫斯科郊区小城斯科尔科沃打造俄罗斯版“硅谷”。不过，对于“俄罗斯硅谷”的设想，俄国却有人质疑说：“政府又试图将一些工程师和科学家束缚在一个所谓的创新城里”，“俄没有能力和条件复制美国硅谷”。而几年前前，《美国参考》就在《不仅仅是半导体：硅谷及创新文化》一文中说，“任何人，凡了解硅谷怪异而复杂的历史，都知道要在美国其他地方或国外复制硅谷的成功几乎是不可能的”。

3次考察过硅谷的清华大学经济外交研究中心主任何茂春则认为，硅谷的创新是美国文化科技制度创新的一个产物，因此其他国家想复制硅谷模式并不容易。其中最重要的一点在于，美国有完善的知识产权保护机制，这是很多国家无法比拟的。

此外，与那些华尔街贪婪的银行家不同，硅谷的工程师更喜欢去解决问题，甚至为此乐于相互交流自己的创新“点子”。比如，苹果创始人乔布斯说过：“为我们大众而设计电脑”；eBay创始人说：“帮助有共同兴趣的人相互交流及做生意”。正是这样的梦想和热情使那些企业克服重重困难，最终获得成功。据了解，硅谷地区的房价在全美都是相当高的，但硅谷的企业不会急着从事房地产，这是因为它们把创新看成是公司发展的核心，认为只有高科技才能带来高的经济增长点。不仅硅谷高科技公司很少像中国的一些企业那样投资商业房地产，而且很多企业连自己的办公场所都是租的。

在上世纪80年代，里根总统通过“星球大战”计划，搞了包括太空、生命科学、互联网和信息、新材料技术一系列大工程。很多项目在此基础上向民间扩散，并且与大学的研究紧密联系在一起。这些政府主导新科技为硅谷的创立打下了基础。尽管如此，硅谷的成功主要依靠的融资依然来自民间，是一个完全市场化的产物，政府很少插手其中，因此在商业领域，硅谷的拥有强大的竞争力，像俄罗斯那样希望通过政府投资人为打造一个硅谷显然不可能成功。

对于大多数国家来说，硅谷是美国政治、经济、科技多方面因素结合的产物，想要轻易复制并不容易。何况与其东施效颦地去复制一个已经成功的模式，不如从硅谷的创新精神中寻找启示。可惜，对中国的互联网企业来说，创新却恰恰是最难突破的瓶颈。

## 中国互联网的创新之忧

十年前，中国互联网迈开了飞速发展的脚步，缔造了无数的传奇和财富神话；然而十年后，人们所传诵的，却依然是十年前的奇迹。16年来，高速发展的中国互联网看似一派生机勃勃，但令人担忧的是，它正在遭遇着“失去创新力”的无奈。

一去不返的黄金时代

1998年12月，一个26岁的年轻人走进北京中关村一家名为四方利通的公司，应聘程序员。这已是他应聘过的第5家企业。在此之前，这个只有中专学历的年轻人曾在一家研究院担任打字员。

年轻人名叫程炳皓，出生于北京门头沟的他，放弃了上大学的机会去考中专，只是为了“获得一个城市户口”。就在他进入四方利通不久，公司完成并购，一家全新的互联网企业——新浪网宣告成立。

9年之后，35岁的程炳皓从新浪辞职，拿着自己的全部家当300万元，向朋友借了一间办公室，带着6个人的技术团队成立了一家社交网站——开心网。之后的3年中，他的网站迅速成长为中国最受欢迎的社交网站之一，注册用户超过9000万。

程炳皓的故事生动地诠释了互联网的魅力所在：一个普普通通的底层青年，仅仅通过自身的聪颖、奋斗与坚持，就能创造梦想，改写命运。而创新，正是那把改写个人命运，创造互联网奇迹的“金钥匙”。

程炳皓四处求职、进入新浪的时候，正是中国互联网产业最初崛起的年代，有人称之为中国互联网创业的“黄金时代”。20世纪的最后5年，中国互联网行业开启了一段传奇般的岁月。那几年，无数二三十岁的年轻人，聚集在互联网这块代表着新生与希望的拓荒地，为了理想和未来，踏上创业的征途。

1996年8月，从美国归来的张朝阳创办了“爱特信信息技术有限公司”（搜狐前身）；1997年6月，26岁的丁磊，在广州创办网易；1998年11月，27岁的马化腾在深圳成立腾讯；一个月后，王志东成立新浪网；1999年6月，35岁的浙江英语老师马云，在杭州创办了阿里巴巴网站；仅仅半年后，李彦宏辞掉硅谷的高薪工作回国，于2000年1月1日创建了百度公司。正是这一批互联网企业的迅速崛起，成就了今天的中国互联网版图。他们先后在自己的领域打败了国外的“师傅”，在中国市场上占据主体地位。

10余年过去，中国互联网拥抱了光荣，梦想却似乎在远去。一个事实是，近年来，中国互联网市场上再难以听到草根崛起的创业传奇。有人将中国目前的互联网市场格局按市值总结为“三大三小”。所谓“三大”，指的是百度、腾讯、淘宝，“三小”则是指：新浪、网易、搜狐。回溯这几家互联网巨头的成长，可以发现，他们崛起的年代非常相近——绝大多数都成立于10多年前中国互联网那波“创业黄金期”。

互联网素来是一个制造“神话”的行业。“江山代有才人出，各领风骚二三年”。大洋彼岸，当Facebook，Twitter这些美国同行们一波波上演着小虾米崛起成为大鲨鱼，巨头代际更迭的好戏的时候，中国的互联网领域，却维系着多年不变的市场版图。

近年来，尽管中国的互联网领域依然热闹风光，各种应用越来越多，也先后有一批新秀出现，并试图在市场上搏杀占据一席之地，最终留下的还在呈良好发展态势的，凤毛麟角，而能撼动“三大三小”格局的，目前并无一家。最能体现创新精神和创新活力的中小企业和创业者们遇到了问题——来自DCCI数据中心主任胡延平的数据显示，2009年中国中小网站、个人网站的收入水平和网站规模均有所下降。

10多年过去，当年的李彦宏、马化腾们已经成长为四十不惑的中年人，今天的年轻人却发现自己难以像自己的偶像们那样成长和创业。“他们成了榜样，但榜样的路却似乎很难再复制。”一位初入互联网界的年轻人如是感慨。

抄袭成风与同质化困局

与创业初期一张白纸式的“拓荒时代”不同。今天，已被巨头们瓜分天下的中国互联网，呈现出“赢家通吃”的局面。即时通讯、搜索、电子商务、新闻、游戏、SNS、团购……尽管业务的起始点各不相同，但是，随着发展，各家公司的业务重合度却越来越高，互联网巨头们都在向着全业务发展的格局狂奔。

中国电子制造业盛行的“山寨”，在互联网领域似乎同样清晰。一方面，中国互联网始终跟在美国互联网同行的后面前行，从门户到搜索，从社交网站到微博，从团购到LBS（基于位置的服务），美国做什么，我们就跟进什么。另一方面，国内同行之间，一个流行产品、一个热门应用出来，就会迅速出现诸多的相似网站一哄而上，展开同质化的竞争。团购网站就是一个明显的例子。自2011年初美国的Groupon.com模式被引入中国之后，到今年7月，短短半年时间，中国已涌现出了大大小小约千家团购网站，其中有新进入互联网领域的新创业者，也有阿里、腾讯、百度等江湖大佬。同样，社交网站刚火爆时，各家网站都在“偷菜”，微博兴盛之后，各家网站又都纷纷打出了微博牌……不同的网站上，网民们总能看到似曾相识的界面。

“中国的互联网抄袭之风相当盛行，不仅是大抄小，还有小抄大。新经济缺乏新创意，新创意转眼就遭遇了剽窃，在某种程度上说，这也意味着传统经济中的‘中国制造’而非‘中国创造’，在新经济时代呈现出一种谬种遗传的状态。”博客联合社区网站总裁马晓霖如是表示。

模仿带来了同质化竞争。在这种情况下，具有资金、用户等多方面优势的巨头具有天然的在位优势。对于中小企业而言，最担心的也是这种挤出效应。与此相伴随的，是联众、博客中国、饭否等创新性小网站渐呈颓势。“三座大山”（指大企业）的称谓开始在业内流传。部分中小企业抱怨，他们创新的空间被大企业挤压了，甚至将其称为“创新天敌”。

搜狐总裁张朝阳就曾在自己的微博中直言“抄袭和垄断已成为中国互联网产业发展最大的问题”。

“美国有大公司，还有源源不断新生公司颠覆大公司，相对而言，中国互联网过早衰老，你抄我的、我抄你的，”360公司董事长周鸿祎说，“在中国互联网建立反对抄袭、鼓励创新的文化。需要我们所有行业人共同反思，共同努力。”他这样怀念十多年前创业时的情形：“有点像汪峰的一首歌叫《春天里》，那个年代，‘没有信用卡没有她，没有24小时热水的家’。没有钱，但是有一些美好的东西，大家因为理想而坚持。”而如今，“表面上看起来很繁荣，但是这种繁荣背后隐藏着危机，是一种创新力的缺失。”周鸿祎忧心忡忡。

在美国，当大的互联网公司看好某些处于创业期的互联网公司的技术、商业模式或是创意，常会采取投资、或者收购的方式，而中国的互联网巨头则越来越倾向于另一条路径——模仿这一业务，并利用自己的市场优势地位进行推广。

“大公司收购对于产业是良性的，收购后投资者、创业者都能拿到钱，整个产业的创新活力被激活。”互联网研究者、博客中国网站CEO方兴东说。而某些中国互联网企业的做法，则使得中小公司缺乏持续创新和发展的空间和动力。

在中国政法大学法制新闻研究中心研究员陈杰人律师看来，

随着互联网产业的迅速发展，我国现行法律还存在一些有待完善的地方。“互联网时代，当创意越来越具有价值、越来越具有可传播性、可复制性、可模仿性的时候，法律怎么给予更好的保护，确实是一个挑战性的话题。”

事实上，与10多年前相比，今天的中国互联网所面临的创新外部环境有很大的改善。

一方面，是市场规模的扩大和网民数量大幅增长，在微软亚太研究集团主席张亚勤看来，这是中国互联网创新最大的优势，“可以将创新很快地价值化。”二是资金在增加。“估计中国的投资钱比硅谷都多。”方兴东说。然而，心态的变化，功利主义的盛行日益成为创新的障碍。程炳皓承认，“在早期，中国的互联网氛围和从业者都更加纯朴，而现在，越来越功利化和商业化了。”模仿正是这种功利化的体现之一。由于创新常常要面临很大的风险，而模仿的成本最低。对于占有一定市场优势地位的互联网巨头而言，跟随、模仿、局部创新，然后借优势超越，便成为最稳妥的市场策略。

功利化的特点，也体现在部分投资者身上。在美国，风投者会关心企业的长远发展，也会对创业者给予指导，而在中国，一些风投所关心的，只是何时可以上市获得更多的回报。“一些投资方与股民的心态是一样的，只要涨了就行，不管其他怎样。”方兴东说。

功利化的结果，是过于重视可以直接带来商业回报的表层创新，而对底层的基础创新投入不够。“中国现在主流的风投都转行做传统行业了，投互联网早期技术的很少。不能埋怨风投，几家大公司对这个行业有点竭泽而渔。”业内某CEO说。

然而现实终究是残酷的。中国的互联网行业无法像硅谷那样始终保持一颗创新的心，当然，很大程度上也与中国的制度有关：知识产权得不到很好的保护，对于大公司的抄袭，小公司根本无力反抗。不过这种境况正在慢慢改观。

或许未来十年，我们可以在制度等很多方面做得更好，而且整个行业内外部环境也会变得更适宜，但在那之前，如果以此为借口失去了创新的动力，那么一切都将是徒劳。

# 第十章

# 马化腾周鸿祎网络江湖孰是孰非<br>创业艰守成难十年暗战谁生谁死

十年是一个轮回。虽然在人类的历史中，十年时光并不算长，但对于互联网来说，十年已经占去了它从诞生到现在几乎一半的时间。

当我们回望中国互联网发展的过去十年，往往会有一种恍如隔世的感觉。它从无到有，创建了辉煌，也经历的低谷，造就了一大批精英和财富新贵。在这个过程中，既有共赢，也有竞争，技术与资本的激烈交锋构成了这十年互联网世界一幅波澜壮阔的画面。

十年间，有人成功，有人失败，有人成为行业翘楚，有人退出历史舞台。有些人始终针锋相对，却也不免有意气相投的时候；有些人本是同一阵线的战友，却最终分道扬镳，形同陌路。

一个行业，一群人，十年的时光，总少不了太多生死纠结。在那些故事里，我们读出的不仅是谁生谁死的倾轧，也是一个时代的精神。

## “3Q”之战的背后

2010年下半年，整个中国互联网业内最引人注目的事件或许要数腾讯与奇虎360之间的争端了。在很多人看来，这两家公司互有龃龉由来已久，两家公司的CEO周鸿祎和马化腾之间的争执也并非一朝一夕，然而不同的是，这一次两家公司斗得尤其激烈，甚至将各自的用户也捆绑进来，最终引发了许多人的不满。如今，虽然争端貌似已经结束，但是如果我们站在客观的角度回看这场“3Q大战”，就会发现其中所包含的恩怨，或许并不像表现的那么简单。

事实上，这场争端早在2010年春节期间就已初现端倪。当时，腾讯强推QQ医生软件，其功能与360安全卫士极其相似，并且，腾讯联合诺顿推出半年优惠礼包，以此来推广QQ医生。到5月25日，一些用户在其博客中声称QQ客户端在扫描用户的电脑硬盘，并通过上传图片来举例；5月31日，原QQ医生升级至4.0版本，并正式更名为“QQ电脑管家”，而其功能也越来越类似于360安全卫士。

2010年7月，似乎是出于某种授意，2010年第28期《计算机世界》在封面打出“狗日的腾讯”大幅标题，并且配上一张一只被插上三刀的QQ企鹅为图。其专刊文章认为腾讯是一家抄袭他人创意的企业。到9月22日，腾讯强行将用户的QQ软件管理和QQ医生升级为QQ电脑管家。5天后，360方面推出一款“360隐私保护器”，声称QQ客户端在不停扫描用户的硬盘，通过该软件即可监视QQ的一举一动，但是有网友发现只要将任意软件改为“QQ.exe”的话，该保护器仍会报警，因此很多人认为这是360

方面的抹黑行为。

2010年10月14日晚，腾讯与奇虎360的骂战终于上升到法律层面。腾讯对外宣布正式起诉奇虎360，要求奇虎及其关联公司停止侵权、公开道歉并作出赔偿。针对腾讯的起诉，360随即发表回应称，腾讯的这一举动是打击报复，并表示其他公司的安全软件例如Comodo、AVG等均发现了QQ软件的异常行为。

作为回应，10月29日，360又推出了“扣扣保镖”，声称其能为QQ加速，而方法就是允许用户自行卸载QQ弹窗、QQ广告、QQ音乐、QQ宠物、QQ秀等QQ的强制附带服务。这项功能无疑严重侵犯了腾讯的利益。有消息透露，在当时一档中央电视台的节目中，360与腾讯员工互相指责甚至谩骂。

2010年11月3日晚，整个事件忽然发生了重大进展。当晚，QQ通过自带的弹窗向用户发表了《致广大QQ用户的一封信》，称QQ客户端将不能与360兼容，QQ将在装有360软件的电脑上停止工作。这封信的首段是这样写的：

“当您看到这封信的时候，我们刚刚作出了一个非常艰难的决定。在360公司停止对QQ进行外挂侵犯和恶意诋毁之前，我们决定将在装有360软件的电脑上停止运行QQ软件。我们深知这样会给您造成一定的不便，我们诚恳地向您致歉。同时也把作出这一决定的原因写在下面，盼望得到您的理解和支持……”

腾讯的这一做法立刻在网民中引发了渲染大波，然而出乎马化腾意料的是，大多数网友似乎对腾讯相当反感。不少人发帖回应称，是否使用360软件是网民个人的自由，腾讯不应将用户牵扯进自己与360的矛盾中。更有激进的网友宣布抵制QQ，号召大家使用MSN等软件替代。同时，不少网民质疑，腾讯如何得知用户安装了360？这是否表示腾讯的确有私自扫描用户硬盘的行为？从而更加不满。后来腾讯承认他们扫描了用户的硬盘，但强调只是正常的安全检查。

同一时刻，360也立即推出WebQQ客户端作为回应，该软件打开后会直接连接到http：//web2.qq.com上，腾讯不得不在当日晚关闭WebQQ。随后，360将扣扣保镖撤下，并针锋相对地发表了《反抗QQ霸权，需要你的力量！——360致网民的紧急求助信》的声明，呼吁QQ用户三日内不使用QQ以抗议腾讯QQ不尊重用户的行为。

而腾讯则在当晚向360开出了“和解条件”，要求其卸载“隐私保护器”并赔礼道歉。不过这场骂战丝毫没有缓解的迹象。

2010年11月5日腾讯联合金山、傲游、可牛、百度、搜狗五大客户端软件厂商今日在北京召开联合发布会，并宣布将不兼容360系列软件。不过搜狐CEO张朝阳却表示，搜狗没有不兼容计划。

这场争端最终随着马化腾和周鸿祎各自公开发表的声明而达到高潮。尽管从效果上看，许多人认为周鸿祎略占上风，但在这次事件中，事实上双方都有意气用事的嫌疑。在争端不断升级的情况下，不少互联网公司也加入了进来，其中盛大、迅雷、搜狐、暴风等倾向支持奇虎；卡巴斯基、瑞星倾向支持腾讯，金山、百度、傲游、可牛则组成联盟共同抵制奇虎。

最终，工信部不得不出面干预。2010年11月21日，腾讯公司和奇虎公司分别在各自官方网站上做出声明，向社会和网民道歉。事件至此才渐渐趋于平息。2011年4月26日，北京市朝阳区法院就腾讯起诉奇虎360不正当竞争案作出一审判决，要求奇虎360公司停止发行使用360隐私保护器，声明道歉，赔偿腾讯公司人民币40万元，并删除相关侵权言论。

不过，在事件过去大半年之后，双方之间的动作仍然相当频繁。2011年，金山软件与腾讯联合宣布：双方达成战略投资合作，腾讯以8.92亿港元收购金山软件15.68%股权，同时，声明中还有这样一句颇耐人寻味的话："腾讯亦通过战略投资支持金山软件旗下运营互联网安全服务子公司的金山互联网安全公司，金额未有披露。"

之后，金山互联网安全公司首席执行官傅盛在接受媒体采访时透露，腾讯战略投资金山网络涉及资金2000万美元，今后两家公司会在互联网安全领域进一步加深合作，合作将使金山网络可以将自己专业技术与腾讯的资金、用户和平台优势紧密结合。

作为合作后的首个成果，双方联合发布了QQ电脑管家与金山毒霸的安全套装，QQ电脑管家也直接接入了金山的云查杀引擎。据称今后金山网络的各项产品还将逐渐接入腾讯开放平台等。

腾讯携手金山，联手要抗击的对象早已路人皆知。投资银行瑞士信贷在随后发布的报告中指出，腾讯此次投资金山的主要原因是出于与奇虎360之间的竞争关系。与金山达成战略合作关系后，腾讯在互联网安全领域将拥有足够的能力抗衡奇虎。摩根士丹利也在一份报告中指出：通过与金山结盟，腾讯能够从该公司长达14年的网络安全从业经验中获益，在网络安全领域与奇虎360展开竞争。

而金山内部人士透露，这一次入股事宜大概在2个月前已有了初步计划。在去年闹得沸沸扬扬的"3Q大战"后，金山与腾讯的合作更加紧密，而且经过3Q大战的反思，腾讯已经不再独立深度涉足安全领域，而是选择与老牌安全厂商金山合作，力推金山网络的安全产品。

这似乎是一步不得不下的棋。2011年7月4日，腾讯发表声明，QQ管家被360软件直接关闭，并指出："今年以来360已至少连续三次'暗杀'QQ电脑管家，受影响客户高达千万级别。"随后，360董事长周鸿祎立刻站出来声明，优化是客户自行的选择，关闭QQ管家是用户自己选择的。很显然，看似偃旗息鼓的"3Q之争"远未画上句号，两个宿敌依旧在明里较劲，暗地对掐。

不难发现，自从去年的3Q大战后，腾讯明显加快了对安全行业的布局，不仅加大了对QQ电脑管家的推广力度，而且也不断引入金山、趋势、小红伞等合作伙伴增强产品的安全功能。行业人士分析，腾讯对安全的布局，看重的绝对不是安全市场一年几亿元的收入，而是为了平衡安全的话语权。

易观国际分析师玉轶更是直言，腾讯入股金山并战略投资金山网络意味着与360"正式宣战"。他分析说，QQ是腾讯商业帝国的核心，而除此之外腾讯没有任何独立的、能做到市场第一的应用。360把握着与即时通信同级别的安全诉求，以免费打破了规则，已经撬动了腾讯帝国。

事实正是如此，腾讯在安全领域的实力，与其在互联网领域的垄断地位完全不相匹配。从市值来看，腾讯与奇虎360的企业实力完全不在同一级别，可在双方的对垒中，腾讯并没有多占优势。业内普遍认为，未来腾讯将会更加倚重具有专业安全技术的金山网络，加快对安全领域的布局。另一方面，金山网络也愿意站在"腾讯平台"上分享收益。2011年上半年，金山毒霸以及金山卫士等产品的用户数量猛增了4倍，目前，金山毒霸、金山卫士以及腾讯QQ电脑管家加起来的市场份额超过50%，这无疑会给360造成巨大的竞争压力，国内互联网安全领域很可能出现重大的格局之变。

与马化腾相对温和的个性相比，周鸿祎则要好斗得多，熟悉他的人都清楚，这是一个天不怕地不怕的人，从百度到阿里巴巴，从瑞星到腾讯，周鸿祎几乎处处树敌，到处与人冲突。虽然时常被别人扣上做流氓软件出身的帽子，但周鸿祎不屈不挠的个性着实让人头疼。不过，这个好斗分子并非只懂得争凶斗很而已，正相反，他对互联网市场的把握常常超乎人们的想象。在没有人看好网络安全领域的前景时，周鸿祎却摸到了门道，并且大胆地承诺他的360安全软件“永久免费”，这一声明大大打动了网民们的心，360安全卫士与杀毒软件也一跃而成为国内用户最多的安全系统。

“你的本次开机速度是x分x秒，只打败了全国xx%的电脑。”对于习惯使用360安全卫士的人来说，每次打开电脑，都必须先被屏幕右下角跳出来的一个方框恐吓一下，建议你用系统优化工具提高开机速度。而隔三差五地，显示器右下角还会跳出个红色的框框，不是高危漏洞就是发现病毒，让你下载补丁立即修复。对那些喜欢网购的人来说，上淘宝购物，“网购安全保镖”不由分说就启动了，先得等它扫描一遍，才允许你看货付款……这便是360用提供全方位保护的方式，它把自己与用户的关系提升为最亲密级，把用户电脑里的其他所有应用都置于它的统管之下。

EnfoDesk易观智库公布的最新数据显示，2010年，中国网络安全市场规模约150亿元，其中个人安全市场在近年的竞争中逐渐停止增长、逐年萎缩。这毫无疑问地指向一个事实：以前以收费为商业模式的安全企业将遭淘汰。但这并不意味着网络安全失去了商业价值。

最新的第三方数据显示，约有46%的网民曾遭遇病毒攻击，其中22%的网民丢失过数据。此外，网络安全威胁也已从木马病毒的爆发向网络钓鱼、网络欺诈转移。因此网民对安全软件的需求有增无减，360打破了收费模式之后，展示了一条更宽广的道路——以安全为诉求，聚拢用户，并拓展出软件管理、安全浏览器等系列服务，全面占领用户界面，其核心就是，用户资源的筹码比安全服务的变现更具商业价值。

这是周鸿祎的过人之处，但也正是这一点触及了腾讯的底线，因为对腾讯而言，最重要的就是“用户”。360把传统的安全软件升级至“开机助手”，占领用户屏幕上的第一注意力，并决定了后续对用户的引导。安全软件已经不是我们认识中的“流量平台”或“用户货架”，他们是平台和货架的发行者。“其战略价值对于任何一家以用户为核心的互联网企业而言，都是最高级别的。”一些业内人士表示。

因为占据用户桌面时间最长，所以安全软件在某种意义上具备凌驾于其他电脑应用之上的“特权”；当其成为后续互联网应用的第一道关卡，安全软件便具有了巨大的商业开发可能性。那么，谁能在这场用户争夺中获得胜利？目前看来，在开机启动顺序上优先于QQ的360未必没有优势。

安全软件的市场不仅仅限于电脑。随着智能手机市场份额的高速增长，越来越严峻的安全形势，也让手机安全成为一个前景可观的行业。最新统计显示，国内智能手机市场到2012年销量将超过7800万台，年增长率将高达61.9%。事实上，手机安全市场的竞争早已不断升级，这从腾讯的触角伸向此间就可见一斑。

正在搭建“开放”帝国的腾讯当然不会忽略手机安全。早在2010年，腾讯就已进入手机安全领域，并推出第一版QQ安全助手。不久前，QQ安全助手更名为QQ手机管家，与基于PC平台的

QQ电脑管家“遥相呼应”。显而易见，与PC平台的安全相比，手机安全服务更具挑战性，绝不仅仅是单纯的杀毒服务，还要保证移动支付、移动办公等应用的安全。鉴于这样的市场情况，腾讯给QQ手机管家新的定位，除了手机安全，软件还将涉及软件智能管理、手机系统优化等多种类型的手机服务。

纵观业内，网秦、瑞星以及360都推出了手机杀毒产品，手机安全领域可谓群雄逐鹿。作为后来者，腾讯最强劲的对手仍是360，根据易观国际的统计，2011年第一季度，360（包括360手机卫士和360信安易）在中国手机安全市场占据了53%的份额。

为了提高自身的竞争力，腾讯选择以“开放”来作为应对手段。腾讯正在借开放平台的整合优势，迅速提升QQ手机管家的核心竞争力。一些分析认为，腾讯手机安全未来能否在业内一枝独秀，更多的取决于其开放基因的优劣。如果腾讯手机安全开放基因良好，腾讯手机安全有可能技压群雄，成为市场中的佼佼者。据悉，腾讯已与卡巴斯基、三星、HTC、华为等厂商达成战略合作，寻求在移动互联网世界的多赢。不过相对的，360也注定不会放弃这个新兴的市场。

在未来不论是传统还是移动互联网领域中，腾讯和360这一对宿敌无疑将继续上演无止境的争斗。

## 电子杂志的覆灭

在看到韩寒自办杂志《独唱团》创刊号热卖的消息时，ZCOM创始人汪东风的内心或许会有些苦涩：整整6年的奋斗，所获得的营业收入甚至不如韩寒的一期杂志。

不过这些境况对比，或许将不再与汪东风有关了。2010年初，汪东风悄悄离开了他一手创办的ZCOM，低调加盟蔡文胜和李兴平旗下的4399小游戏公司。而在他身后，只有依然在苟延残喘的ZCOM网站，以及电子杂志行业全军覆没的凄凉景象。

“从事互联网十余年，创业六载。没有成功经验，总结一些失败教训，分享以共勉！”今年初，汪东风在他的微博签名如是写到。

这也是整个行业的真实写照：电子杂志从2003年起兴起，在2006年达到高峰，全行业吸收了1亿美元的风险投资，但在最近两年，主流企业却纷纷倒闭或者走到了破产的边缘。

除了ZCOM创始人出走并裁员低成本运营外，曾与ZCOM比肩的电子杂志品牌Xplus也从业界销声匿迹；Zbox已经悄然倒闭，域名转为他用；杨澜试图吸引投资的两大电子杂志《澜LAN》和《HV》2009年底彻底停刊，惟有徐静蕾的电子杂志犹在自言自唱。

到底是什么让电子杂志全军覆没？是企业的无能，还是行业的集体浮躁？是商业模式的虚幻，还是用户需求变得太快？

汪东风离开Zcom有些突然，不过他的去向未出业内意料——4399是著名天使投资人蔡文胜数年前投资的网站，Zcom在拿到SIG和凯雷集团1000万美元投资之前，主要资金就来自蔡文胜的天使投资。

这一幕似曾相识：就在2008年年底，Xplus总经理夏鸿也是以加盟一家移动互联网媒体公司的方式，结束了他在电子杂志行业的创业历程。

Xplus，这家成立于2003年，曾获联想投资等1000万美元两轮投资的企业，也在经历多次裁员和创始人出走后，于2008年彻底淡出了业界视野。

和夏鸿一样，汪东风身后也只剩下一个烂摊子。ZCOM在经历了多次裁员后，员工已经不到30人。这个数字对于一家千万美元投资的企业而言，无疑是一个巨大讽刺。

按照ZCOM的官方说法，汪东风依然是ZCOM的CEO及股东，主要负责整体的战略方向，ZCOM主要由范淼负责运营。但是，主要精力已转投4399公司的汪东风的这个CEO究竟有多少含金量，业内人士普遍怀疑。

“早在2007年，我们最鼎盛的时候曾达到200多人，但眼下所有员工加起来只有近30人。”范淼承认。他透露说，目前ZCOM的业务仍然是集中在电子杂志上，主要收入来源是品牌广告、效果广告和手机等合作渠道。但对于具体的月度盈利，他没有透露，仅称“波动比较大”。

而据媒体此前报道，即便在去年，ZCOM员工也有70人。去年底，ZCOM还放出转型成功并“单月盈利近百万”的风声。不过，创始人几个月后悄然离去，却让这家去年还被称为“风投眼中仅存的‘好苗子’”的公司无法假装平静。

“汪东风本人其实很能干，ZCOM的衰亡不是他一个人的错。全行业泡沫其实已经被戳破，他和风险投资商都同样受伤。”接近汪东风的人士表示，语气充满叹息。他说，ZCOM的所谓千万美元其实所剩无几。“电子杂志无药可救，ZCOM和Xplus已经名存实亡，随时都可能彻底死掉。”

2004年初，ZCOM正式成立，成为中国最早的电子杂志平台开发商之一。随后，国内电子杂志行业进入巅峰，数十家创业公司揭竿而起，大量风险投资涌入其中。几年内，ZCOM、POCO、ZBOX、阳光导航、Xplus等企业陆续获得了近1亿美元的风险投资。

在获得多次投资后，ZCOM几经反复，终于形成了集在线阅读、线上下载、杂志发布的交互式平台，在当时的宣传文章中，ZCOM甚至自称“全球最大的电子杂志发行平台”。

一位2009年从ZCOM离职的老员工回忆说，那时公司财大气粗，到处合作圈地，员工也充满热情。“我们最早还把上市作为口号，当时我们都觉得正常，既然这么多投资都看中我们，上市自然不会是难事”。ZCOM当时的商业模式是：免费向用户提供各类电子版杂志，通过收取投放的广告获益。但是，这一模式使得ZCOM的成本不断增大，广告收入增长也十分缓慢。2006年，ZCOM电子杂志单月亏损达到近200万元。

更要命的是，用户对于这种新鲜事物的热情也不持久。“2007年，我们公司每月用户覆盖数量都有四五百万，但很奇怪的是，这些用户后来都似乎对电子杂志失去兴趣了。”该人士回忆说。事实确实如此，就在电子杂志全面“退烧”的过程中，网络视频、在线音乐、网络阅读的市场却在不断升温。对于融合视频、音乐、文字于一体的电子杂志，网民却毫无兴趣，收费阅读当然更无可能。

互联网资深人士谢文表示，电子杂志的失败与用户兴趣转移无关，本质原因在于产品和行业本身。“无论是媒体的电子杂志制作者，还是第三方的电子杂志平台ZCOM等，从概念上看都是反互联网信息的。”他而解释说，电子杂志内容庞杂，用户使用时间成本太高。而且电子杂志上的所有东西都能在各大门户或者通过搜索找到，它从昔日的主流走向极少数人使用是一种必然。

2006年，众多投资人和行业创始人将电子杂志视为最“in”并且“前途无量”的媒体形式。投资人认为，电子杂志盈利范围十分广泛，除了广告外，还包括为企业制作电子杂志及其他衍生的服务如电子商务等。为此，他们将2006年标榜为“中国电子杂志年”。

当时，万众传媒副总裁韩国强曾豪言：“电子杂志的形式及收益正如互联网的世界一样，我现在还没有看到边界，有无限的想象力和可能性。”

但在最近几年，无论是天使投资人蔡文胜，还是凯雷集团董事总经理祖文萃，对于ZCOM这个案例已经“绝口不提”。在联想投资的官方介绍中也很难看到Xplus的字样。

按照投资圈的流行做法，一般VC的投资周期为3~5年。如果投资项目不能在这个时间内上市，或者引入新一轮投资，那么VC便面临巨大风险和压力。

从ZCOM和Xplus两个案例来看，均为千万美元级别的投资项目，VC最晚将在2011年彻底套现走人，不然的话就属于被“套牢”，最大的损失就是血本无亏。

而有意思的是，早在2007~2009年，第三方监测咨询机构艾瑞的Web2.0频道中，电子杂志领域还占有重要一席，那时候：ZCOM等电子杂志行业的公司成为艾瑞数据发布的重要组成部分。不过在今年，艾瑞这一频道的研究和报告已经被取消。

一位知情人说：“我们已经没有人研究电子杂志这一领域，ZCOM等一些电子杂志自己都没有余粮，怎么会给我们投钱？而且没有VC关注这个行业，报告做给谁看？”

最早定位于电子杂志的POCO，在获得融资后，很早就转型做图片兴趣互动分享社区。在分析人士看来，电子杂志更像纸媒的“机械”搬家，恰好缺乏网络的互动和开放——当然，如果杂志也可以互动和开放的话，那么就必然走上泛社区路线。这跟

VC当时向往的电子杂志概念其实大相径庭。

电子杂志还有没有机会东山再起？尤其在今年iPad和电子阅读器兴起的背景下？一些新的创业者似乎又对电子杂志燃起了兴趣。不过，创新工场董事长李开复和易凯资本CEO王冉对此均表示反对。

李开复在微博中表示："iPad给了纸媒希望，但这只是对苹果伟大产品产生的假象。"他强调，互联网带来的潮流和变革，才是传统媒体应该关注的，因为"没有一个设备可以长期阻挡互联网潮流"。王冉则坦言，电子纸媒的商业模式也是广告+付费。"如果你执意停留在纸媒时代，iPad不能拯救什么。"

而在FT中文网专栏作者程苓峰看来，"电子杂志是把纸面形式简单地搬上网，其发展前景黯淡，网络创新的信息生产和消费模式，如SNS、微博等才是主流。"

谢文也同样悲观："以iPad和电子书作为电子杂志的救世主，只是他们的一个设想，毕竟多一个电子杂志的订阅，就少了一个纸媒体用户，用户总数量没有变。再说，能让国内用户真正掏腰包为电子杂志买单的媒体少之又少，电子杂志行业在国内走向没落已经是大势所趋。"

不论如何，电子杂志或许原本就不是一个适合中国互联网市场的产物，不过尽管这个行业已经逐渐凋零，新的媒体行业却并未停下发展的脚步。

## 电子商务的社群之路

20世纪90年代，美国影迷和大学生中有一个很是流行的游戏叫“凯文·贝肯”。游戏的玩法是找到“贝肯数”(Bacon number)，即给当时的影视明星们寻找到与贝肯之间发生连接需要的中间人数量。这个演员之所以成为游戏的出发点，是因为其在许多影视作品中出现过，但他同时又不饰演主角。

如此一来，在由大大小小的演员组成的网络中，贝肯成为了与其他人的连接点，这个游戏的结果让人们较为惊讶——整个影视网络竟然联结得十分紧密。

不过，如果用“六度分割理论”来看这个游戏，就能理解再复杂的圈子，也能通过几笔直线勾画清楚的道理。因为六度分隔理论告诉我们，世界上任意两个陌生人之间平均只需通过6步（5个中间人）就能联系到一起。

这些游戏与理论的实践后来演变为互联网的一种运行模式，即后来的SNS（Social Networking Services，社交网络服务）。美国的SNS始于Friendster.com，2003年3月创办，掀起美国SNS第一波浪潮。之后斯坦福毕业的海归在同年8月创立Friendster模式的中文版本。

2007年开始，以开心网为代表的SNS网站开始流行起来。进入者普遍认为SNS是互联网下一个热点所在，但在过往的两三年里，SNS网站搭建的人际网络的商业价值，似乎并不能大量地从流量中变现。

可以看到的是，有的社区看起来热闹非凡，实则苦苦寻觅盈利模式。因为广告不是永远制胜的法宝，而且在国内通行的CPC

（Cost Per Click）的计费模式有着天然的桎梏——那些对广告有着天生厌恶感的用户们，极其吝于移动他们的鼠标，点击那些展示性的广告。但CPM（Cost Per Thousand，每千人次访问收费）的收入模式只在传统媒体中得到认可，在互联网这个强调效果付费的空间里，客户的钱有点难赚。

SNS网站其实是把人与人之间，圈子与圈子之间错综复杂的关系搬上了互联网。在数字化的过程中，人们之间的交流与互动能更为快速地传递到网络的每个节点，及时性的分享，给人们带来了情感上的共鸣。这种由个人到群组的生存行为，不仅存在于影视圈，而且存在于每个地方、每个角落。由于这种普适性的生存方式，使得这张网络的价值最终会显现出来。

2009年以来，电子商务的快速升温成为了SNS网站摸索并逐步建立其盈利模式的机会。从电商到广告代理公司，都开始研究这种新媒介上有待挖掘的商业价值。因为营销中关注的消费者感知和反应，同样体现在SNS中，当朋友、熟人间进行信息的传递与分享后，实则可视为一种刺激需求的存在。

从消费者观察的角度，这样一种朋友间的分享与推荐确实达到了“软广”的效果。实际上，已有一些电子商务公司在SNS网站中获得了实实在在的收益。在笔者近期看到的一份内部统计报告中，一家鞋类B2C网站A的销售额有1/3是来自某SNS网站B的用户。由于A在B网站上投放的广告获得了有效的点击并转化为购买，使得这家刚转型的电子商务公司后来居上。

而在深圳最近举办的网博会上，腾讯拍拍网总经理刘春宁也谈到自己的观点：社区与电子商务的融合是下一波的趋势所在，SNS社区聚集的人气吸引电子商务，而电子商务将为SNS带来盈利模式。如此一来，这种合作模式将会给SNS带来新的盈利方向，如何利用分成模式为网站带来新的增长点，将成为SNS社区新盈利模式的研究方向。

根据罗兰贝格发布的报告，期间统计了2005年Alexa全球网络流量排名，占据前三位的分别是雅虎（yahoo.com）、MSN和Google，门户占据两个席位。而到了2008年，除了雅虎仍然在榜首之外，后面两位变成了Youtube.com和Live.com，皆为SNS/分享网站。而前十位里有七位都是来自SNS/分享网站。这类网站的快速崛起，成为新的互联网热点。如何利用热点挖到金矿，这是SNS网站和电子商务两个热火朝天领域的人们都非常关注的。

英国作家菲利普·鲍尔的著作《预知社会——群体行为的内在法则》里提到，"友谊构筑起的网络既复杂又诱人，但同时也很难进行数学或物理分析。"从另外一个角度而言，这种网络如何要按群组来评估商业价值，同样是一件极其有挑战的工作。对于另外一种社交媒体微博来说，以拥有粉丝的数量作为传播效果的重要衡量指标，但对于SNS来说，能否以联结朋友的数量作为传播价值的参数，有待进一步的探讨。

2010年，开心网（kaixin001.com）公布了其注册用户突破8000万。根据各个社交网站公布的官方数据，腾讯QQ空间称活跃账户数达到4.28亿；开心网的竞争对手人人网宣称注册用户达到1.5亿，日活跃用户接近3000万；51.com宣称截至2009年12月底注册用户已超过1.78亿，月独立登录用户超过4000万。如果这些数字属实，那么人人网和51.com，很可能占据了将近一半以上中国网民的电脑。而这个人群与网购人群的重合率相当之高，如果电子商务介入其中，那社交网络平台，就能从感知、信息分享直接走向实现交易的过程。

可以说，SNS与电子商务融合将是使双方盈利模式来源更为多元化的探讨，这也许是在热闹的同时收到真金白银的机会。而两者的情投意合，也为双方探索共赢的合作机制铺平道路。

美籍西班牙社会学家古斯塔沃·卡多佐曾说过："我们正面对一种新的空间理念。在这种新的空间里，物理是在与虚拟存在相互影响，在此基础上，出现了新型的社会化、新型的生活方式和社会组织。"而在这样一个需要用新理念、新思考的空间里面，不同的合作伙伴、合作模式也开始尝试在里面种下种子。但新模式是否适应这种新型的土壤，SNS网站也许还要继续经历培育的过程，才能迎来收成。

## 社会化购物网站的契机

2011年4月18日，全球零售巨头沃尔玛斥资3亿美元收购了一家名为Kosmix的社会化媒体创业公司。后者是一家基于社交网络的话题性内容组织平台。"这家4000亿美元销售额的企业，花3亿美元收购社会化媒体创业公司，合乎未来发展的商业潮流。"美国科技博客Business Insider评论道。

要知道沃尔玛曾经在Social Commerce这条路上走得跌跌撞撞。几年前沃尔玛跟随可口可乐、苹果等企业的脚步在Facebook上开辟了品牌专区，却遭到了不少消费者的打击，他们纷涌而至在其主页上留言，谴责它以低价的"暴政"对周遭商业形成冲击。沃尔玛不得已一度关闭了Facebook上的主页。

然而沃尔玛对社会化购物却痴心不改。为什么要收购Kosmix？它对沃尔玛卖东西有什么帮助？

有两个重要原因。首先是Kosmix的创始团队来自于名为Junglee的比价购物搜索引擎(后来被亚马逊收购)。并购后的Kosmix将成为沃尔玛实验室的业务基础，用以尝试在线消费行为记录和社会化购物的经验。更重要的原因是，社交网络电子商务时代即将到来。目前美国的电子商务网站上，来自社交网络的流量增长非常快。有美国媒体报道：Facebook是网络零售商的重要流量来源，2010年10月，Facebook为亚马逊带来的推介流量同比增长328%，谷歌则下滑了2%；Facebook给eBay带来的推介流量增长81%，谷歌下滑3%。

作为全美传统百货在线零售第一的网站，沃尔玛在线深知“流量就是金钱”的道理。在人人都在谈论社会化购物的时候，沃尔玛正在布局未来。

另一个在线零售巨头亚马逊也将眼光放到了Facebook上，尽管还只是在Facebook上做尝试，已经有令人欣喜的结果，一是朋友间的推荐令亚马逊的购物转换率更高，二是通过社交图谱来引发更多的购买需求。短期来看，亚马逊将从社交网络上获得更高的收入；但是从长期来看，亚马逊和Facebook的业务整合意味着，今后人们购物的方式将会产生变化，大家将越来越多地在社交网络上决定买什么东西。

这种趋势也正在中国显现出来。2010年底至今，电子商务行情看涨，不少网站融到巨资，随之而来的是产业链相关环节的涨价。

现在流量的成本越来越高。2010年12月底，一家电子商务网站以205万元/月的价格拍下了导航网站hao123首页首屏的一个显著位置，其平常的价格是50万~80万元/月。“很多导航网站都在涨价，从通常的每月20多万元涨到70万~80万元不等。”乐淘网副总裁陈虎说，导航网站们以往都是按年来签合同，可是2011年都按月签了，就是为了随时根据行情涨价。

电子商务企业通常营销推广的路径包括了搜索引擎、门户网站的品牌推广以及按效果付费的联盟、导航网站等。一方面是流量成本越来越高，另一方面，却是投放广告带来的ROI却越来越低。B2C们都在寻找新的路径。

新浪微博是一个战略重地。那些对社会化媒体很敏锐的淘品牌、传统品牌、电子商务网站，也在新浪微博上进行营销和推广。2011年4月份在北京举办的2011全球移动互联网大会上，新浪CEO曹国伟认为，未来网络将朝着“SOLOMO”方向发展，即Social(社会化)、Local(本地化)和Mobile(移动)。而微博则有6大商业模式：互动精准广告、社交游戏、实时搜索、无线增值服务、电子商务平台、数字内容收费。看来，电子商务与社会化网络媒体的对接已经是必然的趋势了。

和美国Facebook一家独大的社交网络格局不同，中国的SNS和网络社区的市场格局呈现出分散和垂直化的特征。不仅仅是微博、开心网、人人网、豆瓣、天涯都有各自的用户群体，一些区域化的网站——比如杭州19楼也在区域的市场里做得风生水起。对于电子商务网站来说，这是一块还未完全开发、具有无穷想象空间的购物入口。

电子商务巨头们也在紧盯着这个领域，淘宝今年宣布要全网SNS化，凡客诚品也推出了购物分享社区“凡客达人”；更多的社会化购物创业公司也如雨后春笋一般涌现，LC风格网、蘑菇街、美丽说、Kidulty等网站，尽管各有特色，它们的目的却不约而同：帮助人们最有效率地买到想要的商品。

这是个新兴的领域——即便在全球范围内，都没有一个非常成功的社会化购物网站。它们的规模都还不大，要么是社交网络上嫁接在线购物，要么是电子商务网站延伸SNS的功能，在Social Commerce这个舶来词汇中，对于Social的定义，无论是叫它社交网络也好，还是社会化媒体也好，社交的属性是关键，它意味着无论是强关系还是弱关系，分享和推荐机制压缩了信息的供应链，它让优质商品的信息通过朋友或者粉丝对意见领袖的信任，快速地传递到消费者那里，达成购买。

由此人们不难发现，一个新的网络购物入口正在显现。

社会化购物的本质，是让优质商品的信息供应链更有效率，从而让信息供应链下游的消费者更快做出购买决策。它成长和发展的基础，则是全社会拥有海量的在线商品。当消费者在过度的商品信息中难以抉择，优质商品的信息供应链的作用就愈加重要。

以电子商务市场渗透率80%以上，素有业界风向标的淘宝为例，2008年初淘宝的在线商品数是1.2亿件，如今已经超过8亿件。目前大量的在线零售网站每年销售额的增长都超过了100%，成长的很大一部分来自于品类扩张，可以预见的是，今后在线商品数也将随之高速增长。

和互联网上的文字信息不同的是，商品信息非常个性化，它包含了图片、文字描述、用户评论等，即便是同样的商品，在不同的店铺、不同的网站上，有可能呈现方式就不一样，过度丰富的选择增加了消费者挑选到优质商品的难度，也增加了信息传递的环节。

如何在商品和消费者之间建立起一个高效的信息供应链？数据、推送、搜索、双向沟通的反馈机制，这些都是随着技术的发展，建立商品与人相关联的信息供应链的有效手段。信息供应链的每一次压缩，都意味着一个巨大的市场机会，甚至可以说开启了一个新的时代。

第一代能以数据跟踪商品信息和消费行为的信息供应链，应当是19世纪以目录销售为代表的西尔斯零售时代。这家在19世纪迅速崛起的零售企业，并不像同期的百货店一样通过地毯式的扩张获得规模，而是以数据营销的方式进行扩张。创始人西尔斯在城里采购库存或滞销商品，将其通过邮购目录发送到农村——由于交通不便，农村与城市相隔遥远，农民的消费需求相对滞后，城里的滞销货在农村市场却非常时髦。尽管目录销售并不是西尔斯首创，但是在当时的商业环境里，西尔斯却以这种方式将基于数据的信息供应链作用发挥到极致，买卖双方通过邮件完成交易，并且有可能通过这些消费者的数据触发下一次交易。基于此，西尔斯拥有足够多的顾客数据并且能真实掌握市场需求，缔造了一个庞大的商业王国。最重要的是，它的成功让目录销售这一商品信息的推送形式成为20世纪数据营销的主流。

第二代更高级别的购物信息供应链建立在搜索引擎的基础上。当在线商品数目越来越丰富以后，以谷歌为代表的搜索引擎成为了购物的重要入口。和邮购目录销售相比，搜索引擎更快捷精准，它让消费者购物需求的结果立即呈现在眼前。不过，在购物的这条信息供应链上，谷歌的最大贡献是通过AdSense和AdWords等产品，为这个链条建立了一套按效果付费的利益分配机制。谷歌将广大的中小网站发展为它的信息链下游，上游则是广告商或者购物网站。如果消费者对这些中小网站上谷歌工具条中的网站感兴趣并点击进入或产生购买时，中小网站也将由此获得收入。

基于搜索，购物的信息供应链有了更大的发展，这也呈现出一个更为广阔的市场空间。比价搜索让人们在相同商品的信息链上能更准确地找到低价的商品，亚马逊基于消费行为数据的推荐机制，则让消费者在每次的搜索结果和购买结果后快速发现自己可能喜欢的商品。

由社交网络开启的第三代购物信息供应链，则以信任度压缩了这个链条上的环节。消费者有可能在搜索结果中发现了有3家网站同时销售他想要的商品，究竟是选A网站还是B网站呢？如果有朋友以自己的亲身体会告诉你，A网站的服务非常好，你可能就立即做出选择。无论是熟识的朋友，还是你所推崇的购物达人，他们就如一个优质商品的筛选器，压缩了你一家家查看网站、查看消费评论的环节，帮助你做出购买的决策。

在基于社交的购物信息供应链基础上，下一代的购物信息链形态是什么？是基于兴趣图谱的信息供应链。社交网络让优质的商品可以在人际关系链中传播得更快，但是目前的形态是人们跟随和关注他心目中的意见领袖和达人，根据达人们的兴趣来获得自己想要的商品信息，这种连接完成了互联网上人与人之间的节点联系，但仍然是一种索求式的信息获取方式。在下一代购物的信息供应链上，人们因为兴趣而连接起来，兴趣成为网络的连接节点，优质的商品信息在这条供应链上可以顺着兴趣节点而自动推送到消费者面前，这将是更加快捷的入口。

## 新兴的社交购物入口的创业理想

由社交开启的购物信息供应链，也许是互联网上一个新的巨大市场。一些新的社会化购物网站正在萌芽，无论商业模式如何，核心关键词都是效率，即如何快捷地帮助消费者找到他想买的东西。

2011年4月中旬，在杭州西湖区山水人家小区的一套居民房里，一群“80后”年轻人在紧张地忙碌着，他们不仅要处理高速增长的数据，还要抽出时间搬家——由于公司的快速发展，100多平米的三居室已经装不下这20多人了，他们还在源源不断地招新人。这是蘑菇街的办公场景，这家做社交购物分享的网站目前已经获得一笔数百万美元的天使投资。

蘑菇街的创始人陈琪以前在淘宝网的很多部门工作过，去年创立蘑菇街之前，他做过一个卷豆网，一家给中小站长提供插件的软件服务商，中小网站站长按流量效果分账。卷豆网吸引了3万左右中小站长使用，但是令陈琪沮丧的是，站长们没有太多的商业意识，他们通常将谷歌的AdSense安在网站上就不管了，实际上网站的收入并不高。

陈琪决定做一个面向消费者的入口。淘宝的工作经历使他选择了购物入口这个方向，更重要的是淘宝丰富的商品以及“淘客计划”的利益分享机制，这些都是搭建一条快捷的购物信息链的基础。

陈琪拉了好朋友岳旭强和高中同学魏一搏一起创办了蘑菇街，岳旭强是淘宝的架构师，魏一搏在中兴通讯做过海外市场。他们做的是一家购物时尚达人的分享网站，所有内容都是由用户产生，并且基于加权的算法陈列推荐达人们的商品，以保证将优质的商品信息快速传递到用户那里，同时避免“托儿”。

在蘑菇街上，每个用户都形成一个主页，他们推荐的商品按照时间自动形成一条像时尚类杂志一样的精美瀑布，上面充斥着花花绿绿的街拍、晒物的照片，如果用户喜欢，可以点击照片下方的“喜欢”按钮，后台就根据粉丝的投票进行加权，将这张照片渐渐顶上来。

目前蘑菇街已经有17万注册用户，每天上传近8000张图片或内容。每天UV（独立访客）接近8万。蘑菇街其实更像一个购物社交分享网站，用户关注他们心中的购物达人，根据达人们对购物的评论和图片来决定是否购买。达人们在这条信息供应链中是一个优质商品信息筛选器，他们负责将好的内容传递给粉丝们。

在北京四惠的蜂巢艺术区里，另一个创业团队也像蘑菇街一样忙碌着。这是LC风格网，和蘑菇街相比，他们更倾向于时尚媒体性质，但是其使命也是让消费者购买更有效率。

创始人马啦以前是时尚媒体《虹》的主编，所以LC风格网更像是互联网上的时尚杂志，和媒体不同的是，LC风格网直接将优质的商品信息呈现到消费者面前，促使其购买。

LC风格网每天会去找全球的明星街拍照片，将其身上的服饰搭配由专业的时尚编辑拆解开来，逐一讲解流行趋势，并且将B2C网站上类似风格的商品也做进这组专题，让用户在了解流行信息的时候往前多走一步，点击购买。

马啦透露，LC风格网和淘宝、凡客等网站合作，后台有几万SKU的数据库，前台是编辑们精选的6000多条商品推荐，它们以时尚媒体的视觉和潮流趋势话题的专题呈现出来。

因为正式上线才1个多月，目前LC风格网上只有用户和网站的轻互动，即投票选自己喜欢的商品，下个月将推出更多社交功能。马啦签了一些具有敏锐时尚嗅觉的风格买手，理想是让LC风格网“汇集中国最会穿衣服的女人”，LC风格网首先是第一道过滤器，旨在寻找最有风格的时尚达人，而这些陆续进来的达人，实际上担任着多种风格、个性化的精品筛选器的功能。

与蘑菇街、LC风格网相比，另一家社会化购物网站美丽说成立的时间更早，走得也相对更远一些。2009年底，作为创始人的徐易容放弃了他离开IBM的第一个创业项目抓虾网之后，寻找第二次创业方向时，看到女性时尚领域尚存很大空白：网上虽然有很多女性时尚产品，但在浩如烟海的产品中，女性用户很难去快速地找到自己喜欢的，并形成适合自己的搭配风格。虽然众多时尚媒体能满足用户这方面的需求，但不能与电子商务结合，没法直接产生购买。徐易容想如果把时尚媒体和电子商务结合起来，就可以解决女性用户这方面的需求，他于2009年11月注册了公司，并于2010年2月推出美丽说网站，把时尚媒体与电子商务相结合，通过网友的分享直接产生购买行为，这也就是社会化购物的方向。

经过一年多的发展，美丽说已经从当初的6个人发展到现在的40多人，并且拥有了100多万注册用户。与找好吃的到大众点评网，买房子到搜房一样，徐易容希望找时尚的商品到美丽说，并通过社交的方式汇集大量会穿衣服的时尚女性。

与其他社会化购物网站相比，美丽说就是一个女性时尚业的垂直微博，按投资业界人士的话说是一个“Fashion Twitter”。经过一年多的发展，美丽说在微博的基础上增加了很多适合社交商务的特点。比如，新浪、腾讯等一般微博中用户需要引用一个网页，只能显示出一个链接，而美丽说通过技术手段将需要引用的网页里的图片、价格等信息直接呈现在微博的内容中，这样的好处是女性用户可以直观地看到产品最核心的信息，产生更多购买欲望。

由于此前在IBM主要从事数据挖掘方面的工作，因此徐易容的美丽说有很强的技术背景。每个用户分享上来的产品信息，都会被打上一个标签，比如上衣、裤子、豹纹、英伦风等。这些产品通过标签都会进入美丽说的产品库，这个库里目前已经拥有了1000多万件商品，而当博主发布一个产品时，美丽说会根据标签匹配类似的产品以及搭配供用户选择。

为了更好地搭建这个产品库，徐易容请来了有台湾“时尚教母”之称、同时也是时尚杂志《虹》的第一任主编马念慈，将她的知识加入到数据库中，使得美丽说也知道“哈伦裤可以配机车包”等等时尚人士才知道的搭配。这里还汇集了200多个不同场景下的穿衣搭配，可以帮用户更好地应对各种场合的着装需求。

此外，为了增强用户间的互动交流，美丽说还创造了小红心、勋章等功能。如果用户的分享得到了粉丝的认可，粉丝可以点击并将这件商品收藏，同时博主也可以得到一颗小红心，获得的小红心越多，得到的推荐和展示机会也越多，这件商品和博主也会被更多人关注，使网民的时尚知识都在美丽说得以放大。用户如果喜欢某个类型的产品，可以收到一个勋章，比如一个喜欢豹纹的用户得到一个“豹纹我爱你”的勋章，点击进入这个勋章，就可以看到豹纹类别里最新的商品、有同样喜好的人，也可以与同好们交流穿搭经验。

杨勃创立的豆瓣是国内最大的文艺青年汇集地，他们贡献的内容与图书这个标准化的商品，形成了一个利益机制成熟的信息供应链。

尽管社会化购物蕴含着很多商业机会，但是目前中国的社会化购物的大环境仍然不成熟。一方面网上有海量的商品信息，需要有更具效率的方式与消费者建立人与物之间的联系；另一方面，网上的优质商品还很匮乏，难以让供应链源头信息更加丰富。另外，这个市场上还没有成熟的利益分配和奖励机制，而且信息供应链的上下游也远远没有标准化。

中国在线零售的前30强中，90%以上的都是互联网创业企业，这意味着在线购物环境和线下有着较大不同。大量的优质品牌和商品来自于传统品牌，它们中的大部分仍然在实体零售的商业世界里。因为网上优质货源稀缺，目前国内各大B2C网站还在大批量吃货状态，这让供应链源头缺乏广泛的优质商品信息。而在美国在线零售500强中，80%左右的在线零售企业都是来自于传统品牌，网上已然形成了和线下类似的具有优质货源的环境。

在购物供应链的上游，商品信息的标准化也是这个市场需要发展的方向。豆瓣网创始人杨勃介绍，豆瓣在图书的品类已经形成了一个非常成熟和优质的购物信息供应链。网友们对图书的评论和推荐，可以帮助其他用户发现和找到好书，这些书的链接直接连到当当和卓越，当用户从豆瓣产生订单时，当当和卓越将给豆瓣按销售收入的比例分账。

“在这个价值链上，豆瓣网为网友贡献了好的内容，这些内容也是网友们产生的，并且经过用户投票精选出来的，网友们根据这些精选的内容产生购买，网站因此获得销售分账。这个价值链既给网友带来价值，又有网站的商业价值，因此它能源源不断地持续下去形成一个良性循环。”杨勃说。

尽管在图书这个上下游都可以产生标准化信息的品类上能赚钱，但是这并不是豆瓣的主要收入来源，因为“太低了”。图书是一个比较特殊的品类，它的上下游通过对条码信息的管理就可以做到信息供应链的透明，但是这在绝大多数消费品品类的上下游来说都很难做到。

在信息透明的基础上，分账模式更容易推行。目前只有淘宝、凡客等少数几家B2C网站开放API，实行按销售额比例分账的模式，因此要做到推荐优秀的商品，社会化购物的入口网站们还需要将优质商品的筛选放到更大的范围。LC风格网目前签下了中国在线零售30强中的大多数网站以及淘宝100多家卖家。但是这100多家卖家并不是每家都加入了淘客计划(即与合作伙伴按销售额分账)。马啦的选货原则是挑有特色质量好的商品，卖家是否能立即为LC风格网带来收益则不是当前最重要的，帮助女性用户更高效地买到她想要的商品才是重中之重。而蘑菇街则更多地依赖于淘宝上的商品，尽管淘客计划为蘑菇街带来的收入也不多，陈琪同样也认为，做好用户分享的内容比收入更重要。

除了社会化购物网站和B2C网站之间的利益分账，如何对社交网站上的购物达人们推出有效的奖励机制，也是目前社会化购物的产业链上不完善的环节。在优质商品卖家——社会化购物网站——时尚达人筛选器——消费者这个购物信息链上，优质商品卖家可以得到销售收入、社会化购物网站可以按比例分账、消费者可以迅捷地买到自己想要的商品，而对于时尚达人筛选器这一类的角色的奖励机制却有待完善。陈琪在设计蘑菇街时也考虑过要不要给时尚达人们分一部分利益，但是又担心会培养一批购物的“托儿”，陈琪介绍说以后会考虑给时尚达人们其他的奖励，比如外景地街拍等。另外，这种奖励机制不一定是物质上的奖励，粉丝的追捧、用户的投票、在社会化媒体上的重点推荐，都可以补偿作为筛选器的达人们在购物信息供应链上做出的贡献。

## 团购江湖：谁生谁死的乱局

团购行业鼻祖Groupon在开张的第七个月实现盈利。这样惊人的发展速度，注定了这种名为“团购”的商业模式会在中国被大量复制。

仅仅一年时间，国内团购网站从五六家增长到5000家，但“烧钱比赛”进行过程中，当初预想的快速盈利局面并未出现，竞争却日趋白热化，风投开始逐渐收紧钱袋。2012年内能否做到盈利，可能是决定团购网站能否活下去的生死线，而新一轮融资中，能获得资本青睐的将只有寥寥几家。

“我们真的没有卖假货！”5分钟的电话里，刘洋重复这句话4次，挂电话后，他说自己有一种想打人的冲动。29岁的刘洋是一家全国性团购网站市场部负责人，他连续接到媒体电话，求证网络上关于他所在网站的不利传言。刘洋认为，这些传言都是竞争对手制造并散布的。“利用网络水军和媒体散布虚假消息不说，还开出奇高的薪水从我们的员工中批量挖角，打价格战如今也没有了底限，贴钱也要把客户抢走，长此以往的结果只可能是两败俱伤。”

有类似烦恼的，并不止刘扬一个，无序的疯狂竞争已经成为现下团购网站的普遍生态，无论谁都难以独善其身。

2010年初，冯晓海将自己创办的爱卡汽车网卖了1000万美金，开始寻找下一个创业机会，一个名为Groupon的网站给了他启发。春节期间，冯晓海开始逢人就聊一个叫“团购”的东西，他的新项目称为“满座”。

几乎与此同时，王兴也盯着Groupon，他建了个网站，就是现在大名鼎鼎的“美团”。王兴的清华校友吴波则在将“焦点网”卖给张朝阳后，开办拉手网，第一单生意是卖星巴克的购物券。

2010年是中国团购元年，几个年轻人各自带着一支十几人的团队，拿着此前创业盈余的一点小钱，在中国电子商务的历史上写下浓重一笔。

被王兴、吴波、冯晓海仔细研究过的团购行业鼻祖Groupon，那时已经上线超过一年，且在开张的第七个月实现盈利。这样惊人的发展速度，注定了这种名为“团购”的商业模式会在中国被大量复制。只是谁也没有想到，短短一年后，复制网站的数量就达到惊人的5000家，一场恶战在所难免。

经过一年运转，团购行业的大格局初定，借助阿里巴巴优质平台致力于实物团购的淘宝聚划算牢牢控盘，但因为商业模式与其他网站不同，基本算是置身事外，而从事本地服务类的拉手、美团、24券、糯米等网站，虽已牢牢占据行业前十强席位，但这并不是最终的结局，他们是第一梯队，也是竞争最为惨烈的第一战场。

手持重金的徐茂栋又展开了大规模的“拆迁行动”，大量竞争对手的核心骨干被其用高薪加期权挖角。清华校友王兴和吴波和他们创办的美团和拉手，从去年以来一直是最直接的竞争对手，但最近一段时间，突然有强力新来者加入到乱局中，正在为他们制造最大的困扰。

之前专注于SP和天使投资的大佬徐茂栋，突然瞄上了一家名叫窝窝团的网站，并在很短的时间内成为董事长，随后他指挥窝窝团开始对团购业的旧格局发去一连串“自杀式袭击”。

与其他团购网站的滚动式发展不同，窝窝团在短时间内通过“并购加直营”的方式，同时在全国150个城市迅速扩张，徐茂栋坦承已接触超过300家区域团购网站，并选择了其中20多个实施并购。大规模收购让窝窝团急剧扩容，员工数量成几何级增长，而这显然离徐茂栋的规划还相差甚远。

手持重金的徐茂栋又展开了大规模的“拆迁行动”，大量竞争对手的核心骨干被其用高薪加期权挖角。业内风传仅拉手网华东区就有200人团队集体出走窝窝团，近日徐茂栋又通过微博高调宣布有一批新人才加盟，他们都来自美团网。

而一份传言中的“预谋跳槽窝窝团人员名单”更是搅得团购业人心惶惶，业内人士透露，黑名单是窝窝团炮制的烟雾弹，通过第三方故意透露给对手，目的是让其对名单上人员的忠诚度产生怀疑。

有关窝窝团的各种“阴谋论”甚嚣尘上，尽管徐茂栋多次表示，窝窝团从未聘请网络公关散布不实信息，但多家大型团购网站负责人都表示，他们的网站曾遭遇过来自同行的谣言攻击。

“团购这个行业，客户的信任度非常重要，诋毁竞争对手不只是对我们自己影响非常大，多少客户因此不再相信团购这种消费方式，对于整个行业也是沉重的打击。”满座网CEO冯晓海说，“不当竞争手段普遍存在，只是个别网站会比较明显，现在来看整个行业还是比较浮躁的。”

除了暴力挖角、恶意公关，团购网站的乱战，还在于价格之争，美团网高管表示：“不少竞争对手会在商户所给折扣的基础上再自己贴钱把价位拉低，同样的单子总比我们便宜一点，赔钱也要抢客户。”

缺乏控制力只是赶着浪潮而生的网站最终会被淘汰，谁能够率先在明年底之前实现盈利非常重要。无论公关战、人才战、价格战还是广告战，都需要巨额资金支持，换句话说，现在团购网站间的竞争，就是烧钱比赛。

几家大型团购网站的员工数量从去年的10人左右，扩张到目前的千人以上，窝窝团的员工数量更已超5000人，人力成本激增。忙着跑马圈地的各家大型团购网站争相在各地设置分站，更是需要大笔的现金支持。与此同时，铺天盖地的广告宣传也让人叹为观止，以拉手网、高朋网、团宝网为代表的团购巨头，不惜血本将广告砸向地铁、写字楼、户外媒体、门户网站，甚至中央电视台。数据显示，2011年，美团网的广告预算为1.3亿元，糯米网为2亿元，团宝网更是高达5.5亿元。

人人网旗下团购网站糯米网率先实现打包上市，在业内堪称开天辟地，成功登陆资本市场虽然为糯米带来了大量现金，但因此不得不公布财务数据让糯米乃至整个团购行业遭遇强烈质疑。最新季报显示，糯米网今年第一季度收入90万美元，运营成本460万美元，投入和产出比例为五比一，巨亏。目前团购业平均毛利率只有8%~10%，没有一家网站实现盈利，而不断出现大手笔“挥霍”的运营成本大多数来自不同形式的融资。

团购陷入资本疯狂，可谓今年电商领域的一大奇景，这一幕几乎是2004~2005年视频淘金热的翻版，当时短期内有超过300家视频网站如雨后春笋般出现，资本大量涌入，但6年过去，具有清晰盈利模式的视频网站至今寥寥无几。

据易观国际统计，2010年中国团购网站共获13起融资，涉及9家团购网站，融资金额近7亿元。今年上半年，各大团购网站纷纷宣布获得B轮融资的消息，其中窝窝团高调宣布预计融资金额达2亿美元，并自称已在美启动IPO程序。

然而窝窝团所言的2亿美元，有不少业内人士称水分极大。不愿具名的业内人士向理财周报记者透露，“窝窝团公布的风投阵容包括鼎晖、天佑、清科、紫荆和嘉石，这里面只有鼎晖有能力出大钱，但王功权私奔事件后这个项目已经无人跟进，其他风投的实力很难拿出2亿美元投给窝窝，他们实际获得的融资应在3000万美元左右。”

而近日窝窝团遭高盛、美林、德意志银行多家承销商拒绝，短期上市无望的消息也不胫而走，尽管官方对此一再否认，怀疑的声音依然没有平息。

美团网CEO王兴在接受采访时表示，目前各家团购网站所宣称的融资数额不少都掺了很大水分，所谓“预计融资数额”与实际情况往往相差甚远。更让人担忧的是，此前慷慨的投资人已经开始逐渐谨慎，融资规模大幅度收缩。“半年后将迎来团购网站资本的冬天，行业的优胜劣汰将更加严峻，有能力再拿到融资的公司估计不超过5家。”王兴说。

另一方面，迅雷、盛大文学上市遇冷的直接原因是融资趋紧，另外，过去一段时间里，大手大脚烧钱的方式并未换来真正盈利，很可能让资本市场失去信心，团购网站面临断粮的危机，行业洗牌在即。这样的假设已逐渐成为业内的共识，团集网创始人兼CEO汪晓东表示，经过长达一年的疯狂烧钱，团购网可利用资金已经捉襟见肘，成本压力到了崩溃的边缘，如果再不有效控制成本，手上资金一用完，最后就只能出局。

“行业肯定要面对整合。”满座网CEO冯晓海表示，“虽然团购的市场很大，但我也不认为能有5000多家网站存活下来，缺乏控制力只是赶着浪潮而生的网站最终会被淘汰，谁能够率先在明年底之前实现盈利非常重要，不能全指望融资活着，成本控制和盈利能力才是生存基础。”

不过，很多只有几个人的小网站，只服务很小的地域范围，懂得自己能做什么行业的交易、能做多大的规模，成本控制得很好，已经开始盈利。

张力曾经创办了一家小型的团购网站，因为资金周转困难已于今年初停止营运，他告诉记者，低成本、高资金周转速度和清晰的盈利模式是催生团购网站大量崛起的主要原因。“购买域名空间和网站源代码的成本都只不过几百元，加上硬件设备和人力资源成本，想要搭建一个团购平台，5~6个人，上万元启动资金足矣。目前在团购类型网站中，和商家的合作模式主要有三种：一是活动返利，二是广告推广服务，三是会员卡销售，三种模式都比较清晰，运行至今也被证实相对成熟。”

在此背景下，团购网站在一年内如野草般疯长。团购网最新数据显示，截止至2011年7月31日，全国团购网数量达到历史高点5472家，平均每日新增团购网站7.13家，预计在8月的第一周团购网站数量将会突破5500大关。虽说鱼龙混杂，但团购行业梯队已基本形成，最具有实力的10家网站运营稳定占据了将近9成市场份额，而其余5000余家，则是沉默的大多数，他们如何生存？

业内不少人认为，5000家的团购网站最后会有超过95%的比例倒下，这或许也并不是危言耸听。一个残酷的事实是，许多网站早已在2010年就提前出局。去年秋季，中国电子商务研究中心曾发布调查报告，指出国内1215家团购网站已经有265家网站倒闭，比例高达21.8%。据悉，导致这些团购网站倒闭的原因中，资金链断裂尤为突出，甚至出现部分网站老板卷款潜逃。

还有不少网站已经处于半关闭状态，数月内不生成交易，行内称为“僵尸网”，这些网站的创办者，有的已经开始酝酿转型，只是偶尔挂上一单，还有的已成为纯粹的诈骗网站，前台数据均为造假，只为“钓鱼”，这里的“鱼”可能是消费者，也可能是伺机寻找收购机会的同行。

纵观如今中国整个团购网市场的局面，人们或许并不觉得陌生，因为它很像之前门户网站、游戏网站、视频网站等等的翻版，从中我们也不难看出中国互联网行业不变的心态：形势好的时候，一窝蜂地扎堆，人人都想进来分一块蛋糕，然而市场就这么大，最终的结果注定有很大一部分人不得不退出。但这种一窝蜂来，一窝蜂退的做法，对于行业的发展其实是不利的。

说到头，人们还是应该对市场有更清醒理性的认识。明白什么该做，什么不该做，这是每一个打算进入互联网行业的人都应该事先好好思考的问题。

## 移动互联网时代的创业新平台

得知乔布斯去世的消息，任刚形容他和他的朋友们那两天都没有心情工作，当天下午任刚和自己的股东们见面，聊的都是乔布斯，而在开发者们的微博上，遍布对乔布斯的感谢。

任刚是上海海湃公司的创始人，该公司是中国收入最高的苹果iOS应用公司之一。像任刚一样，国内有数以十万计的苹果开发者靠乔布斯吃饭，他们许多人放弃自己在大公司的丰厚待遇，心甘情愿的拉上几个朋友在一间小房子里开始着自己的创业梦想。

按照苹果今年6月公布的数据，苹果累计为全球开发者分成25亿美元，而中国开发者从中分到约10亿元人民币。

乔布斯的离去让开发者们感到伤心，但他们对未来并不担心。他们认为乔布斯已确立了移动互联网基本的游戏规则，未来几年，整个世界可能依旧会按照他开创的这条道路发展下去，而在中国，这已经是一个日渐蓬勃的朝阳产业。

对于许多国内的软件开发者来说，移动互联网将是他们下一个淘金地。

在多年以前一个偶然的机会，任刚偶然在杂志上读到一篇叫做《到美国赚美元》的文章，他对海外软件市场的巨大机遇充满憧憬，并和自己的团队一起做了多年的海外共享软件。

但真正让他发现大机遇的是，2007年乔布斯发布iPhone并于次年发布App Store。“那时我们已经跟着苹果开发了几年iPod软件，对这种开发环境一点都不陌生。”任刚说，“苹果通过App Store创造性地把用户和开发者无缝地联系在一起，开发者开发应用不再需要经过运营商等中间环节，这是一个划时代的东西。”由于苹果让用户在iPhone中付费下载软件变得空前简便，使得中小开发团队创业的机会大大增加。App Store的出现，还让中小开发团队征战海外市场的门槛大大降低，手机软件市场已经不再分国内和国外市场——即使只有三五个人的中国中小团队，也可能到美国、欧洲市场赚到大钱。

任刚和自己的团队开始开发基于iPhone和iPad的网络游戏。“当时我的想法就是在被窝里能躺着打游戏，这种感觉一直激励着我们，我们要做iOS第一个能联网的游戏。”任刚指出。

2010年1月18日，海湃的手机网游Haypi Kingdom正式在苹果App Store上线，并主攻国外市场。一开始，任刚选择在一个较小的海外市场去“练兵”，他选择了规模不大的澳大利亚市场进行重点培育，并很快冲到了该国App Store一个比较好的排名。

为在海外推广这款游戏，任刚的团队花很大精力在

Facebook、Twitter上推广，并有耐心地给国外游戏媒体一封封地发推荐信。他也曾花大价钱在国外移动平台上做广告，有一次，任刚花费16万美元做广告，获得了80万次的安装，这让他非常满意。此后，这款产品开始在欧美主流市场取得成功，到目前为止，这款产品已经做到月收入70万美元，对于一个人数不多的小团队来说，非常丰厚。

和任刚有类似经历的还有数字顽石公司的创始人吴刚和他的团队。他们被认为是目前国内人均产值最高的iOS开发团队，这个仅100多人的团队一年创造高达2亿元的收入，数字顽石刚刚获得IDG等投资商近2000万美元的投资。

很长一段时间以来，App Store被《愤怒的小鸟》这样的小型休闲游戏所占据，大批原本不玩游戏的玩家（如女性）成为这个市场的主力用户，吴刚发现一群有着更强购买力的用户未被发掘。

在当初吴刚决定推出《二战风云》这款带有经营策略的手机网游时，有百分之八九十的朋友告诉他，这款游戏会“死得很难看”，根本没有机会盈利，因为这款游戏结构复杂，且连音效、音乐都没有，这在画面精良的苹果App Store应用集群中似乎一点希望都没有。

但吴刚恰恰抓住了另一群被忽视的玩家：这些人大部分是30多岁的男性，有国际信用卡，有iPad也有iPhone，同时他们晚上很枯燥很无聊，需要一款游戏来打发时间。

《二战风云》出现后立马填补了这个市场空白，并获得了巨大的成功，通过免费下载道具收费的方式从这些玩家兜里掏出了大把美元。让吴刚意想不到的是，这款游戏收入最高的国家来自美国，其次是德国。他后来总结，德国人极强的时间观念恰好让他们爱上这款游戏，因为游戏中最重要的元素便是各种建造的时间参数。

除了个人团队开发者，一些传统软件企业也开始像移动互联网转型。深圳凯立德就是这样一家转向苹果iOS移动开发的公司，谈起乔布斯所开创的市场机遇，该公司副总裁稽然充满感激："我们从内心非常感激苹果搭建的这个环境，他让我们开发商能够更多地将精力投入在产品上。"凯立德的软件产品依赖于导航仪厂商，采用出厂时预装的模式，而现在，凯立德的产品直接面对消费者。

在此之前，凯立德主要经营车载导航服务，从2010年开始，凯立德开始正式进入iPhone市场，这款售价14.99美元的软件过去一年共售出几十万套。上线一年多以来，这款软件在苹果App Store中国区综合排名中有200多天排名第一，其间从未降价。"在开发iPhone导航软件时，感觉iPhone不管是操作系统，还是硬件的配置，还是各种网络接口的设置，都非常让人满意。"稽然表示，iPhone定位系统比车载导航设备的定位速度更快，因此受到许多用户的欢迎。

目前来自App Store的收入占凯立德总收入的比重依然不高，但在稽然看来，这一市场的潜力非常巨大，因为苹果产品在国内的占有率正快速攀升，"在iPhone3GS上市时，我们的下载量感觉还不是很明显，等到iPhone4上市的时候，明显发现下载量增长很快。"稽然说，苹果的用户非常专注，是理想的目标客户群体。

在任刚看来，乔布斯已经开创了移动互联网时代的标准游戏规则，不管是Android，还是微软，都在沿着乔布斯的足迹做类似的事情。他刚刚收到微软开发大会的邀请，发现微软要打造的开发体系，几乎和苹果一模一样，至少在几年之内，庞大的开发者都会在这种由App Store最早开创的体系下寻找机会。

对众多软件开发者看来，一个新的产业大门已经在他们面前敞开，移动互联网的特性和基于乔布斯理念开创的收费模式都将保证他们能从中获得收益，或许不久以后，这个产业的规模将是惊人的。

# 后记
POSTSCRIPT

## 创新是唯一的生存之道

徐刚

在这个世上，人人都喜欢走捷径。

当然，有捷径可走并非坏事，有捷径不走才是愚蠢。当年唐代卢藏用假意隐居终南山，以此博取名气，最终得到皇帝的重用，官拜礼部侍郎。然而真隐士司马承祯对此却相当不齿，便以“终南捷径”相讥，最终演变成一句成语。

不过，以这个时代的价值标准来衡量，卢藏用实在是无可指摘。他以假隐居换来仕途，现代人只怕称赞他聪明还来不及呢。和今天遍地的低俗炒作相比，卢藏用的做法已经是雅致到极点了。反倒是司马承祯，空有一身才学却不思进取，哪有资格去讥讽别人？只会显得自己惺惺作态罢了。

虽然如今我们可以为卢藏用平反，但仍必须承认，不是什么在事上都有捷径可走的。

有些时候，抢占先机会让你获得巨大的前期收益。比如你把第一双鞋带到了一个没有人穿鞋的小岛上，并让那里的居民认识到穿鞋的好处，在其他卖鞋的人到来之前的这段时间里，你无疑将独占这个市场，获取暴利。可是，随着卖鞋的人越来越多，你的市场占有率也必将逐渐下降，尽管前期获得的盈利会使你具备一定的优势，但最终，谁能在市场上生存下去，还是要取决于鞋子的质量。这个时候，如果谁发明出一双前所未有的舒适的鞋，那他必将成为卖得最好的那个。

中国的互联网市场就像这个没有人穿鞋的小岛，只不过时至今日，大多数人都至少已有了一双鞋。过去的十年间，中国互联网给人的感觉似乎一直都是先来者先得，最早进入这个市场的人，如今大多获得了成功。可是，在这些业界大佬们站稳脚跟之后，后来居上者却寥寥无几。

这似乎是中国与西方最大的不同。

在最具代表性的美国互联网市场，后来居上的故事几乎是它的主旋律：老的公司腐朽、衰弱、失去创新与竞争力，然后倒闭，让位于那些更有朝气、更有创造力的公司，这样的事情每天都在循环往复着。

但是在中国，几家大公司一统江湖之后，新的创业者们想要打破这个局面几乎是不可能的任务。新旧交替的规律，在中国难道就不起作用了吗?

当然，这或许与我们鼓励创新的机制相关，大企业的强势以及对知识产权保护的薄弱，一直在打击着互联网行业的创新热情。另一方面，美国的技术领先我们太多，因此复制远比研发方便得多——走终南捷径本就是中国人的拿手好戏。

只是，这些就足以让中国业已成型的互联网公司永远生存下去了吗?

十年看似漫长，但就一个行业来说，它还不足以凸显出问题所在。大多数的企业只要在运营上没有战略性的失误，撑过十年并非难事。尽管中国的互联网市场一片繁荣，却远未到成熟的地步，加上有足够来自海外的技术与资本的支持，常常掩盖了创新的重要性。

但这种局面不会永远存在下去。

总有一天，制度会趋于完善，市场会趋于固定，不再无限扩张，海外的技术与资本不会再轻易地流进，此时此刻，什么才是最牢固的依靠？

创造力。这就是答案。

时代已经变了。像21世纪初期那样依靠跑马圈地来抢夺互联网市场的时代早已一去不返。下一个十年，只有资本没有创新理念的人注定无法玩转网络。

尽管总有人对此表示悲观或怀疑，但苹果的成功，社交网络的兴起，都在传达着一个讯息：世界早已被网络连接为一个整体，任何市场都已不再具有被抢占的可能。唯一能够抢占的，只有思维的先机——在别人之前做出世界上没有的东西。

创新会帮你轻而易举地占领任何一个市场，这也是未来的互联网世界唯一的生存之道。

你准备好了吗？

# 附件
APPENDIX

## 未来那些有发展潜力的网站

### Poig.com

网址：http：//poig.com/

成立时间：2010年8月

所在地：美国加州

商业模式：SNS广告及网络营销

简介：这是一个带有社交网站性质的活动平台，在这个网站上，用户可以随时发起和参与各种社交活动，比如聚餐、旅游、派对等等，非常方便。

### 42区

网址：http：//42qu.com/

成立时间：2010年9月

所在地：北京

商业模式：个人技能交易和活动推广

简介：在这个网站，人们可以将技能“出售”：你可以通过自己的专业技能帮助有需要的人解决问题，同时按时计费收取报酬；当然，你也可以付费购买别人的技能。

### 俩个人

网址：http：//liageren.com/

成立时间：2009年4月

所在地：北京

商业模式：SNS网络服务

简介：顾名思义，俩个人是一个为广大情侣而准备的社交网络平台，它本身由一对情侣创办，功能相对交友更倾向于恋爱，已有30万用户。

### Richi.cc

网址：http：//richi.cc/mainNew.aspx

成立时间：2010年2月

所在地：台湾

商业模式：付费数字内容创作

简介：目前，大多数博客都是由博主自由创作，供人免费阅读。但是Richi.cc打破了这种模式，它通过集资的方式为高质量的博文付费，鼓励作者们创作出高质量的文章。

### AlikeWise.com

网址：http：//alikewise.com/

成立时间：2010年1月

所在地：美国纽约

商业模式：社交网络营销推广

简介：这个网站以图书为媒介，为用户打造交友平台。在这

里，用户们可以通过喜爱的书找到拥有共同兴趣的人，发展成你的好友

### GameCrush，com

网址：http：//gamecrush.com/

成立时间：2010年3月

所在地：美国加州

商业模式：付费游戏网站

简介：这个网站将社交与游戏有机地结合在一起，人们既可以享受游戏的快乐，又可以进行社交活动。更有特色的是，男性玩家还可以付费请女性玩家一起玩游戏。

### 贝瓦网

网址：http：//beva.com/

成立时间：2010年

所在地：北京

商业模式：儿童社交网络营销推广

简介：贝瓦网以学龄前儿童为目标客户，以多媒体的形式为儿童提供娱乐、学习、生活等多方面内容，也为父母们提供各种有益的资讯。

### “爱邂逅”网

网址：http：//aixiehou.com/

成立时间：2010年1月

所在地：西安

商业模式：基于LBS的网络营销和推广

简介："爱邂逅"是一个基于地理位置的约会交友平台。在这个网站，用户可以获得朋友的地理位置信息，帮助虚拟网络中的交往对象在现实中邂逅。

**Iscoper.com**

网址：http：//iscoper.com/

成立时间：2009年11月

所在地：美国新泽西州

商业模式：电子商务网络推广交易

简介：iscoper将电子商务与搜索引擎融合为一体，用户可以很方便地搜索到合适的商品，并在同一页面下进行商务交易。

**淘淘搜**

网址：http：//taotaosou.com/

成立时间：2010年3月

所在地：杭州

商业模式：电子商务网络推广交易

简介：淘淘搜是一个包括了图片搜索以及导购的网络平台，主要为淘宝服务，显示来自淘宝等网站的商品和购买链接，方便用户使用淘宝购物交易。

**Blekko.com**

网址：http：//blekko.com/

成立时间：2010年10月

所在地：美国加州

商业模式：搜索引擎广告及网络推广

简介：blekko.com以精准搜索为出发点，将人工搜索、垂直搜索、社交搜索等融合为一体，为用户提供精选结果，从而更快找到自己需要的信息。

## Dukten.com

网址：http：//dukten.com/

成立时间：2010年7月

所在地：墨西哥

商业模式：搜索引擎网络广告和营销推广

简介：目前几乎任何商品都有一个条形码，作为其唯一标识。这个网站便是利用条形码来构建一个“产品百科全书”，通过在网站上输入条形码，用户可以得到产品的任何相关信息。

## WhatcanIgetwith.com

网址：http：//whatcanlgetwith.com/

成立时间：2010年11月

所在地：美国加州

商业模式：搜索引擎电子商务交易

简介：在这个网站，用户可以直接输入价格来搜索所需的商品，然后链接到相关的购买地址例如亚马逊、ebay，操作简洁，使用方便。

## Goo5.cn

网址：http：//goo5.com/

成立时间：2010年6月

所在地：广州

商业模式：搜索引擎电子商务交易

简介：Goo5通过摘要式答案引擎技术，提供购物搜索服务，打造一站式购物决策平台。用户可以搜索所需商品并进行评论。

## 必视谷

网址：http：//pixcoo.com/

成立时间：2010年

所在地：广州

商业模式：搜索引擎电子商务交易

简介：必视谷是一款可视化的电子商务搜索引擎，主打产品包括服饰、书、CD等，用户可以上传一张本地图像，网站将根据图像信息搜索出相关的产品。

## 开心淘商城

网址：http：//kxtkx.com/index.html

成立时间：2010年11月

所在地：杭州

商业模式：电子商务交易

简介：开心淘商城是一个3D立体化的网上商城，网站内所有的品牌、商店、商品都是立体化的，犹如真实的商业区。在这里既能在网上购物，又有玩3D网络游戏一般的体验，让人耳目一新。

## Fiverr.com

网址：http：//fiverr.com/

成立时间：2009年12月

所在地：美国亚利桑那州

商业模式：定价C2C网站

简介：这个网站提供5美元的交易，人们可以将各自所有的价值5美元的东西在这个网站进行买卖，并获得相关的信息。

**Pognu.com**

网址：http：//pognu.com/

成立时间：2009年12月

所在地：美国亚利桑那州

商业模式：电子商务网站

简介：pognu网站采用“减价拍卖”的方式来促销一件商品。也就是说，这里的拍卖价会越来越低，通过这种手段快速促成拍卖交易。

**Coinmad.com**

网址：http：//coinmad.com/

成立时间：2009年12月

所在地：希腊雅典

商业模式：电子商务交易平台

简介：Coinmad.com追求的是一种革命性的购物体验，先付费后购物。也就是说，买家先提出他所需购买物品的价格，再由卖家根据买家的需要提供合适的商品。这将大大拓展人们购物的模式。

**56zhe.com**

网址：http：//56zhe.com/

成立时间：2010年9月

所在地：广东

商业模式：电子商务销售返利

简介：这个网站让用户在登陆后可以通过搜索框直接查询淘宝上各个物品的隐藏着口，也可以查看网站每天推荐的折扣，获得隐藏的利益。

## 青番茄

网址：http：//qingfanqie.com/

成立时间：2010年8月

所在地：深圳

商业模式：网络图书租赁

简介：青番茄是网络web 2.0时代的免费图书馆。在这个网站上，人们可以免费借阅图书，并提供借书、还书的上门服务，让人在家中就可以享受图书馆的便利。

## 锐锋网

网址：http：//ruifeng.com.cn/

成立时间：2010年3月

所在地：福建

商业模式：手机回收电子商务网站

简介：对于旧手机的处理一直是件麻烦事，锐锋网针对的正是这一点。将线下手机回收交易搬到互联网上，明码标价，提供方便的服务。

### 优众网

网址：http：//ihaveu.com/

成立时间：2010年11月

所在地：北京

商业模式：社交化电子商务

简介：简单来说，优众网就是开心网的壳，淘宝商城的内核。将电子商务与社交网站融合到一起，并且打造小资氛围浓厚的用户体验，虽然同样是社交和网购，但却融入了更多的文艺与生活气息。

### Mogotix.com

网址：http：//mogotix.com/

成立时间：2009年11月

所在地：美国旧金山

商业模式：在线票务服务

简介：mogotix是一个移动互联网的票务中心，用户可以简单地创建、派发和购买各类活动的电子门票，减少纸张的使用。

### Safebox.mobi

网址：http：//safebox.com/

成立时间：2009年12月

所在地：爱尔兰

商业模式：付费应用软件、技术服务

简介：safebox是一个手机保险箱，提供针对手机安全的各种服务，让用户在安全的环境下发送邮件，保护个人隐私信息。

## Carlsays.com

网址：http：//carlsays.com/

成立时间：2010年5月

所在地：美国亚利桑那州

商业模式：网络广告和营销服务

简介：Carlsays.com主要针对foursquare等LBS用户，打造一个公共服务平台，帮助本地商家进行网络营销推广。

## Beta.booklamp.org

网址：http：//beta.booklamp.org/

成立时间：2010年8月

所在地：美国纽约

商业模式：图书电子商务推广

简介：booklamp旨在进行图书的营销推广，但不同的是，它会根据用户的习惯来分析他喜欢的图书风格以及作品思路，向读者推荐他真正想要的书。

## Mapeas.com

网址：http：//mapeas.com/

成立时间：2010年9月

所在地：美国加州

商业模式：技术服务、网络推广

简介：该网站通过地图动态呈现出各类新闻信息，你可以点击地图上的某一区域，譬如中国、美国，就会显示出该地区发生的新闻，让你在地图上阅读新闻，方便地获得信息。

## 爱库网

网址：http：//ikeepku.com/

成立时间：2010年10月

所在地：上海

商业模式：云概念储存

简介：使用最新的云计算概念，让用户可以随时随地方便地在“云端”发送和储存自己的图片、资料等各种资源，并通过网络实现分享。

## Toursbylocals.com

网址：http：//toursbylocals.com/

成立时间：2006年6月

所在地：加拿大温哥华

商业模式：在线旅游导游服务

简介：在自助旅行的人越来越多的今天，如果没有人引导，一个在陌生的地方旅游一定会遇到诸多不便，这个网站可以让游客从中轻松地获得本地导游的帮助，购买自己需要的导游服务。

盗版必究
Piracy Reserved

## 联系我们

本周图书，中国首家“热点”图书公司，无论何种题材，热度第一。
策划：上海本周图书策划与版权中心/执行：郝玮刚（邮箱：futurebook@yeah.net）
本周图书博客：http：//blog.sina.com.cn/benzhoujiema
本周图书装帧设计：红猫工作室（官方博客：http：//blog.sina.com.cn/vivian0755cat）